Ella Cara Deloria

Nénuphar

2e édition

traduit de l'américain par
Evelyne Chatelain

L'Étincelle

Montréal–Paris

La maquette de ce livre a été réalisée avec le logiciel
Xerox Ventura Publisher et des polices de caractères
Bitstream® Fontware™ sur imprimante au laser.
Diffusion *Bitstream* en France: ISE CEGOS, Tour Amboise, 7e étage
204 Rond-Point Pont de Sèvres, 92516 Boulogne.

DIFFUSION

Canada: Médialiv
1975 Bd Industriel
Laval, Québec H7S 1P6
Tél. [514] 629-6001

France: SCE-France
70, avenue Émile Zola
75015 Paris
Tél. 45.75.71.27

Belgique: Presses de Belgique
96, rue Gray
1040 Bruxelles

Suisse: Diffulivre
41, Jordils
1025 St-Sulpice

Titre original: *Waterlily*.

Dépôt légal 1er trimestre 1989 Bibliothèque nationale du Québec.
ISBN 2-89019-192-3

1992 1991 1990 1989 1988 1 2 3 4 5 6 7

Je dédie ce livre à Ruth Benedict,
qui a cru en Nénuphar

≈

Table

1.

Le campement était de nouveau en mouvement. Dès qu'un lieu s'épuisait et devenait malsain, dès qu'il était temps de partir à la chasse au cerf ou d'aller ramasser des fruits, les chefs, qui avaient pour devoir d'organiser la communauté, ordonnaient le départ. Et tout le monde devait obéir. Rester en arrière, c'était renoncer à toute protection.

La journée était chaude, étouffante et lourde. L'air s'emplissait d'une poussière qui s'élevait à hauteur d'homme, enveloppant les marcheurs et avançant avec eux, une poussière fine qui dansait sous les pieds des hommes et des animaux et sous les traverses de bois des lourds travois tirés par les chevaux. Par monts et par vaux, la colonne avançait, se frayant un chemin sur le terrain sans piste.

La jeune Oiseau Bleu avait du mal à tenir sur sa monture une seconde de plus. Ah, descendre de cheval! Mais la loi de la famille lui imposait le silence tant que son beau-père guidait son cheval. Finalement, grâce à Dieu, il confia la bride à son épouse et alla rejoindre un ami en arrière.

« Maintenant, je peux parler. C'est une femme, elle aussi, elle sait ce qu'il m'arrive. » Malgré tout, Oiseau Bleu attendit aussi longtemps que possible avant de dire:

— Mère, laissez-moi descendre, je dois marcher.

— Très bien, s'il le faut. Mais préviens-moi quand tu voudras revenir, répondit la vieille femme avant d'ajouter en soupirant: Ah, mon enfant, nous te faisons du mal à voyager aujourd'hui, mais essaie d'endurer ta souffrance. Nous nous sommes déjà arrêtés trois fois, la prochaine sera la dernière. Nous n'irons plus bien loin à présent.

Ce fut tout. Le respect mutuel les empêchait de se confier plus amplement leurs angoisses.

Oiseau Bleu s'éloigna de la colonne et marcha à côté d'elle, bien déterminée à aller jusqu'au bout. Pourtant, elle prenait sans cesse du retard et bientôt sa belle-mère se retrouva loin devant elle.

« Si ma belle-fille veut marcher plus lentement, c'est son droit. »

Ce n'était pas à elle de remettre en question les décisions de sa belle-fille, même si elle doutait parfois de son bon sens. Elle se consolait en se disant qu'il y aurait sûrement de la famille avec la jeune femme, si elle avait besoin d'aide. Armée d'un optimisme chancelant, elle continua sa route, en essayant de ne pas s'inquiéter.

La colonne se déplaçait le long d'un ravin à un pas d'escargot. Loin devant, les quatre sages qui conduisaient la marche brandissaient le calumet de la paix, rite propitiatoire pour attirer la clémence du Grand Esprit. C'étaient eux qui déterminaient le rythme de la colonne en gardant toujours à l'esprit la présence des vieillards, des infirmes, des femmes chargées de lourds fardeaux et des jeunes enfants qui trottinaient derrière elles.

Les hommes assuraient la sécurité. A cheval, en avant, en arrière et de chaque côté, les hommes valides et les jeunes gens encadraient le convoi. Ils étaient hors de vue, si bien que la colonne semblait avancer seule, mais restaient sur leurs gardes et partaient parfois en éclaireurs vers un sommet lointain pour reconnaître le terrain.

Oiseau Bleu regarda tout autour d'elle d'un air anxieux. A gauche, sur le bord du ravin escarpé, elle apercevait la cime de quelques arbres. Cela signifiait de l'eau ou, du moins, une possibilité d'isolement. Elle devait y aller à présent, tout de suite. Elle n'osait plus attendre car l'heure était venue.

Elle s'éclipsa vers la pente, mais sa disparition n'attira aucun commentaire. La décence obligeait les adultes à s'éloigner de la colonne quand c'était nécessaire. Seuls les jeunes enfants et les vieillards pour qui rien n'avait plus d'importance ne se montraient pas aussi scrupuleux. Peuple pudique, les Tetons restaient malgré tout raisonnables.

Des perles de sueur glacée luisaient sur les sourcils d'Oiseau Bleu. Elle luttait pour réfléchir malgré le monde qui tournoyait tout autour d'elle. Que lui avait dit sa grand-mère un jour? Quelle était la meilleure position pour donner une naissance facile? Ou une naissance rapide? Soudain, tout lui revint comme dans un éclair. Et elle réentendait d'autres propos de sa grand-mère. « Les femmes ne crient pas comme des bébés. En le faisant, elles se ridiculisent. Porter un enfant est une chose formidable. Si on est en âge de donner naissance, on est aussi en âge d'endurer la souffrance en silence. »

Oiseau Bleu s'accrochait à ces mots avec une ténacité désespérée et ne laissa pas un murmure lui échapper, bien qu'elle soit seule. Il se passa une éternité, puis vint une petite fille. Vaguement consciente, Oiseau Bleu la souleva du carré d'herbe douce et chercha son couteau dans son étui. Proprement, rapidement, elle coupa le cordon, comme les vieilles femmes le lui avaient expliqué. Elle ne l'avait jamais vu faire. Les jeunes filles n'assistaient jamais aux naissances.

Toujours étourdie, elle emballa l'enfant dans une peau de faon qu'elle avait longuement tannée en secret pour la rendre blanche et douce. Elle l'avait gardée sur elle en pensant à cette heure. Elle enfila une robe fraîche, emballa le placenta et le cordon dans l'ancienne et en fit un paquet. Puis, dans un effort surhumain, elle le fourra dans le trou d'un arbre, hors de portée des animaux profanateurs. C'est ainsi qu'il fallait agir afin que l'enfant puisse grandir l'esprit et le corps sains. Tout le monde le savait, c'était la loi.

Au bord de l'eau, elle s'agenouilla pour se laver les mains. Puis, sans savoir pourquoi, elle versa quelques gouttes sur le petit visage qui tenait confortablement dans le creux de sa main. Pourtant, malgré ses efforts, elle ne pouvait se concentrer sur la merveille qu'elle tenait dans ses bras. A la surface de l'eau, poussaient des nénuphars qui l'attiraient irrésistiblement.

Comme ils étaient beaux! Comme ils vous forçaient à écarquiller les yeux pour pénétrer leur forme et leur esprit. Son regard passait de l'un à l'autre; soudain, il lui fut impossible de les dissocier du visage de son enfant. Une nouvelle sensation l'envahissait, l'étouffait presque. « Ma fille! s'écria-t-elle, comme tu es belle! Aussi belle que les nénuphars. Mon nénuphar à moi », murmura-t-elle dans des sanglots de joie.

Surpris par l'eau froide, le bébé secoua la tête. Puis, merveille parmi les merveilles, il regarda sa mère et sourit. Oiseau Bleu en était certaine. Elle en oublia tout, même sa vie malheureuse près d'un mari jaloux.

Le bébé serré contre son coeur, elle rejoignit la colonne, s'appliquant à emprunter la placidité conventionnelle des femmes, car même sa douleur lancinante était un plaisir pour elle. Son retour dans le groupe n'attira aucune attention particulière. Après tout, une femme avec un bébé dans les bras, c'était la règle plutôt que l'exception; de plus, à la fin de la colonne, personne ne l'avait vue partir un moment plus tôt.

Le soleil descendait à l'horizon. Oiseau Bleu marcha tranquillement le long de la ligne, comme si elle cherchait sa famille, jusqu'à ce qu'une cousine par alliance remarque ce qui s'était passé et se charge d'elle. Elle envoya chercher la famille, écarta son cheval de trait de la colonne, installa la mère et l'enfant sur le travois et conduisit l'animal à une allure encore plus lente pour que son précieux fardeau ne soit pas secoué dans les trous et les bosses.

A l'heure du crépuscule, elles arrivèrent au campement. Tout le monde avait déjà choisi sa place. Certains tipis étaient montés, et le cercle se complétait rapidement. Les hommes et les jeunes gens qui avaient chevauché toute la journée arrivaient à leurs tipis, apportant à leurs femmes ou à leurs mères le petit gibier qu'ils avaient tué pendant la journée. Bientôt un cercle continu de feux de camp scintillèrent dans l'obscurité, et une fumée âcre, telle une senteur d'encens, s'élevait de tous les foyers. Après la marche, la vie du camp reprenait.

De plus en plus, Oiseau Bleu ressentait la fatigue. Elle éprouva de la reconnaissance envers sa cousine qui lui proposa de rester avec elle jusqu'à ce qu'elle retrouve ses forces.

— La journée a été trop dure pour toi, disait la cousine. Ce n'est pas facile de donner naissance en voyage. Reste là et laisse-moi m'occuper de toi. Si tu rentrais chez toi, tu te sentirais obligée de travailler.

Les nouvelles voyageaient vite de tipi en tipi et, en un rien de temps, tout le monde fut au courant. Quand la belle-mère d'Oiseau Bleu apprit que le bébé était né et que la mère et l'enfant étaient sains et saufs dans un tipi de l'autre côté du camp, son soulagement n'eut pas de limites. Le lendemain matin de bonne heure, elle alla les voir et accepta de bon coeur que sa bru reste où elle était pendant quelque temps. Pour son esprit simple — elle n'était guère imaginative —, cela lui sembla une solution idéale, du moins au début.

Ce ne fut que sur le chemin du retour qu'elle pensa: « Cela ne va pas plaire à mon fils. Il sera furieux que sa femme ne soit pas revenue immédiatement avec le bébé ». Elle redoutait de lui annoncer la nouvelle, sachant à quel point il interprétait à tort et à travers les décisions d'Oiseau Bleu, et à quel point il était irascible et morose depuis que cette gentille jeune fille était devenue sa femme. Cette pensée la troubla profondément.

2.

Oiseau Bleu n'avait jamais été très heureuse, ni dans son ménage ni dans sa vie au sein d'une tribu qui n'était pas la sienne. Ce n'était pas que les gens ne fussent pas gentils avec elle, bien au contraire, mais son propre peuple lui manquait constamment. Cela faisait presque quatre ans à présent qu'elle et sa grand-mère vivaient avec eux. Parfois, elle regrettait de ne pas avoir risqué le tout pour le tout et de n'être pas partie à la recherche des siens. Même si elle avait dû en mourir, cela en aurait valu la peine.

Elle avait passé une enfance heureuse, mais cette époque n'était plus qu'un rêve depuis longtemps évanoui. Elle ne retrouverait jamais cette vie insouciante, si cruellement et si brusquement terminée. Ce soir-là, pour la première fois, avec Nénuphar, son enfant endormi à côté d'elle, elle se sentit de nouveau heureuse. Ce n'était pas le même bonheur qu'autrefois, mais cela la réconfortait quand même. Seule dans le sombre tipi de sa cousine, elle se laissait aller à ce souvenir. Avec un détachement singulier, elle osa, pour la première fois, se rappeler en détail les événements de cette journée tragique qui l'avaient séparée de sa famille. Cela lui paraissait lointain, comme si c'était arrivé à quelqu'un d'autre, en des temps reculés.

* * *

Elle avait quatorze ans à l'époque. Son père avait décidé de quitter le camp pendant quelques jours, car les réserves de viande fondaient et il n'y avait pas eu de bisons en vue depuis longtemps. Il emmena sa femme, sa mère et ses trois enfants, Oiseau Bleu et ses frères âgés de six et dix ans.

La famille installa un campement provisoire près d'un bois et tous allèrent immédiatement chercher des perches et des rameaux pour installer un séchoir à viande. Bientôt le père rapporta des cerfs et du gibier à un tel rythme que les deux femmes devaient travailler de l'aube au crépuscule, car c'était une famille frugale qui économisait tout ce qui pourrait être utile.

Si occupée qu'elle fût, la vieille grand-mère prit le temps, un après-midi, d'aller se promener sous les peupliers tout proches. Le lendemain, à l'heure du repas, elle annonça:

— Il y a une grande cache de haricots rampants par là et des sentiers qui vont dans toutes les directions. Les souris aussi se préparent pour l'hiver.

— Voilà une bonne nouvelle, répondit la femme de son fils. Nous pourrons ramener au camp des haricots en plus du gibier. J'espère que vous savez encore où les trouver.

— Bien sûr. J'ai marqué l'endroit d'un bâton, lui assura la vieille. J'aurais pu ôter la terre avec ma canne et les ramasser tout de suite, mais j'ai préféré attendre.

Le plus jeune des frères d'Oiseau Bleu, qui adorait ces légumes, s'exclama:

— Oh, tu aurais dû, Grand-mère! Comme ça, on aurait pu en manger tout de suite.

Oiseau Bleu lui coupa la parole.

— C'est impossible, voyons, idiot! Tu ne sais donc pas qu'il faut laisser un présent aux souris quand on leur prend leur nourriture? Il faut bien qu'elles mangent, elles aussi.

Ce n'était guère une façon pour une fillette de s'adresser à son frère, et peu d'adultes se seraient abstenus de corriger un tel écart de langage.

— Ma fille, dit calmement mais fermement la mère, on ne traite pas son frère d'idiot. J'ai du maïs séché dans cette boîte, poursuivit-elle en s'adressant à la grand-mère, est-ce que cela conviendrait?

La vieille femme fut ravie.

— Bien sûr, c'est exactement ce qu'il faut. C'est même trop bon pour elles. Ce ne sont que des souris après tout, pourquoi mériteraient-elles qu'on ait pris la peine de leur faire sécher du maïs vert? Elles seront bien trop heureuses pour songer à m'ensorceler... j'espère.

Elle prononça cette dernière phrase d'un ton enjoué, mais il était évident qu'elle craignait le pouvoir redoutable des souris en colère.

Oiseau Bleu accompagna sa grand-mère et toutes deux trouvèrent des haricots en abondance, gros et charnus. Ils auraient un goût riche et doux, dit la vieille femme. Elles découvrirent d'autres caches et se mirent immédiatement au travail, ramassant joyeusement des poignées de légumes sombres, couverts de terre, qu'elles jetaient sur une couverture étendue. Pour chaque poignée de haricots, elles plaçaient une poignée de maïs séché au soleil, présent royal pour les souris. Quand elles eurent terminé, elles prirent la couverture par les coins et la secouèrent pour se débarrasser de la terre. Une poussière fine s'envola dans la brise. Plus tard, elles ôteraient facilement les mottes qui étaient tombées au fond.

La vieille femme fit un balluchon de la couverture qu'elle ferma solidement avec une lanière de cuir. Quand elle se releva, elle gémit un peu, car, comme à l'accoutumée, son dos lui faisait mal. Puis, s'abritant les yeux de la main, elle regarda le soleil.

— Viens mon enfant, il faut y aller, il se fait tard. » Mais elle ne put s'empêcher de ramasser à la hâte quelques morceaux de bois.

— On n'a jamais trop de bois, dit-elle.

Elle en fit un fagot qu'elle attacha avec sa ceinture. Avec l'habileté de l'expérience de toute une vie, elle le jeta pardessus ses épaules. Finalement, elles se mirent en route, portant à deux la couverture pleine de haricots.

Elles sortirent des bois et se retrouvèrent dans un espace ouvert, mais quand elles regardèrent en direction du campement, il avait disparu. Tout était en ruine. Comment cela avait-il pu se produire si rapidement, si silencieusement? Comment croire que pendant leur courte absence un ennemi avait ravagé le camp? Pourtant, c'était la vérité.

La destruction était totale. La tente de peau avait été lacérée au-delà du réparable, les poteaux étaient brisés et le séchoir démantelé. Les deux garçons gisaient, à plat ventre tout près du tipi, morts. Les parents avaient disparu sans laisser de traces. Les deux survivantes ne surent jamais s'ils avaient été tués ou simplement faits prisonniers.

En hâte, elles recouvrirent les corps des enfants, mais ce n'était pas l'heure des lamentations. Sous le choc, elles ne pouvaient éprouver peur et chagrin en même temps. Une des émotions devait attendre, et la peur prit la première place. De crainte que les maraudeurs ne reviennent, la grand-mère décida qu'il valait mieux se cacher. Elles se dissimulèrent donc dans les buissons et derrière des rochers pendant la journée et voyagèrent de nuit. Sous le ciel couvert, elles se perdirent et errèrent au hasard.

Le deuxième jour, à l'aube, elles tombèrent sur un large campement qui malheureusement n'était pas le leur. Mais la tribu appartenait à leur peuple et parlait le même dialecte. Elles avaient trouvé un refuge. En apprenant la nouvelle de leur récente tragédie, les sages envoyèrent le crieur annoncer leur arrivée et appeler la tribu à leur secours.

La réponse fut rapide. Quelqu'un leur offrit un tipi, tandis que les gens venaient déposer leur contribution dans une grande peau de bison. Les femmes se précipitèrent pour offrir des présents, vêtements et nourriture. En un jour, Oiseau Bleu et sa grand-mère furent pourvues du nécessaire pour commencer une vie nouvelle. De temps à autre, les femmes et les mères des chasseurs leur apportaient de la viande, et elles furent invitées à toutes les fêtes collectives. Quand, dans l'intimité de leur nouveau foyer, Oiseau Bleu et sa grand-mère se laissaient aller à leur chagrin, leurs voisines venaient pleurer avec elles, comme le voulait la coutume. Le campement adopta les nouvelles venues comme des membres de la famille.

Il est vrai qu'Oiseau Bleu et sa grand-mère faisaient partie des plus humbles de la tribu. Sans hommes dans la famille, elles ne pouvaient manifester aucune prétention quant à leur statut social. Néanmoins, malgré leur condition modeste, la communauté leur accordait toute l'estime à laquelle elles avaient droit. Les Tetons n'étaient pas un peuple prétentieux. Personne n'organisait de fêtes luxueuses ni ne prenait part à des cérémonies d'offrandes coûteuses, sauf lorsque les circonstances l'obligeaient. La grand-mère et sa petite-fille acceptaient la situation et se contentaient de rester tranquillement à l'arrière-plan. Comme elles ne pouvaient retourner à leur propre campement où elles auraient eu un meilleur statut, c'était déjà beaucoup qu'elles soient tombées entre des mains amies.

Au fur et à mesure des saisons, les hommes du village ne purent s'empêcher de remarquer qu'Oiseau Bleu devenait d'une très grande beauté. Ce fait troublait beaucoup la grand-mère qui aurait bien aimé partager avec quelqu'un d'autre ses responsabilités envers sa petite-fille jusqu'à son mariage. Connaissant le jeu dangereux que jouaient parfois les jeunes gens, elle s'inquiétait pour elle. Il faudrait absolument lui dire que des jeunes filles s'étaient perdues en croyant à leurs propos doucereux, et c'était son devoir de la mettre en garde. « Je lui parlerai demain », se disait-elle. Mais chaque jour, elle reculait, redoutant cette épreuve. « Peut-être devrais-je la marier dès maintenant, avec un chef de famille fort et aimable pour qu'elle devienne une seconde épouse. Elle aurait ainsi une position honorable avant d'avoir le temps de s'attirer des malheurs. Oui, ce serait pour le mieux. »

Mais à qui la marier? Et quelle femme l'accepterait? Etre une seconde épouse n'était pas toujours une mauvaise situation si l'homme était gentil. Elle-même avait été une seconde épouse; elle était la soeur de la première femme et on l'avait bien acceptée. En fait, elle s'en souvenait à présent, c'était même sa soeur aînée qui avait proposé qu'elle entre dans la famille. Hélas! Oiseau Bleu n'avait pas de soeur dans le camp. Une première épouse ne l'accepterait peut-être pas facilement. Il fallait y songer. Lentement, craintivement, la vieille femme tournait et retournait le problème dans sa tête. Mais elle ne s'était pas encore résignée à agir quand, un jour, Oiseau Bleu lui annonça:

— Grand-mère, un jeune homme m'a demandée en mariage. Il s'appelle Elan Etoilé.

La vieille femme secoua la tête.

— Non, non, non, pas lui! Ce serait bien que tu te maries, nous sommes seules et démunies, sans un homme dans la famille. Mais pas avec lui. Hier soir encore, les femmes parlaient de lui autour du feu de camp. « C'est un mauvais chasseur, qu'elles disaient. Il ne s'intéresse à rien. Il a toujours été une forte tête au mauvais caractère, même quand il était enfant. » Ce n'est pas un homme pour toi, ma petite-fille.

— Mais j'ai déjà accepté, grand-mère.

Un silence effrayant s'ensuivit.

— Ah, si seulement tu m'en avais parlé avant! dit la vieille femme quand elle eut retrouvé sa voix. Si tu m'avais dit qu'il te courtisait, je t'aurais prévenue, mon enfant. Mais comme tu lui as donné ta promesse, je ne peux plus rien faire pour toi. Une femme dakota ne revient pas sur sa parole une fois qu'elle l'a donnée. Ceux qui font de fausses promesses se ridiculisent pour l'éternité. Donner sa parole, c'est se donner soi-même.

Sur ces mots, elle sortit du tipi et gémit ainsi d'une voix tremblante.

— Oh, mon fils! Oh, ma belle-fille! Vous m'avez laissée seule. Que puis-je faire, moi qui suis affaiblie et fragilisée par les ans?

Longtemps dans la nuit, elle poursuivit ses lamentations.

Le mariage d'Oiseau Bleu était inévitable. Mais bien qu'elle se soit résignée, la grand-mère avait toujours le coeur gros.

« Si seulement j'avais eu quelqu'un pour m'aider à lui trouver un mari convenable », se murmurait-elle de temps en temps. Elle redoutait qu'Oiseau Bleu ne s'enfuît avec Elan Etoilé, tout en espérant cependant que les gens s'étaient trompés sur son compte en le décrivant de manière si négative. Après tout, il n'était peut-être pas si mauvais, et peut-être accepterait-il d'épouser Oiseau Bleu honorablement, avec l'approbation de toute la tribu.

La coutume était alors d'acheter les fiancées les plus prestigieuses. La femme qu'on épousait dans ces conditions était fort respectée, car cela signifiait qu'elle s'était gardée inaccessible et que l'homme qui la voulait à tout prix n'hésitait pas à lui offrir des chevaux pour l'obtenir, même au risque de se voir publiquement rejeté. « Ce n'est pas ce que j'espère pour ma petite-fille, se disait la grand-mère. Je me contenterais d'un mariage valide, et je pourrais alors mourir heureuse.» L'homme pourrait venir vivre avec elles ou au contraire les inviter ouvertement dans sa propre famille. D'une façon comme de l'autre, les choses auraient été planifiées à l'avance et Oiseau Bleu serait respectée.

Hélas, Elan Etoilé méritait bien sa réputation. Il enleva la jeune fille, ce que la grand-mère redoutait par-dessus tout. Quel jeu dangereux! Une femme teton qui acceptait le mariage dans des conditions aussi lamentables risquait son honneur. Comment pouvait-elle savoir que l'homme ne s'amusait pas avec elle? Trop souvent, un enlèvement avait des conséquences désastreuses pour la fille, alors que l'homme s'en tirait toujours. La grand-mère s'attendait à voir revenir sa petite-fille une fois qu'Elan Etoilé se serait lassé d'elle. Bien sûr, elle ne rejetterait pas sa propre petite-fille, mais la disgrâce planerait sur elle à jamais.

Pourtant, Oiseau Bleu eut de la chance. Elan Etoilé ne profita pas d'Oiseau Bleu mais l'emmena directement dans sa famille. Pour la grand-mère, c'était un fait rassurant. Bientôt la belle-famille vint la chercher et installa son tipi avec ceux du groupe afin de pouvoir s'occuper d'elle. Bien qu'Oiseau Bleu se soit mariée dans des circonstances peu honorables, les conditions matérielles de sa grand-mère s'étaient améliorées, et c'était déjà quelque chose.

Puisque Elan Etoilé avait emmené Oiseau Bleu dans sa famille, le mariage fut reconnu comme valide et, en peu de temps, l'inconscience de la jeune fille fut pardonnée. «Qu'espérer de mieux avec une fille jeune et jolie qui n'a pas de mère pour la conseiller? Que peut dire une vieille femme?

Mieux vaut se réjouir qu'elle n'ait pas eu trop d'ennuis et qu'elle ne porte pas un enfant sans père », disaient les femmes. Oiseau Bleu qui n'avait pas été « perdue dans la nature », abandonnée loin du camp et qui ne portait pas d'enfant illégitime fit donc bientôt partie des femmes irréprochables du campement, de justesse, mais cela suffisait.

Pourtant, la situation était loin d'être idéale. Elan Etoilé était paresseux, colérique et jaloux. C'était la famille qui traitait bien Oiseau Bleu à la fois pour ne pas défaillir à sa réputation et pour compenser les manquements d'Elan Etoilé. D'une certaine manière, cela compensait la mauvaise affaire qu'avait faite Oiseau Bleu en se mariant. Pourtant, parfois, elle aurait préféré une franche hostilité, si son mari, lui, avait pu être à la hauteur.

* * *

La nuit, les tipis de peau étaient parfaitement opaques. A moins qu'un feu n'y brûle, les occupants devaient y trouver leur chemin à tâtons. La cousine revint tard dans la nuit et s'approcha d'Oiseau Bleu. Celle-ci dormait peut-être, mais la cousine lui parla quand même.

— Cousine? Tu te reposes? Nous sommes seules, car j'ai envoyé les enfants et leur père dormir dans le tipi de la grand-mère. Réveille-moi si tu as besoin de quelque chose.

— Tout va bien cousine. Je crois que je vais dormir. Je repensais au passé, c'est tout. » Les deux femmes ne dirent plus rien. Dans leur dialecte, il n'y avait aucun équivalent de « bonne nuit ». On indiquait la bienveillance par le ton de la voix. Un peu plus tard, Oiseau Bleu, tout ensommeillée, étendit la main et caressa son bébé en souriant dans le noir.

«C'est tout ce que je désire, murmura-t-elle. Que son père fasse comme il lui plaira. » Sur ce, elle s'endormit. Comment aurait-elle pu s'imaginer à quel point son mari lui en voudrait de ne pas être revenue à lui tout de suite?

3.

De jour en jour depuis son mariage, Elan Etoilé avait de plus en plus mauvais caractère. La jalousie le tourmentait. Il s'imaginait sans cesse que les autres hommes désiraient sa femme et il accusait celle-ci de les encourager furtivement. Oiseau Bleu aimait beaucoup assister aux fêtes et aux danses, mais bientôt son époux le lui interdit. Un jour, alors qu'elle était enceinte, Elan Etoilé déclara dans un accès de colère que l'enfant n'était pas de lui. C'était une absurdité, bien sûr, comme presque tout ce qu'il disait.

Après la naissance du bébé, il se conduisit de manière plus scandaleuse encore. Quand il apprit qu'Oiseau Bleu avait décidé de rester chez sa cousine pour quelque temps, il bouda et refusa de voir la mère et l'enfant. Toute la journée et tard dans la nuit, il resta couché dans l'herbe parmi les chevaux attachés derrière la demeure de sa cousine et observa le tipi sans relâche pour guetter ceux qui allaient visiter sa femme. Toute la tribu se moqua de lui. « Quelle honte de bouder comme une femme, disaient les hommes. Il a toujours été bizarre, il n'a pas d'amis... même enfant, il n'en avait pas... Il n'est même pas du genre à jeûner ou à faire la guerre... mais si, au moins, il était bon chasseur... »

Mais ni la désapprobation des anciens, ni les moqueries des jeunes de son âge n'incitèrent Elan Etoilé à remplir ses devoirs de mari. En fait, cela le poussa même à vouloir faire souffrir sa femme le plus possible, et il atteignit le paroxysme en décidant de la répudier publiquement.

Au cours d'une grande danse de la victoire, il attendit que la foule soit au complet, et, pendant une pause, il se fraya un chemin jusqu'au centre du cercle, arracha l'un des bâtons décorés des joueurs de tam-tam, et resta immobile, le bâton en main. C'était le moyen de gagner l'attention du public au cours des cérémonies d'offrandes. Seuls les dignitaires y étaient autorisés grâce à leur passé de générosité et d'hospitalité. Elan Etoilé ne pouvait se vanter d'une telle réputation. La foule attendait en silence. Qu'allait-il faire?

Plein d'arrogance et d'emphase, il brandit son bâton et déclara:

— Vous voyez cette femme? Celui qui la veut pour aller chercher de l'eau et du bois peut la prendre!

Il jeta son lourd bâton vers la foule. De crainte d'être blessés, tous reculèrent. Personne ne le ramassa. Elan Etoilé savait que personne n'y toucherait, il voulait simplement jeter la honte sur Oiseau Bleu.

C'était un acte stupide, du jamais vu, mais caractéristique de sa personne, malheureusement. Au lieu de grandir son image comme s'il avait annoncé: « Voici un cheval pour les nécessiteux! » il ne fit qu'aggraver sa piètre réputation. De plus, Elan Etoilé avait profané une danse de la victoire. Bien sûr, répudier une femme faisait partie de la coutume, mais ce n'était pas le moment, cela devait se produire au cours de danses sociales où l'humeur était légère et insouciante. Même ainsi, cette pratique était méprisée par les hommes de statut élevé qui considéraient indigne d'eux de manifester publiquement leurs émotions. Pour répudier une femme infidèle, mieux valait l'envoyer ailleurs ou la quitter sans même se retourner. Seuls les hommes vils et vains montraient leur colère. Et puis, Oiseau Bleu n'avait pas été infidèle, et tout le monde le savait. Ainsi, Elan Etoilé perdit sa femme et se ridiculisa complètement en même temps, ce qui lui attira un tel mépris de la part de la communauté qu'il ne pouvait plus rester au camp. Il partit donc sur-le-champ pour une destination inconnue.

Bien sûr, Oiseau Bleu se sentit blessée par cette insulte publique, mais pas autant que l'espérait Elan Etoilé. En fait, au moment des festivités, elle se trouvait dans le tipi de sa cousine, torturée de douleur car son enfant était mourant.

Malgré ses efforts, Oiseau Bleu était bien obligée de constater que la petite Nénuphar s'affaiblissait. Toute la journée, elle était restée immobile et avait refusé de manger. Les diverses racines offertes par sa cousine n'avaient été d'aucun secours. Une voisine vint apporter une substance poudreuse obtenue sur les terres incultivables et connue sous le nom de « fumée de terre » et lui dit: « Essayez ça, cela guérit toujours mes enfants. Une pincée dans un peu d'eau ».

Mais Nénuphar ne voulut rien avaler. L'espoir s'amenuisait. L'enfant mourrait dans quelques heures si l'on ne trouvait aucun remède. Bien que peu habituée à ce genre d'expérience, Oiseau Bleu décida de prier. Mais comment s'y prendre?

Instinctivement, elle plongea la main dans le sac qui contenait ses affaires personnelles ainsi qu'une petite peau de loutre peinte d'un rouge brillant. Elle avait récupéré cet objet à la hâte le jour de la tragédie qui l'avait séparée de sa famille et elle le chérissait depuis. Elle était sûre qu'il était doté de pouvoirs surnaturels, bien que son père ne lui ait jamais rien dit de tel. Tout simplement, elle le vénérait plus que toute autre chose. Peut-être sauverait-il son enfant.

Elle mélangea du tabac encore fumant avec de l'écorce de saule et en emballa un peu dans un carré de peau de cerf, faisant dix petits paquets, pas plus gros que son pouce. Elle devait faire une offrande. « Est-ce ce qu'il me faut? Comment savoir? Les sages parlent d'un Etre Sacré — Taku Wakan — doté de pouvoirs suprêmes, mais je n'ai jamais bien compris cela. Il est si loin de nous. Pourquoi s'occuperait-il de moi? » se disait-elle pendant sa course désespérée contre la mort.

Dans les grandes plaines et les forêts près des montagnes Rocheuses, elle avait vu des rochers et des arbres peints en rouge et, parfois, une belle couverture et d'autres présents qui pourrissaient à leur pied. Elle savait ce que cela signifiait. Tout le monde le savait. Ces rochers et ces arbres étaient sacrés. C'étaient des autels où les gens avaient prié en temps de crise. A présent, elle aussi allait ériger son propre autel.

Oiseau Bleu prit le bébé et le sac d'offrandes et quitta le tipi en catimini. Elle marcha et marcha jusqu'à ce que la rumeur des festivités s'éteigne et que le camp soit hors de vue.

Elle se figea dans une immobilité totale devant un rocher au milieu de la vaste plaine. Bien qu'il fût profondément enfoui dans la terre, il en dépassait une partie presque aussi grande qu'elle. A l'écart de tout, il semblait être là pour elle. Il se dressait sur un sol vierge. De toute évidence, aucun être humain ne s'était jamais tenu là.

Avec soin, elle déposa l'enfant inanimé sur une couverture et se mit immédiatement au travail, recouvrant le roc de peinture rouge. Elle étendit la peau de loutre de son père sur le sommet du rocher comme pour lui faire une coiffe et planta un bâton en face de lui. (La face peinte était devenue le visage du rocher ainsi personnifié.) Au sommet du bâton, elle fixa les dix petits paquets d'offrande. Attachés à de courtes ficelles de longueurs inégales, ils se balançaient, s'écartaient et se regroupaient dans la brise légère. Dans les descriptions de sacrifices et de jeûne où les hommes priaient dans un lieu solitaire, il y avait toujours cent petits paquets de tabac. Mais dix, c'était tout ce qu'elle avait pu faire, il faudrait s'en contenter.

Le soleil d'été dardait de tous ses rayons. A l'horizon, l'air tremblait et vacillait. A un moment donné, le bébé gémit faiblement. Tout était prêt. A présent, la prière, d'une importance capitale. « La prière doit être audiblement prononcée dans l'infini », avait-elle entendu dire. Elle se mit à parler au Grand Esprit Wakan Tanka qui siégeait dans le rocher. A voix haute, mais en marquant des pauses, de peur que sa prière ne soit pas comprise autrement, elle dit: « Oh, Grand-père, entends-moi. Depuis le début, tu as toujours été là. Avant qu'il y ait des hommes, tu étais là. Et longtemps après que nous serons partis, tu seras toujours là. Entends-moi, Grand-père, aie pitié de moi. Sauve la vie de mon enfant. » Telle fut sa prière. Stupéfaite de sa propre audace, elle resta là, immobile, et attendit. Quoi exactement, elle n'aurait pu le dire. Soudain, elle entendit quelqu'un lui murmurer clairement à l'oreille: «*Hao!*». En dakota, ce mot signifiait l'approbation et le consentement.

Rapidement, Oiseau Bleu se couvrit le visage des mains et inclina la tête, se résignant à la fatalité. Sans doute un homme l'avait-il suivie, un ennemi peut-être, prêt à la tuer. Qu'il en soit ainsi. Inerte, confuse, elle attendit longtemps. Rien ne se produisit. Lentement, elle releva la tête et dégagea son visage pour regarder autour d'elle et scruter l'horizon. Dans cette vaste étendue déserte, elle était seule.

« Ma prière a été entendue! Mon enfant vivra. Mon enfant vivra ! » Une étrange légèreté, une joie infinie l'envahirent, et une nouvelle hardiesse née de la confiance en soi balaya toutes les craintes de son enfance. Tenant la main devant sa bouche comme une trompette, elle appela, cria, hurla ses remerciements. « Grand-père, je te serai éternellement reconnaissante! » Elle répéta et répéta ces mots jusqu'à en avoir mal à la gorge, se tournant dans toutes les directions afin que son cri remplisse l'espace.

Mais cette sorte d'exubérance ne dure jamais. Bientôt, elle revint à la réalité et contempla son triste sort. Bien qu'elle ne fût pas coupable, on l'avait humiliée en public. C'était injuste, impitoyable. Elle pleura à voix haute. Selon la coutume, elle s'adressa tour à tour à tous ses parents morts, en finissant avec une question à laquelle personne ne pouvait répondre: « Où avez-vous tous disparu? »

C'est toujours une bonne chose de se laisser aller à son chagrin, et une mauvaise de le retenir. Elle se sentit mieux après ses larmes. Elle sécha ses yeux en plaçant la paume des mains sur ses paupières, comme le font toutes les femmes. Elle ramassa son enfant, mais son corps inerte ne l'inquiétait plus comme auparavant. Elle s'en alla, en laissant la peau de loutre au Grand Esprit. Il n'y avait que lui qui méritait un tel objet que son père avait autrefois chéri.

Tout le monde dansait encore quand elle retourna au tipi de sa cousine. Elle fut heureuse de trouver la tente vide; ainsi, elle n'aurait aucune explication à fournir. Une fois de plus, elle offrit la fumée de terre au bébé, mais, cette fois, Nénuphar l'avala. Peu à peu, l'enfant sembla moins souffrir. Il s'endormit et, un peu plus tard, se réveilla guéri. Oiseau Bleu ne fut pas surprise. Elle avait prié et ses voeux avaient été exaucés.

Tout émue qu'elle était, elle écouta raconter avec peu d'intérêt que des visiteurs d'un autre camp avaient reconnu sa grand-mère comme l'un des membres de la famille qui n'était jamais revenue et qu'ils allaient transmettre cette nouvelle à la tribu. « Votre petit-fils Aigle Noir vous a beaucoup pleurée, avait-on dit à la grand-mère. Dès que nous serons de retour, il viendra vous chercher. » C'est ainsi qu'enfin Oiseau Bleu, son enfant et sa grand-mère retrouvèrent leur peuple et leur famille qui les accueillirent avec des larmes de chagrin pour les morts et des larmes de joie pour les vivantes.

4.

Dans la tribu, une famille pouvait vivre très bien, tant que le père était bon chasseur et la mère, travailleuse. Mais, sur le plan social, ce n'était pas suffisant; l'idéal était d'appartenir à une famille, reliée à un groupe plus large d'apparentés, ce qu'on appelait un *tiyospaye*, un groupe de tipis. Dans le village, ces groupes plantaient leurs tipis côte à côte, afin d'être toujours là pour s'entraider. La force et l'importance sociale de ces groupes étaient telles qu'aucune famille isolée, quels que soit ses talents, ne pouvait rivaliser avec eux.

Dans ce groupe, tous les adultes étaient responsables collectivement de la sécurité et du bonheur des enfants. L'enfant grandissait dans un climat de confiance et de sécurité et tout était pour le mieux. Dès le départ, il aurait pu dire: « Je ne crains rien, j'ai de la famille ». Etre rejeté du groupe, c'était se perdre; le retrouver, c'était pénétrer à nouveau dans un havre de paix.

Ce fut dans un tel havre que se retrouva Oiseau Bleu. De nouveau, elle était parmi les siens. C'était important pour sa fille de grandir en bénéficiant de l'appui du groupe familial et de développer des liens d'amitié avec soeurs et cousines et des liens de respect avec frères et cousins qui l'aideraient toujours si elle en avait besoin.

Oiseau Bleu avait toutes les raisons de se réjouir, mais au début elle pleurait parfois le soir et les femmes vinrent pleurer avec elle dans son tipi et lui sécher ses larmes. Elle ne réussissait pas à arrêter ses pleurs, car maintenant elle était sûre que ses parents étaient bien morts.

— Si seulement je les avais vus eux aussi avec des flèches dans le dos, je m'y serais habituée depuis longtemps, dit-elle à sa grand-mère. Mais je me suis toujours imaginée qu'ils m'attendraient ici.

— Et bien maintenant, tu sais, mon enfant, alors, accepte-le et essaie d'être heureuse.

Pourtant, les années qu'elles avaient passées hors du village avaient apporté des changements considérables dans la grande famille. Certains étaient partis rejoindre leurs épouses dans des tribus éloignées, d'autres étaient revenus avec leur propre famille et parfois même certains membres de la famille de leur mari ou de leur femme. A part les nouveaux venus, tout le monde connaissait bien la grand-mère, mais Oiseau Bleu avait oublié beaucoup d'entre eux et devait maintenant renouer connaissance. Pourtant, elle resta dans son tipi jour et nuit jusqu'à ce que la grand-mère lui dise:

— Ma petite-fille, va voir les autres, ils sont contents de te savoir revenue.

Oiseau Bleu avait des réticences.

— Vas-y, Grand-mère, et apporte-moi les nouvelles. Tu sais

bien que la famille n'a pas cessé de venir nous apporter des présents. C'est mieux comme ça, laissons-les venir quand ils en ont envie, je les recevrai toujours bien. Tu sais, j'ai été répudiée et humiliée en public, il vaut mieux que je me tienne tranquille et que je n'aille pas perturber leur vie. Tu sais ce qu'on dit des gens qui dérangent sans cesse? Qu'ils sont comme des chiens qui accueillent leurs maîtres en se précipitant sur eux sans savoir si les autres en ont envie. Ces membres de ma famille sont peut-être tristes, ils ont peut-être appris de mauvaises nouvelles, et alors pourquoi leur sauterais-je dessus comme un jeune chiot, en souillant leurs habits avec mes grosses pattes sales? Non, je ne veux pas me conduire comme un chiot, même gentil.

— Tu as sans doute raison, et nous avons beaucoup à faire ici, avec toute cette viande que tes frères et tes cousins nous apportent. C'est Aigle Noir qui leur a rappelé leur devoir en montrant l'exemple. Aigle Noir, mon premier petit-fils! Même enfant, c'était déjà un homme, et maintenant, c'est un chef. Tu as de la chance d'être prise en charge par ton cousin, mon enfant.

— Je sais. Mais j'ai l'impression de mal le connaître. Je me souviens à peine de l'allure qu'il avait jeune homme, ni du moment où il s'est marié pour rejoindre le village de sa femme. Je n'avais que neuf ou dix ans à l'époque. Et maintenant, il est de retour. J'ai rencontré sa femme et nous avons échangé des présents, mais je n'ai pas encore rencontré le reste de sa famille.

— Oui, ton cousin est revenu, et maintenant, c'est lui le chef du tiyospaye. Mon petit Aigle Noir!

La vieille femme se laissa aller à ses souvenirs, les larmes aux yeux.

— Et sa famille par alliance l'aime tant, poursuivit-elle en se frottant les yeux, qu'ils l'ont tous suivis et resteront avec lui pour toujours. Les parents ont suivi leur fille, mais c'est le mari de leur enfant aussi bien que leur propre progéniture qui les a attirés ici. Il paraît qu'en tout tu as sept ou huit cousins ici, si l'on compte les enfants.

Oiseau Bleu ne le savait pas encore, mais c'était la famille à laquelle elle resterait liée toute sa vie, une famille adoptive qui ne partageait pas son propre sang. Pourtant, ils restaient des étrangers. Ce ne fut que par l'intermédiaire d'un petit garçon qui s'intéressait à Nénuphar qu'Oiseau Bleu finit par les connaître intimement.

Les mois se suivirent, avec les activités de la vie quotidienne et le développement de Nénuphar pour seules préoccupations. Avant qu'Oiseau Bleu eût le temps de s'en apercevoir, Nénuphar rampait déjà à quatre pattes, débordante de vie et demandant une attention constante. Un jour que la grand-mère était sortie et qu'elle-même avait du travail à faire à l'extérieur, Oiseau Bleu plaça Nénuphar sur une couverture en peau de bison et l'entoura de coussins de peau rembourrés de poils de cerf. Elle donna à Nénuphar ses jouets de bois ainsi que son anneau à dents et sa petite tortue bariolée qui imitait les écailles d'un animal véritable. En un sens, la tortue était Nénuphar elle-même, car la fillette n'était-elle pas elle aussi encore dans sa carapace? A l'intérieur de la tortue, Oiseau Bleu avait placé le petit bout de cordon qui était tombé du nombril de l'enfant peu après sa naissance. Quand sa fille serait assez grande pour porter une robe de cérémonie, Oiseau Bleu attacherait la tortue à l'arrière de sa ceinture, en plein centre, comme ornement et comme talisman qui lui assurerait longue vie. Pour le moment, ce n'était qu'un jouet.

En un clin d'oeil, Nénuphar perdit tous ses jouets dans la couverture velue et jeta sa tortue chérie par-dessus les coussins qu'elle escalada pour aller la rechercher. Mais en chemin, elle s'arrêta pour prendre un morceau de charbon dans le foyer et pour le mettre dans sa bouche. Heureusement, le feu était éteint et froid. L'enfant examina l'objet soigneusement tandis qu'un petit garçon de six ans environ l'observait en souriant, un peu inquiet malgré tout devant ce que pouvait faire le bébé. Quand Nénuphar mit le charbon entre ses lèvres, il se précipita vers elle et s'agenouilla pour lui demander de le recracher. Nénuphar gardait la bouche bien serrée.

— Ah, vilaine! Allez, crache! dit-il en mettant sa main sous la bouche de l'enfant.

Nénuphar le regarda gentiment et ses joues s'étirèrent en un sourire amical, mais sa bouche resta close.

— Bon, puisque c'est comme ça, je vais te faire rire.

Il fit des grimaces et des bruits étranges, mais en vain. Il recourut donc à une autre astuce.

Comme tous les garçons, il adorait les chevaux et les connaissait bien. Il pouvait même les imiter, à sa manière. Soudain, il se transforma en cheval fou, ruant et se cabrant comme s'il voulait éjecter ou même tuer son cavalier. A quatre pattes, il sautait en l'air, terriblement haut, pour retomber exactement au même endroit. Pour ruer, il se soulevait sur les avant-bras. Il faisait le gros dos et tournait sur lui-même à toute allure. Aucun cavalier n'aurait pu tenir sur une monture aussi déchaînée!

Nénuphar était ravie, mais elle ne lâchait toujours pas son morceau de charbon. Peut-être l'avait-elle déjà avalé. Sans se décourager, le garçon se planta devant elle, la regarda férocement et secoua la tête comme un forcené. Enfin, dans un souffle rauque, il hennit comme un jeune poney. Ce fut ce dernier son qui remporta la victoire. Nénuphar hurla de joie et le charbon tomba enfin de sa bouche.

De ce jour, les deux enfants devinrent amis. Le garçon, qui s'appelait Petit Chef, venait souvent voir Nénuphar et jouait avec elle patiemment, lui ramassant ses jouets afin qu'elle puisse les jeter de nouveau. C'était leur jeu favori.

Oiseau Bleu aimait beaucoup Petit Chef, un garçon charmant aux manières douces. Elle aurait dû deviner qu'il avait été élevé par sa grand-mère, car son langage fort développé était plein de mots et d'expressions désuètes, comme celui des anciens. Il appelait les gens par leurs liens de parenté, signe d'un enfant bien élevé. Seuls des grands-parents munis d'une patience acharnée pouvaient obtenir de tels résultats. «Cela ne se fait pas, personne ne fait ça », lui disaient-ils, signifiant par là que lui aussi devait s'en abstenir. Pas de colère, pas de coups, mais des mots simples et gentils d'une grande efficacité. Le calme des grands-parents influait sur l'enfant et l'incitait à obéir.

Un jour, les enfants allèrent se promener après la pluie. Pendant ce temps, Oiseau Bleu releva le modèle d'un des mocassins de Petit Chef oublié au tipi et s'amusa à lui en fabriquer des neufs. Quand le garçon revint jouer avec Nénuphar, les mocassins l'attendaient à la place d'honneur, en face de l'entrée, tout brodés de piquants de porc-épic jaunes, rouges et violets chatoyants. Petit Chef les regarda jusqu'à ce qu'Oiseau Bleu lui dise:

— Essaie-les. Je suis sûre qu'ils sont à ta taille. Je crois que c'est Nénuphar qui te les a faits, car elle m'a dit qu'elle voulait t'en offrir pour te remercier d'être si gentil avec elle.

Malgré le ton sérieux, le garçon savait qu'elle plaisantait. Les mères agissaient souvent ainsi, et prononçaient les mots que l'enfant aurait dits, s'il avait su parler. C'était la coutume. Sa propre grand-mère faisait la même chose. Il resta muet de plaisir.

— Je vais les montrer à ma grand-mère, finit-il par dire en souriant timidement.

Quelques heures plus tard, la grand-mère de Petit Chef et belle-mère d'Aigle Noir, une grande femme vigoureuse d'âge mûr qui s'appelait Gloku, vint apporter des présents délicats. Délibérément, elle s'installa à la place de l'invité et essuya la sueur de son front et de son visage en faisant remarquer que la journée était bien chaude. Oiseau Bleu attendait en silence.

Quand la belle-mère d'Aigle Noir fut prête, elle commença à parler ainsi:

— Je suis venue vous voir car j'ai quelque chose à vous dire. Fabriquer des mocassins pour un enfant, ce n'est pas seulement l'honorer lui, mais aussi toute sa famille. Son grand-père et moi, nous sommes très touchés car notre petit-fils nous est cher. Pensez que c'est un orphelin qui n'a même jamais goûté le lait de sa mère et que nous l'avons élevé avec bien des difficultés. Pourtant, nous avons essayé de bien l'éduquer, nous avons donné des fêtes et des présents en son nom. Et comme vous l'avez honoré, lui, un parfait étranger pour vous, mon vieil homme — c'est ainsi que les épouses parlaient avec affection de leur mari — vous envoie un message. Il m'a dit: « Dans mon troupeau, il y a une belle jument blanche de trois ans. Elle n'est plus à moi. A partir d'aujourd'hui, elle appartient à cette petite fille ».

Ce fut à Oiseau Bleu de formuler une réponse polie.

— Mon cadeau n'est qu'une bien petite chose, Petit Chef est si gentil avec mon enfant. Mais le message de votre mari me réjouit. Moi aussi, j'apprécie que l'on honore mon enfant. Sans doute avez-vous entendu parler de mes malheurs et du mauvais traitement que son père m'a infligé. Seule, j'essaie d'élever ma fille avec autant de dignité que possible. Et tous ceux qui l'honorent m'honorent moi aussi.

Après cet échange, les deux femmes bavardèrent agréablement sans se poser de questions personnelles. C'était mal élevé de se montrer curieux. « Je garde le silence, se disait chacune d'elles, et si telle est sa volonté, elle me racontera. » En général, les choses que l'on voulait savoir arrivaient spontanément dans la conversation, à moins que cela ne fût des secrets que l'on préférait garder pour soi. Depuis qu'elle avait fait sa connaissance, Oiseau Bleu se demandait qui était Petit Chef, qui étaient ses parents, ses frères et ses soeurs. Avant la fin de la visite, elle apprit tout ce qu'elle voulait savoir.

— J'ai trois enfants, dit la belle-mère d'Aigle Noir. L'aînée est la femme de votre cousin et elle s'appelle Première

Femme. Sa soeur qui vit aussi au village est Femme de Rêve. Vous les avez déjà rencontrées. Femme de Rêve et son mari ont deux filles, Faon Agile et Fleur de Prairie. Vous les avez sûrement vues jouer.

« Je dois vous en dire un peu plus sur mes filles. Première Femme a un coeur tendre, mais elle ne le montre pas. Elle a l'habitude de parler trop directement, au risque de blesser. Sa soeur est très différente. Elle a toujours été très calme, et personne ne sait jamais ce qu'elle pense, car elle parle fort peu. Mais elle est gentille, dans son coeur comme dans ses attitudes. Comme vous, elle sait faire du bel ouvrage avec des piquants de porc-épic. Oui, elle a beaucoup de talents, des talents surnaturels même, d'après la rumeur.

« Quand votre cousin a décidé de rentrer chez lui et d'emmener sa famille, nous sommes tous venus avec lui, et maintenant nous sommes ici chez nous. »

Oiseau Bleu espérait qu'elle allait parler de Petit Chef, mais la belle-mère d'Aigle Noir n'ajouta rien avant d'y être prête. Soudain, elle ajouta, comme sans y penser:

— J'ai aussi un fils, le père de Petit Chef, Arc-en-Ciel. J'aimerais tant qu'il revienne.

— Il vit ailleurs?

— Il vit nulle part en fait. C'est un nomade. Pour le moment, je crois qu'il est avec des cousins, dans un autre village assez proche d'ici. Il ne tient pas en place. Il est parti quand sa jeune femme est morte en couches. Oh, il revient de temps en temps, mais jamais pour très longtemps. Nous, Grand-père et moi, nous nous sommes occupés de notre petit-fils depuis toujours.

— Et vous l'avez bien soigné, dit Oiseau Bleu d'un ton sincère. Nous sommes de grands amis maintenant. Il vient nous voir régulièrement et j'apprécie beaucoup sa présence.

— Oui, et je me réjouis de savoir qu'il vous a pour amies, vous et votre petite fille. Merci encore d'être si gentille avec lui.

Sur ce, Gloku (« Celle qui porte les siens ») s'en alla. Ce soir-là, quand son époux revint après les conciliabules avec ses amis, elle lui dit:

— Je n'arrête pas de penser à elle. Elle est aussi belle que gentille.

— Ah oui? répondit-il d'un ton indifférent, sans même prendre la peine de lui demander de qui elle parlait.

— Je parle de la cousine de ton beau-fils qui vient d'arriver, bien sûr.

— Ah bon, dit l'homme pour mettre fin à la conversation.

Mais une femme qui a une idée en tête ne renonce pas aussi facilement. Plus tard, alors qu'ils s'apprêtaient à se coucher, elle revint sur le sujet.

— Mari, notre fils devra mettre fin à son errance un jour ou l'autre, dit-elle en bâillant.

— Oui, c'est bien vrai, je me fais trop vieux pour aller à la chasse et m'occuper des chevaux.

Réglant ainsi la question, il se tourna vers le mur et, par habitude, se mit à grommeler et à tousser. Presque immédiatement, il s'endormit en ronflant.

— Stupide vieil homme, va! chuchota Gloku, je sens que parfois j'aurais envie de te tuer, sachant bien qu'elle ne le ferait jamais, car ils formaient un couple heureux.

Mais avant qu'Oiseau Bleu n'ait le temps de songer à se remarier, elle perdit sa fidèle grand-mère. Celle-ci avait beaucoup vieilli ces dernières années et bien qu'elle ne fût jamais malade, elle s'affaiblissait. C'était pourquoi Oiseau Bleu et Aigle Noir lui avaient interdit d'aller chercher de l'eau et du bois elle-même. Il y avait assez de personnes valides dans le tiyospaye pour fournir tout le matériel nécessaire à la vie des tipis.

— Grand-mère, lui dit un jour Oiseau Bleu, je sais que tu es très heureuse de travailler, mais pourquoi ne vas-tu pas voir tes amies plus souvent? Il est temps que tu songes à te reposer un peu.

Effectivement, la vieille femme commençait à trouver beaucoup de plaisir à bavarder avec d'autres vieilles. Il n'y avait rien de plus agréable pour elle que la douce compagnie des femmes de son âge qui partageaient ses souvenirs et ses goûts. Elles passaient les après-midi à se rappeler leur vie et à méditer. Soudain, l'une d'elles sortait de sa rêverie et demandait, comme si c'était une question de vie ou de mort: «Et comment s'était passée cette fête, cousine? Tu t'en souviens?» L'autre se penchait sur la question avec une grande concentration, comme si elle était de la plus haute importance, puis parlait en détail de ces jours passés dont plus personne ne se souciait.

Tout l'été se déroula ainsi paisiblement jusqu'à ce qu'un jour, après l'orage, on découvre le corps de la grand-mère dans la forêt, un bâton pointu enfoncé dans la tempe. Elle avait été frappée par une branche qui avait cédé dans le vent. Finalement, malgré sa promesse, elle était partie seule pour aller chercher du bois. L'habitude de toute une vie avait été la plus forte.

Ce fut à l'enterrement de sa grand-mère qu'Oiseau Bleu rencontra pour la première fois celui qui allait devenir son second mari. Arc-en-Ciel, le fils de Gloku et le père de Petit Chef, était en visite au camp ce jour-là et avait pris la responsabilité du tiyospaye pour décharger son beau-frère Aigle Noir durant son deuil.

Le tipi où reposait la grand-mère était le lieu de lamentations permanentes, car toutes les femmes venaient y pleurer puis recevoir un présent en remerciement de leur visite. Les hommes venaient aussi, mais ils ne pleuraient pas. Les jeunes gens venaient offrir une présence silencieuse, alors que les vieux chantaient des hymnes funèbres, et les sons mêlés, chants et pleurs, créaient un univers fantastique qui rendait hommage à la défunte. « Vous vous souvenez de sa mort? Tout le monde était ému », se souviendraient les femmes bien longtemps après. Pourtant, quand les hommes emportèrent le corps, seule Oiseau Bleu et quelques proches suivirent car, à cette époque, les funérailles n'étaient pas une cérémonie publique. On avait érigé une estrade sur un tertre à portée de vue du village, mais assez éloigné malgré tout.

En dépit de son chagrin, Oiseau Bleu ne put s'empêcher de remarquer l'inconnu qui travaillait avec les autres hommes. A tout moment, il savait exactement que faire. Quand il fut l'heure de monter l'estrade, il n'attendit pas que quelqu'un d'autre se charge de cette responsabilité à sa place, mais se précipita au contraire pour exécuter avec une sobriété efficace les gestes qu'il fallait accomplir. C'était cette confiance en lui et cette parfaite synchronisation qu'Oiseau Bleu apprécia par-dessus tout. Pas de pause maladroite pour discuter de l'étape suivante, ce qui aurait bafoué la dignité du moment.

Quand on souleva le petit corps tassé par l'âge de l'aïeule et enveloppé d'une peau de bison, l'inconnu le déposa gentiment à sa place, comme si c'était celui d'un enfant. Puis, sans hâte, il plaça tout autour les pauvres possessions que la vieille femme emporterait avec elle et couvrit le corps d'une grande peau, tandis qu'en bas les autres hommes attendaient avec des liasses de lanières de cuir tressées pour ficeler la sépulture, afin qu'elle résiste aux attaques du vent.

Arc-en-Ciel était à la fois compatissant, mature et efficace. En comparaison, l'infantilisme d'Elan Etoilé qui avait rendu la vie si insupportable à Oiseau Bleu paraissait encore plus inadéquat. Pourtant, Oiseau Bleu devait songer au présent. Ce n'était pas facile. Quant à Arc-en-Ciel, il travaillait avec une telle concentration, une telle indifférence pour son entourage, que personne ne put s'apercevoir s'il avait remarqué la jeune femme endeuillée.

Un soir, au terme d'une longue journée de voyage vers un autre campement, Oiseau Bleu était en train de dresser le tipi où elle vivait seule désormais avec son enfant, lorsque Arc-en-Ciel s'approcha et proposa d'aller lui chercher de l'eau, car les jeunes qui l'aidaient d'habitude ne s'étaient pas encore montrés. Il revint encore au crépuscule lui offrir une corde dont il n'avait pas besoin et tous deux échangèrent quelques banalités. Peu à peu, il en vint à parler de ce qu'il avait à l'esprit.

— J'ai quelque chose à vous demander. Cela ne vous plaira pas forcément, mais c'est à vous d'en décider. Si vous dites non, je n'en reparlerai jamais plus. Nous ne sommes plus des enfants, nous connaissons nos coeurs. Je ne vous offenserai jamais en vous pressant de changer le vôtre ni en usant des astuces dont jouent les jeunes gens, je suis beaucoup trop vieux pour cela.

Oiseau Bleu savait de quoi il parlait. Il voulait l'épouser. Ce qui était parfaitement légitime car il était le frère de la femme de son cousin, et le mariage jouirait de la reconnaissance tribale. Pourtant, Oiseau Bleu ne répondit pas immédiatement et, de nouveau, ils parlèrent d'autres choses. Au moment de partir, en s'éloignant déjà, Arc-en-Ciel signala qu'à l'automne, quand ils atteindraient le lieu de chasse, il partirait chasser le cerf.

— Vous irez donc à la chasse? demanda Oiseau Bleu d'une voix douce.

— Oui, c'est ça, répondit-il en se retournant.

— Alors j'irai avec vous, dit-elle avant qu'il n'ait eu le temps de s'éloigner.

Elle signifiait par là son accord.

— Très bien, si c'est réellement ce que vous souhaitez.

En rentrant chez lui, il eut un petit rire de triomphe. Il ne s'était pas dit grand-chose, mais cela suffisait. Oiseau Bleu avait accepté de devenir son épouse, car aucune femme n'allait jamais chasser avec un homme seul dans d'autres conditions.

Le lendemain matin, Arc-en-Ciel et son père se trouvaient

du côté des hommes devant le feu du tipi, tandis que la mère préparait le déjeuner.

— Pourquoi ce silence? demanda-t-elle après un instant. Vous ne pouvez pas parler pendant que je travaille? Il y a quelqu'un de mort?

C'était au père de donner la réplique. Il s'éclaircit la gorge et commença:

— Eh bien, Petit Chef est encore parti de bon matin. Qu'est-ce qu'il a cet enfant à négliger ainsi son tipi? Même son petit déjeuner, il le prend à l'extérieur.

— C'est qu'il aime tant jouer avec cette petite fille. Il est impatient de la revoir. Et sa maman est si gentille avec lui.

— Quelle petite fille? demanda Arc-en-Ciel en se levant.

— Comment, fils, l'enfant de la cousine de ton beau-frère, une bien jolie petite fille. La cousine dont la grand-mère est morte il n'y a pas très longtemps.

Comme si Arc-en-Ciel ne le savait pas! A cet instant, incapable de se retenir plus longtemps, la mère alla droit au but.

— Oh, mon fils, c'est une femme très bien. Je dois l'avouer... j'aimerais beaucoup qu'elle devienne ma bru. Ce sont ses enfants que j'aimerais bien porter sur mon dos.

Elle se mit à énumérer les qualités d'Oiseau Bleu: elle était belle, vertueuse, travailleuse et agréable.

Le père aussi entonnait le même refrain, faisant un effort pour soutenir les arguments de sa femme, si bien que les deux vieux finirent par parler en même temps de manière incohérente. De toute évidence, la femme lui avait fait la leçon en prévision de ce moment, mais le père ne l'avait pas très bien retenue.

Arc-en-Ciel éclata de rire.

— Qu'essayez-vous de me dire? Inutile de me chercher une femme, je suis assez grand pour cela.

Avant de partir, il resta un instant près de l'entrée et demanda:

— Au fait, mère, tu as toujours ce petit tipi de voyage?

— Oui, pourquoi?

— Nous allons en avoir besoin, moi et cette femme, pour aller à la chasse.

Il sortit, laissant ses parents effondrés. Pendant un long moment, ni l'un ni l'autre ne parla. Tout ce travail, toutes ces manoeuvres pour rien! Surprenant. Tout s'était réglé sans eux. Et dire qu'ils en avaient parlé d'avance et s'étaient même disputés sur la meilleure manière de présenter la question!

Le vieil homme leva les yeux au ciel et se mit à ricaner.

— Eh bien, femme, après tout, nous ne sommes pas si malins. C'est nous qui nous sommes fait avoir.

— Effectivement. Mais l'important, c'est que tout se déroule exactement comme nous le voulions. C'est de cela qu'il faut se réjouir.

5.

Deux jours plus tard, la tribu atteignit sa destination près de Box Butte, où elle devait séjourner un moment pour permettre aux hommes de chasser le cerf, avant de rejoindre ses quartiers d'hiver.

L'endroit était un plateau rectangulaire solitaire s'élevant au-dessus de la plaine environnante et d'où, les jours de beau temps, l'on pouvait contempler le paysage sur une distance de plusieurs jours de marche. Plus au sud, là où le village s'installerait pour l'hiver, le terrain était doux et régulier, légèrement en pente en direction de la rivière qui coulait vers l'est. C'était un campement idéal, avec de l'herbe épaisse pour les chevaux, et de l'eau et du bois en abondance pour les hommes.

Plus loin, au sud, au-delà de la rivière, se dressaient deux autres buttes, rectangles presque aussi parfaits que Box Butte, mais plus petits, étrangement isolés dans le paysage. La main qui les avait placés ici avait fait preuve de bon goût: deux monticules semblables, assez éloignés pour rompre la monotonie et ne pas boucher le paysage. Malgré leur présence, on voyait l'horizon au loin. Les hommes appréciaient ce détail, car il est agréable pour l'oeil de pouvoir embrasser de grandes étendues.

Dès que les tipis furent montés, le petit groupe de joyeux chasseurs commencèrent à s'éloigner du cercle pour se disperser dans la nature sauvage. Pour Oiseau Bleu et Arc-en-Ciel, ce voyage était aussi une lune de miel. Ils devaient partir pendant de longs jours pour ne revenir qu'une fois qu'ils auraient assez de viande pour leur famille proche, les parents d'Arc-en-Ciel et ses soeurs, Première Femme et Femme de Rêve.

Par courtoisie pour la nouvelle venue dans la famille, la belle-mère d'Oiseau Bleu et ses deux belles-soeurs avaient tout préparé pour le voyage et avaient attaché le tipi et le matériel sur un travois. Oiseau Bleu monta le cheval de trait. Arc-en-Ciel, qui avait un cheval plus rapide, ralentissait son allure pour rester près de sa femme, afin qu'ils aient le temps de s'habituer l'un à l'autre. De temps à autre, Arc-en-Ciel allait en avant pour observer ce qui les attendait. C'était une précaution indispensable pour tous les voyageurs.

Oiseau Bleu n'avait aucune idée de la direction dans laquelle ils allaient, mais elle faisait confiance à son mari. Il voulait aller dans un endroit secret, près d'une rivière encaissée dans une profonde vallée. Ce serait idéal pour un séjour tranquille. Ils installeraient leur tipi en dessous de grands peupliers, et regarderaient les feuilles d'or scintiller au soleil. Seuls les bruits de la nature troubleraient le silence, le murmure de l'eau, le pépiement des oiseaux, le cri des coyotes dans les collines.

Au village, Nénuphar se passait très bien de sa mère. Elle avait déjà l'habitude de jouer dans le tipi de Petit Chef, et à présent elle y dormait et y mangeait aussi. Désormais, ce serait autant chez elle que le tipi de sa mère et de son nouveau père. La nuit, elle se couchait sur une petite paillasse placée perpendiculairement à la tête du lit de sa grand-mère, tandis que Petit Chef, son frère à présent, dormait près du feu avec son grand-père, du côté des hommes.

Aux repas, la grand-mère servait d'abord les enfants puis, seulement après, les adultes, invités compris. La coutume voulait qu'on fît toujours passer les enfants en premier. Pendant qu'ils mangeaient, Gloku les regardait avec tendresse et leur murmurait de temps en temps, presque inconsciemment:

— Allez, mes petits-enfants, mangez bien. Mangez bien pour devenir grands et forts. Ensuite, vous irez jouer.

Nénuphar était une petite gourmande et n'avait guère besoin d'encouragement, mais Petit Chef qui avait tendance à maigrir ces derniers temps grignotait sans appétit. Parfois, il oubliait même l'heure du repas et restait dehors à jouer. Gloku s'inquiétait beaucoup, et ne manquait jamais une occasion d'en parler et de s'expliquer: « Mon petit-fils ne mange rien, et pourtant, je fais tout ce que je peux pour l'encourager. Il est en pleine croissance, c'est pour ça. Quand les enfants grandissent trop vite, ils ne veulent plus manger, quoi qu'on leur dise. Tout le monde le sait. »

Bien sûr, ces propos n'étaient destinés qu'à la rassurer, car les enfants trop maigres étaient une disgrâce pour leurs parents. « Regardez-le, le pauvre petit, son père et ses oncles doivent être de bien mauvais chasseurs. A moins que sa mère ne soit qu'une vieille avare, disaient parfois les femmes. Ah, pauvre enfant! » Gloku avait elle-même fait ces remarques autrefois sur des enfants maigrichons et se sentait mal à l'aise qu'on puisse maintenant penser la même chose de Petit Chef.

Nénuphar se trouvait tout d'un coup entourée de toute une famille qui s'occupait d'elle sans cesse, ce qui la changeait énormément de sa vie paisible dans le tipi de sa mère, mais elle s'y habitua bien vite. Depuis que Petit Chef s'était approché d'elle, les deux enfants s'entendaient comme frère et soeur et à présent qu'ils l'étaient réellement, rien ne changea. Malgré la différence d'âge, ils jouaient souvent ensemble. Petit Chef s'enorgueillissait de dire que Nénuphar avait fait ses premiers pas sous sa surveillance et il essayait de lui apprendre à parler. Il était grand temps qu'elle s'y mette, car même si elle avait presque déjà trois hivers, elle ne parlait toujours pas. Le garçon se désespérait et se plaignit à sa grand-mère.

— Je crois que ma petite soeur ne parlera jamais, elle sera comme Iesni (« Ne parle pas »), le vieil homme qui parlait avec ses mains parce qu'il n'avait pas voulu apprendre à parler quand il était petit. Je veux qu'elle parle.

— Un peu de patience mon petit. Iesni, lui, ne pouvait pas parler parce qu'il n'avait pas de voix, lui assura sa grand-mère. Nénuphar peut prononcer des sons, elle a donc une voix et elle parlera quand elle sera prête, tu verras. Je parie qu'elle emmagasine tout dans son esprit et qu'elle essaie de nouveaux mots quand personne ne l'écoute.

Elle avait raison. Soudain, presque du jour au lendemain et

à la grande surprise de tous, Nénuphar babilla et parla, plutôt bien. Petit Chef triomphait.

— Je crois qu'elle écoutait tout ce que je lui apprenais quand je te montrais du doigt et que je disais « grand-mère », ou le chiot, en disant « chien », ou le poney, en disant « cheval ». Elle a retenu tout ce que je lui ai appris.

— Oui, tu es un très bon maître, répondit la grand-mère.

Gloku savait éduquer les enfants. Elle avait bien élevé les siens qui avaient à présent de bonnes manières et étaient respectés dans toute la communauté. Elle avait participé à l'éducation de ses petits-enfants et elle continuait avec Nénuphar.

Il fallait d'abord apprendre aux enfants comment traiter les autres et comment s'adresser à eux, disait-elle. Par exemple, il ne fallait jamais appeler les membres de sa famille par leur nom, car c'était impoli, mais utiliser plutôt le terme désignant le lien de parenté. Les frères, les soeurs et les cousins devaient être entre eux d'une gentillesse particulière. C'était la règle d'or de toute bonne éducation. Gloku évitait pourtant de leur faire la leçon à longueur de journée, mais elle ne manquait jamais de tirer avantage des occasions qui se présentaient.

Un jour, pendant l'absence de sa mère, Nénuphar, de fort bonne humeur, jeta une poignée de terre au visage de Petit Chef et fut sévèrement réprimandée. La fillette avait fait cela pour se faire remarquer sans penser à mal, mais en entendant les gronderies de sa grand-mère, elle se mit à pleurer en même temps que son frère qui versait des larmes de douleur.

— Ne recommence jamais ça, petite-fille. Cela ne se fait pas, c'est ton frère. On ne fait pas de mal à son frère.

Ces mots choquaient dans la bouche d'une grand-mère toujours si gentille, mais, des années après, Nénuphar se souviendrait que c'était la seule fois où elle avait vu Gloku fâchée.

— Et toi, ne le prends pas comme ça, dit la grand-mère au garçon, ta petite soeur ne voulait pas faire de mal. Elle est trop petite pour comprendre. Tu vois bien, tu la fais pleurer aussi. Tu es assez grand pour savoir qu'un frère fait tout pour rendre les femmes de sa famille heureuses. Je te l'ai répété assez souvent. Maintenant, va te laver les yeux.

C'est ainsi qu'elle réglait les problèmes, en grondant d'abord, et en expliquant pourquoi ensuite. Après cette scène, elle les emmena jouer au ruisseau, et tout fut vite oublié.

Les deux grands-parents étaient la gentillesse et la patience incarnées. Toute la journée, et pendant les longues soirées, ils distrayaient les enfants et supportaient leurs jeux bruyants avec tendresse et affection. Mais quand il y avait des invités, les enfants devaient rester dans un coin et jouer calmement afin de ne pas troubler les conversations des adultes. Les enfants n'étaient pas brimés mais se limitaient eux-mêmes car ils savaient ce qu'on attendait d'eux, les petits imitant les plus grands.

Gloku excellait à faire collaborer Petit Chef à l'éducation de Nénuphar. Un soir, alors qu'un important dignitaire était venu rendre visite à Grand-père, Nénuphar troubla la discussion en riant joyeusement devant les ombres que les autres enfants faisaient sur la paroi du tipi pour l'amuser. A chaque rire, Gloku leur disait gentiment, comme si elle ne savait pas qui était la vraie responsable:

— Moins de bruit, les enfants.

Comme cela ne suffit pas, elle se tourna vers Petit Chef et le gronda délibérément. Nénuphar était encore trop petite pour qu'on la réprimande, et Petit Chef devait accepter les reproches à sa place. Quand cela se serait produit trop souvent, elle s'en rendrait compte et essayerait d'épargner son grand frère. Elle finirait par comprendre que sa grand-mère s'adressait indirectement à elle.

— Fais moins de bruit, Petit Chef. Tu es assez grand pour ne pas rire et crier quand nous avons des invités. Quel vacarme! Imagine que nous soyons en pays ennemi et qu'un éclaireur découvre notre tipi dans la nuit. Nous ne l'entendrions même pas arriver. Reste tranquille maintenant.

Petit Chef savait ne pas mériter ces reproches, mais il était habitué à cette pratique et aimait tant sa petite soeur que cela ne le dérangeait pas d'être grondé à sa place. Il baissa sa voix à un murmure et, quand il devait rire, il mettait la main devant sa bouche, pour se retenir. Nénuphar, elle continuait à faire du bruit. Cela prendrait encore du temps.

Tout le monde essayait de distraire Nénuphar. Sa tante Femme de Rêve abandonna son travail pour lui fabriquer des jouets, un petit tipi, des sacs, des meubles, répliques parfaites de ce que devait posséder une femme, si bien décorés de piquants de porc-épic que tout le monde vint admirer les objets. Le tipi jouet n'était pas plus haut qu'une coudée, mais Nénuphar ne pouvait le monter seule. Sa cousine Faon Agile, qui était un peu plus grande, le dressa et y installa les meubles et les personnages miniatures. C'était ainsi, sans rien dire et en leur faisant des cadeaux, que Femme de Rêve rendait heureux les membres de sa famille. C'était pour ça qu'on l'avait nommée ainsi, car, tel un rêveur dans son sommeil, elle avait des visions de beautés que personne d'autre ne soupçonnait. Les femmes disaient que pour avoir un tel talent artistique elle devait posséder des pouvoirs surnaturels. Il est vrai que Femme de Rêve n'était guère du genre à partager ses secrets, bien qu'on lui demandât souvent d'où venaient ses idées.

Un jour, les enfants allèrent prier. La veille, Femme de Rêve, après avoir nourri sa famille, était venue passer un moment dans la tente de ses parents. Nénuphar jouait avec son tipi et ses petits bonshommes tandis que les grands-parents mangeaient en silence. Petit Chef, qui s'amusait à faire des ricochets sur la rivière, n'était pas encore rentré bien que sa grand-mère l'ait appelé plusieurs fois. Un peu plus tard, il revint tout agité.

— Grand-mère, il y a un géant là-bas, je l'ai vu.

— Où ça, là-bas? demanda Gloku. Entre et viens dîner, tu nous raconteras ça.

— Je n'ai pas faim. Le géant est sur la butte, là où le soleil se couche.

— C'est impossible, mon enfant. Même s'il y avait un géant, tu ne pourrais pas le voir d'ici. Tu dois avoir de la poussière sur les cils, dit le grand-père en riant à sa plaisanterie.

— C'est sans doute un pilier de prières que mon neveu a vu, dit Femme de Rêve. Il fait si clair ce soir que l'on voit de loin. Quand je suis venue, les buttes paraissaient toutes proches.

Effectivement, c'était bien ça.

— Mon enfant, expliqua le grand-père, le pilier de prières est un objet sacré. Je suppose que depuis qu'il y a des hommes, ils sont allés prier là-bas et les prières forment un grand pilier, bien plus grand que n'importe quel géant. Vieille femme, dit-il à Gloku, emmène-les donc là-bas, le frère et la soeur, avant que nous partions. Qu'ils y aillent prier. Cela leur sera bénéfique d'entrer en contact avec le Grand Esprit.

Il disait vrai, car Box Butte avait toujours été un lieu saint, un autel où les gens venaient chercher bénédiction mais aussi demander une vie longue et agréable. Toutes les prières se terminaient toujours par le même refrain: « Grand Esprit (ou Grand-père), accorde-moi longue vie ». Mais si les Indiens dakotas aimaient passionnément la vie, ils affrontaient la mort avec sérénité quand l'heure venait.

Le lendemain, comme la journée était belle, la grand-mère plaça du pemmican dans un sac en parchemin après le déjeuner et remplit une gourde d'eau en se disant: « La journée est brumeuse et pleine de senteurs automnales, ni trop chaude, ni trop fraîche, c'est le jour idéal pour aller prier ».

— Petit-fils, nous allons sur la colline, comme ton grand-père l'a dit, annonça-t-elle en indiquant l'endroit d'un geste du menton qui lui était familier. C'est le jour d'aller prononcer vos propres prières.

Elle lui tendit la gourde, prit Nénuphar sur son dos, et l'attacha bien serrée avec sa couverture. Elle prit Petit Chef par la main et ils se mirent en route.

C'était une longue marche. Box Butte, à la silhouette trompeuse, semblait reculer au fur et à mesure qu'ils approchaient. De temps à autre, Gloku s'arrêtait pour se reposer et laissait Nénuphar jouer à côté d'elle. Pendant ce temps, le garçon dépensait une énergie inépuisable, allait inspecter un arbre par-ci, un rocher par-là, retournait en arrière pour se précipiter immédiatement dans une autre direction. Quand la grand-mère annonçait le départ après une halte, il bondissait tout autour d'elle tandis qu'elle reprenait Nénuphar sur son dos. Gloku était fatiguée rien que de le regarder. Au pied de la colline, à l'aide de son bâton, la grand-mère entama difficilement l'escalade, mais Petit Chef courut jusqu'au plateau, aussi agile qu'un mouton de montagne, et redescendit à sa rencontre. Malgré sa peine, Gloku ne songea pas un instant à se débarrasser de son fardeau, elle avait tant l'habitude de porter ses petits-enfants sur son dos que c'était devenu une seconde nature.

Enfin, ils arrivèrent au sommet et s'assirent près de la crête. En bas, la rivière sinueuse, ruban scintillant qui disparaissait parfois derrière des bosquets d'arbres, coulait tranquillement vers l'est.

— Où va-t-elle? demanda Petit Chef, qui ne cessait de poser des questions.

Gloku lui expliqua qu'elle allait se vider dans les Eaux Roulantes (le Missouri) qui, d'après les hommes, était la plus grandiose de toutes les rivières.

Au-delà, il y avait d'autres buttes semblables à Box Butte, de plus en plus mauves, de plus en plus petites au fur et à mesure qu'elles s'estompaient dans le lointain. Plus près, dans le cercle du village, on vaquait à ses occupations, sans avoir conscience d'être observé. On aurait dit un jeu, un camp de tipis miniatures, comme celui de Nénuphar. Telles des fourmis, des silhouettes de femmes se déplaçaient pour aller nourrir de minuscules chevaux.

Ils avaient grimpé par le sud, au milieu de la butte. Le pilier de prières se trouvait à l'ouest, là où « le coucher de soleil se meurt ». Avant d'y aller, ils devaient se restaurer. La grand-mère passa de l'eau sur les poignets et le visage des enfants pour les rafraîchir et s'en tapota un peu le dessus de la tête. Ils fouillèrent dans les sacs et prirent une poignée de pemmican chacun, si riche et si nourrissant. La grand-mère l'avait préparé le matin même avec de la viande séchée qu'elle avait fumée puis mise à tremper avant de la battre avec un pilon de bois jusqu'à ce qu'elle devienne aussi légère que du coton.

— Venez les enfants, nous devons laisser l'eau et la nourriture ici jusqu'à notre retour.

Ainsi, se tenant par la main, tous trois s'approchèrent de l'autel. Il y avait d'innombrables pierres, de toutes tailles et de toutes formes, chacune choisie selon le goût du demandeur. Il y avait de minuscules cailloux, pour les prières des bébés. Çà et là, les pierres avaient été couvertes de peinture rouge, parfois encore vive, parfois passée. Au fil des ans, les décorations avaient été délavées par la pluie et la neige. Petit Chef comprenait maintenant pourquoi sa grand-mère lui avait fait ramasser en chemin un joli caillou rond et blanc. Elle en avait également trouvé un pour elle et un tout petit pour Nénuphar qui faisait tout juste dans la paume de la main de l'enfant.

Près du pilier, Gloku s'assit. Immédiatement, la fillette voulut s'installer sur ses genoux, comme d'habitude, mais la grand-mère la repoussa gentiment.

— Non, pas maintenant, petite-fille. Reste là, assise face à moi, car j'ai quelque chose à faire.

Elle déplia une peau de cerf peinte et l'étala sur le sol. Elle contenait la peinture cérémoniale rouge. Elle en prit un peu du bout du doigt et colora la paume droite des enfants.

— Avant de toucher les objets saints, il faut avoir de la peinture sacrée sur les mains, leur dit-elle.

La grand-mère peignit également les pierres et recommanda aux enfants de choisir un endroit pour déposer leur prière où elle ne risquerait pas de tomber. Dressés sur la pointe des pieds, ils placèrent leur caillou aussi haut que possible sur le côté du pilier, le glissant entre des pierres plus imposantes.

Sans poser de questions, Nénuphar laissa la grand-mère lui guider la main, mais Petit Chef était tout éberlué, car jamais auparavant il n'avait vu sa grand-mère agir aussi étrangement, si solennelle et si lointaine au point d'en oublier presque leur présence. Il se demandait si elle jouait la comédie ou si elle était effectivement aussi grave qu'elle le paraissait. Incapable de décider, il ne savait pas s'il fallait sourire ou froncer les sourcils en plaçant son caillou. Il fut encore plus confus de voir Gloku se tourner brusquement et faire quelques pas vers le sud pour s'arrêter au bord du ravin, le corps bien droit, la tête légèrement penchée sur le côté, la poitrine relevée et les yeux fixés sur un point invisible dans le lointain. Ensuite, tout devint encore plus étrange. Elle se mit à appeler, projetant sa voix dans les airs en une sorte de lamentation mystique et puissante.

« Grand Mystère!

Vois ces deux enfants!

Aujourd'hui, ils font partie de ta famille!

Tiens-en compte!

Sois miséricordieux! Aie pitié!

Accorde-leur longue vie!»

Petit Chef n'oublierait jamais cette scène, le comportement inhabituel de sa grand-mère, sa prière en leur nom, son immobilité parfaite alors qu'elle se tenait face à l'horizon, oublieuse de son environnement et du vent qui plaquait ses jupes de daim sur elle et faisait voler ses cheveux, oublieuse de Nénuphar, qui s'éloignait imprudemment, et de lui-même, qui la regardait. Quelque chose semblait avoir pris la grand-mère en son pouvoir.

Soudain, elle revint à la réalité. Elle retourna près du pilier, peignit soigneusement sa pierre — ses paumes étaient déjà rouges — et la plaça près du sommet car elle était beaucoup plus grande que Petit Chef.

Ils retournèrent à l'endroit où ils s'étaient arrêtés, mangèrent encore du pemmican et burent un peu d'eau. Gloku resta assise tandis que les enfants jouaient. Petit Chef lançait des cailloux dans le vide de toutes ses forces, espérant peut-être atteindre le village.

— Voilà, j'ai fait tout ce que j'ai pu, dit Gloku avec compassion. Si mes petits-enfants doivent recevoir la faveur de mener une longue et agréable vie, c'est l'affaire du Grand Esprit de s'en occuper, à présent.

Tandis que le soleil déclinait, la journée se rafraîchit. Il était temps de descendre de la butte et de retourner au village. Les enfants s'en allèrent à contrecoeur mais oublièrent bien vite la butte en découvrant que leurs parents étaient revenus pendant leur absence, avec assez de nourriture pour festoyer pendant tout l'hiver. Tout le monde était heureux.

6.

Après avoir longtemps voyagé, la tribu s'installa pour l'hiver dans une vallée profonde bordée de hautes falaises de chaque côté. Dans cet endroit confortable et protégé, on pouvait oublier le blizzard qui dévastait les terres hautes et désertées. Ici, il ne les frapperait jamais de plein fouet, même s'il ne les épargnait pas totalement.

Comme toujours en hiver, le village rompait avec la tradition du cercle et se dispersait en petites communautés qui occupaient les criques abritées de la rivière. Les plus grands tiyospayes s'étalaient sur des méandres complets, tandis que les plus petites familles se regroupaient par affinités, si bien que, de chaque côté de la rivière, il y avait une série de petits villages. Au lieu de traverser le terre-plein commun, pour aller rendre visite à ses amis, il fallait maintenant, pour le faire, longer la ligne des arbres.

Ce fut un hiver très riche sur le plan social, car un autre camp était venu joindre celui du Fantôme Blanc, doublant ainsi sa population. Cet arrangement convenait toujours à tous. « Cet hiver fut l'un des plus agréables, diraient plus tard les conteurs, il y avait tant de monde! »

Les tipis étaient installés de façon à pouvoir construire tout autour un abri de saule, avec une sorte de passage entre les deux, où il faisait un peu plus doux qu'à l'extérieur. L'abri de saule servait à la fois de protection pour le tipi et d'écurie pour les chevaux pendant les grosses tempêtes de neige. Les gens consacraient beaucoup de temps et de peine pour protéger leur demeure des rigueurs de l'hiver. Les piquets du tipi étaient enfoncés très profondément dans la terre à l'exception du poteau central servant à soulever la tente et qui reposait sur le sol, comme d'habitude. L'ensemble de la structure était fixé par des cordes attachées au sommet, si bien qu'on pouvait la déplacer et l'attacher à de gros poteaux en cas de grand vent. Une dernière corde fixée au sommet descendait à l'intérieur du tipi où elle était reliée à l'un des piquets arrière pour ne pas gêner jusqu'au moment où on en aurait besoin. On avait enfoncé un poteau au centre de la tente, derrière l'âtre, et on y attachait fermement cette corde pour assurer la stabilité du tipi lorsque cela devenait nécessaire.

Oiseau Bleu se donna beaucoup de mal pour rendre son foyer agréable et confortable et installa un rideau à la décoration élaborée tout autour de la tente, jusqu'à hauteur d'épaule, afin de se protéger de l'humidité. Il descendait jusqu'au sol et le bord intérieur était glissé sous les tapis de fourrure en dessous des lits. Dans l'espace libre entre la tente et le rideau, Oiseau Bleu rangeait les réserves de nourriture et les vêtements. Il faisait toujours plus froid derrière le rideau qui fournissait une isolation supplémentaire.

Des tenues chatoyantes sur les dossiers, des sacs de selle, des coffres dispersés autour du rideau et les longs coussins tetons, ornés de piquants de porc-épic colorés sur la face jour et unis sur la face nuit, contribuaient à décorer le tipi. Ces petites touches faisaient la fierté des femmes, car elles reflétaient leurs qualités artistiques et leur habileté à travailler la peau.

A gauche, à l'entrée du tipi, se trouvait le coin des hommes, où ils mangeaient, bavardaient et dormaient, tandis que les femmes de la famille occupaient la partie droite. Les invités de marque s'installaient derrière le feu, à la place d'honneur. Tout contre l'entrée, sur la droite, se trouvaient les réserves de bois et d'eau, tandis que l'espace correspondant à gauche était réservé aux visiteurs impromptus qui désiraient ne rester que très peu de temps.

C'est là que Petit Chef cachait son chiot pendant les nuits de tempête. En général, les adultes n'aimaient pas voir les animaux à l'intérieur, et le grand-père se montrait très strict à ce sujet: « Petit-fils, ne laisse pas ton chien entrer. Cela ne se fait pas. Les chiens dakotas doivent être aussi endurcis que leurs maîtres. Cela leur affaiblit le caractère de les dorloter ». Chaque fois, Petit Chef obéissait, mais il recommençait en prenant pitié du petit chien tremblant de froid. Peut-être était-il déjà trop faible pour supporter la tempête?

Les robustes chiens de Grand-mère, qu'elle utilisait pour le ramassage du bois, avaient un gabarit fort différent. Ces huit nobles bêtes intelligentes, à qui il ne manquait que la parole, comptaient presque autant que les chevaux. Gloku s'était procuré un traîneau pour chacun d'eux et leur avait fabriqué un harnais. Toute la journée, les chiens restaient à sa disposition, car ils connaissaient leurs responsabilités et n'auraient pas osé s'éloigner hors de portée de voix. Ils étaient toujours prêts pour aller chercher du bois. « Ah, mes amis, leur disait Gloku, toujours fidèles au poste! »

Le chien de tête en particulier, Brûlé, un énorme chien-loup qui tenait son nom de la tribu qui l'avait donné à Gloku était un spécimen magnifique. Le matin, Grand-mère appelait: « Brûlé, où es-tu? Nous allons chercher du bois. Viens!»

Immédiatement, Brûlé entrait dans le tipi et s'asseyait sur son arrière-train pour que sa maîtresse puisse le décorer. Avec sa peinture de cérémonie vermillon, elle lui dessinait un cercle sur le front et une ligne qui descendait sur le naseau. Brûlé fermait les yeux et se soumettait docilement, fièrement même, à ce petit rite, comme s'il en connaissait la signification. « Bien, maintenant, nous appartenons à la même famille, et tu seras toujours loyal envers moi, disait-elle d'un ton solennel. Allons-y. »

A l'extérieur, les chiens s'étaient déjà rassemblés et attendaient, agitant joyeusement la queue et se trémoussant gaiement, pressés de partir. Elle leur passait leur harnais en leur parlant et en les appelant tous par leur nom. Bientôt, elle partait vers la forêt, avec ses chiens en file indienne derrière elle, souvent pour presque toute la journée. Elle revenait tard dans l'après-midi, avec sa petite procession derrière elle, chaque chien traînant une charge qui semblait disproportionnée. Le déchargement était lui aussi une petite cérémonie. Gloku désattelait les chiens et leur offrait autant de nourriture que les provisions le permettaient tout en les remerciant avec des propos solennels.

L'automne avait duré longtemps cette année-là. Le temps ne se refroidissait pas vraiment, bien que toutes les indications naturelles, position des étoiles, comportement des oiseaux et des animaux, indiquassent l'arrivée de l'hiver. La vie du village se déroulait encore beaucoup à l'extérieur. Les femmes tannaient des peaux dehors, et les hommes partaient à la chasse au petit gibier, tandis que les enfants se faisaient de nouveaux amis dans les villages voisins et se joignaient à leurs jeux.

Le tiyospaye d'Aigle Noir était particulièrement heureux. Tout le monde se réjouissait du mariage d'Arc-en-Ciel, sa mère surtout qui ne manquait pas une occasion de le répéter, sûre et certaine qu'elle en était la principale responsable. «Avez-vous rencontré ma nouvelle bru? demandait-elle à ses amies. C'est une femme extraordinaire, si capable, si gentille, et douce, si respectueuse envers sa belle-famille! On ne peut que la respecter en retour. »

Une nuit, Gloku fit un rêve qui lui fit oublier sa belle-fille pour quelque temps, un rêve si impressionnant qu'elle ne pouvait s'en débarrasser. Elle rêva qu'elle se tenait sur une butte, face à l'est. Au loin, sur une butte identique, un homme gigantesque la regardait. Elle le reconnut immédiatement, bien qu'il y eût entre eux une distance de quatre jours de marche. C'était le sorcier et devin des Dakotas, celui qui avait un jour guéri son père. Il était fort célèbre car il ne se servait jamais de plante. En fait, ses pouvoirs étaient tels qu'il guérissait par ses paroles seulement. Tout le monde le révérait et le craignait.

« Est-ce que l'homme saint aurait un message pour moi », se demanda Gloku. D'un lent signe de tête, l'homme lui répondit par l'affirmative.

Tandis qu'elle s'interrogeait sur la signification du message, quatre immenses corbeaux traversèrent le ciel. « Est-ce que cela veut dire que lorsque quatre nuits auront passé, je serai en danger? »

De nouveau, le sorcier fit signe que oui. Mais à présent, elle ne percevait plus qu'une image floue car un épais brouillard s'était installé entre eux. « Est-ce que cela signifie que je deviendrai invisible? » Pour la dernière fois, l'homme acquiesça.

Elle se réveilla le coeur battant et fut inquiète toute la journée. Elle accomplit ses tâches mécaniquement, jusqu'à ce que sa fille aînée, Première Femme, qu'elle décrivait souvent comme trop franche et brusque, lui demande:

— Qu'est-ce qui vous tracasse aujourd'hui, Mère? Vous me semblez bizarre.

Mais Gloku refusa de répondre. « Je ne peux pas raconter mon rêve, se dit-elle, car son sens va m'échapper si je laisse les autres y réfléchir. »

Elle passa quelques heures éprouvantes, puis, le quatrième jour, *le* jour, arriva enfin. « Si je passe la journée, alors je serai libre, et je pourrai rire de mon rêve », se dit-elle. Mais elle ne riait pas encore.

Elle resta près de ses amies et, bien que d'ordinaire elle fuie les commérages, ce jour-là, elle les rechercha. C'était un réflexe bien humain. Il lui sembla qu'elle allait s'en tirer lorsqu'une vieille femme, qui venait souvent lui rendre visite, s'approcha d'elle et l'invita à aller cueillir des baies.

— Cousine, je ne suis pas simplement venue passer un moment, j'aimerais que tu viennes avec moi dans les buissons là-bas pour cueillir des baies. Tu devrais voir toutes ces baies roses! Si belles, si mûres et si charnues! Autant aller en faire provision tant que c'est possible.

Gloku n'avait pas la moindre envie de s'aventurer loin du tipi.

— Oh, de simples baies? Alors que nous avons tant de viande de bison, la seule nourriture qui vaille la peine?

— Ne les méprise pas, cousine, dit la vieille sur un faux ton de reproche. Il arrive toujours un temps où la viande vient à manquer et où il faut se contenter d'un gâteau de baies. Comment savoir si la famine ne va pas nous frapper?

Gloku céda et l'accompagna. Son amie avait raison, les buissons étaient chargés de fruits qui formaient une véritable couverture rouge. Vite, elles purent remplir leurs récipients et se retrouvèrent à la maison saines et sauves. Gloku soupira.

— Ouf, c'est terminé, et tu as eu ce que tu voulais. Maintenant, assieds-toi et mange donc un peu de mon meilleur gâteau de maïs avant de partir.

La femme ne voyait aucun inconvénient à manger les pâtisseries, mais elle n'avait aucune intention de rentrer chez elle.

— Nous devrions aller chercher de l'eau douce à la grande rivière. C'est tellement plus agréable que l'eau salée du ruisseau.

De nouveau, elles se remirent en chemin et dépassèrent

plusieurs groupes de tipis le long du ruisseau qui coulait vers l'est pour se déverser dans la grande rivière. Le dernier campement passé, elles durent encore traverser un terrain désolé où une herbe rugueuse poussait, inutile pendant l'été, pour mourir en hiver puis redonner de nouvelles pousses au printemps, s'accumulant année après année, ce qui y rendait la marche de plus en plus difficile au fil des ans.

— Quel endroit pour se promener, et un jour comme aujourd'hui, par-dessus le marché. Je n'aurais pas dû venir. Quel âne bâté tu fais! se plaignait Gloku.

La rive était haute et escarpée, et il leur fallut se frayer un chemin. Les nuits s'étaient sérieusement rafraîchies ces derniers temps et une mince pellicule de glace se formait sur les bords. Gloku but un peu d'eau, remplit son récipient et descendit le long du fossé, mais son amie prenait tout son temps au bord de la rivière.

— Dépêche-toi! Rentrons! Le soleil est déjà couché, lui criait Gloku en vain.

Elles s'en retournaient enfin quand de terribles cris de guerre retentirent. Trois hommes apparurent et se précipitèrent vers elles.

— Ça y est! s'écria Gloku. J'étais prévenue. C'est toi qui as voulu venir. Vite, cours!

Puis, sachant à peine ce qu'elle faisait, elle ramassa une poignée de sable et la jeta derrière elle en courant. Elle sauta agilement par-dessus les touffes d'herbe, comme si elle volait. Ce ne fut que lorsqu'elle eut atteint un terrain plus régulier qu'elle osa se retourner. Les hommes se ruaient sur sa compagne et la scalpaient déjà.

Gloku s'arrêta au premier campement pour donner l'alarme. Les hommes ramenèrent immédiatement la femme blessée, mais l'ennemi avait déjà disparu sans laisser de traces. La femme mourut dans la nuit. Pendant des jours, les guerriers ratissèrent les environs, mais le soir même la première neige couvrit toutes les traces.

Dans les années qui suivirent, ce fut la grande histoire d'aventure de Gloku. Elle la racontait toujours en commençant par le rêve, disant qu'elle était sûre qu'il s'agissait d'une prophétie. Et en mentionnant comment elle avait lancé du sable derrière elle, elle expliquait: « J'ai fabriqué un brouillard, comme dans le rêve, et je me suis rendue invisible ». Et elle ne manquait jamais de conclure avec une rumeur qui avait échappé d'un camp ennemi voisin, lors d'une trêve: « Trois de nos guerriers ont prétendu avoir vu une femme dakota disparaître sous leurs yeux ». Jusqu'au jour de sa mort, elle fut certaine qu'il s'agissait d'elle.

Cet épisode aurait pu être un mauvais augure pour l'hiver à venir, mais il n'en fut rien. Avec tant d'habitants dans le village et des réserves en abondance pour toute la saison, il s'annonçait favorablement. Bien sûr, il y eut des tempêtes de neige et du blizzard, mais ils furent moins violents que dans les plaines.

L'hiver n'était guère une saison pour les grands rassemblements. Il n'y avait ni fête ni cérémonie et très peu de danses. Toutes ces activités s'accommodaient mieux des saisons plus douces quand le village dressait le tipi du Conseil au centre du cercle. Comme d'habitude, il y avait beaucoup à faire. Les sports d'hiver habituels, bien sûr, le tir à l'arc et le lancement du serpent-de-neige en bois qui occupaient les hommes et les jeunes gens, ainsi que le jeu de boules sur glace avec des cailloux ronds qui était plutôt réservé aux femmes et aux enfants, aux jeunes filles surtout. Le jeu du mocassin, un jeu de devinette qui demandait une grande habileté dans les tours de passe-passe, était pratiqué par les hommes et par les femmes, mais pas en groupes mixtes toutefois. Pendant l'hiver, on y jouait à l'intérieur du tipi, bien que cela soit plus agréable à l'extérieur par beau temps, lorsque de grandes foules pouvaient se rassembler et essayer de suivre les mouvements rapides comme l'éclair du joueur qui déplaçait les indices cachés pour dérouter ses adversaires.

A l'intérieur, les femmes jouaient en paires à une sorte de jeu d'osselets avec des sabots de cerfs, tandis que les vieilles préféraient des noyaux de prunes marqués qui servaient de dés à jouer. Les petites marques et la vision limitée des femmes âgées, surtout dans la pénombre du tipi, faisaient que les points n'étaient pas toujours comptés avec précision, mais cela permettait la discussion et les amusait beaucoup. Souvent, les joueuses et les spectatrices pariaient des babioles sur les résultats.

Les garçons faisaient tourner des branches de cèdre sur la glace, comme des toupies. Les plus petits aimaient représenter le vieux mythe du hibou. Ils se déguisaient et portaient des masques pour incarner l'esprit du hibou et allaient de tipi en tipi tout en dansant. Le public leur demandait de prédire le temps, car ils étaient supposés venir du Nord, le pays de l'hiver. On leur donnait des gâteaux de maïs et de la viande sèche avec des fruits sauvages et autres friandises.

Les fillettes avaient aussi leur théâtre particulier souvent mêlé de danses alors que les plus petites, de l'âge de Nénuphar, essayaient de comprendre les règles des jeux des plus grands.

Quand elles en avaient le temps, les femmes allaient se rendre visite dans la journée et, le soir, les hommes se rassemblaient dans le tipi d'un personnage important dont les qualités personnelles attiraient les gens autour de lui. Souvent, ils continuaient à bavarder bien après minuit, fumant et mangeant, parfois parmi les rires et les plaisanteries. Toutes sortes de talents s'exprimaient. Il y en avait qui jouaient les amuseurs publics, d'autres dont la conduite involontaire provoquait les éclats de rires de leurs camarades, sans oublier les chanteurs et les conteurs professionnels.

Le plus célèbre était sans doute Woyaka (« Celui qui raconte »). Il avait un talent exceptionnel et une mémoire phénoménale. On le connaissait dans toute la région, dans tous les villages, car il se déplaçait à son gré et était le bienvenu partout. La tribu du Fantôme Blanc était ravie de le voir passer cet hiver-ci avec eux et tous attendaient avec impatience les soirées pendant lesquelles il conterait les légendes d'autrefois pour les familles qui l'invitaient.

En hiver comme en été, la vie quotidienne continuait. Les adultes travaillaient pendant que les enfants jouaient, que les vieux se remémoraient leurs prouesses de guerre et que les vieilles disputaient leurs petits-enfants pour qui elles auraient cependant sacrifié leur vie, si nécessaire. Les jeunes gens se promenaient dans le camp en ayant toujours un oeil sur les autres. Certains se mariaient, d'autres mouraient, des enfants naissaient: la vie continuait.

Un jour, il y eut un grand émoi dans le tiyospaye d'Aigle Noir, car on avait invité Woyaka, et celui-ci était finalement arrivé parmi eux pour raconter ses histoires.

— Pour moi, dit le chef Aigle Noir, il est très important que les enfants de ma famille viennent s'asseoir aux pieds du maître afin d'apprendre la tradition de la tribu. Ils doivent connaître les mythes et les légendes ainsi que l'histoire de leur peuple.

Les contes récités pendant l'hiver retraçaient un calendrier qui commençait l'année précédente et remontait le temps en ordre chronologique inversé. Woyaka pouvait aller beaucoup plus loin que les autres conteurs car sa mémoire exceptionnelle lui permettait de retracer l'histoire de plus de trois cents hivers. Il se souvenait du nom des années et, si on le lui demandait, il pouvait donner tous les détails concernant l'épisode qu'il racontait. « Ils ont donné une cérémonie en l'honneur du bison », « Les femmes enceintes moururent en grand nombre », « Un homme blessé s'est donné la mort », «Un ours a passé l'hiver au sein du village » ne formaient que les titres qui poussaient les auditeurs à interrompre le flot des paroles de Woyaka. « De quoi sont mortes les femmes enceintes?» ou « Il faisait froid quand l'ours est arrivé? » ou encore « Pourquoi l'homme s'est-il donné la mort? De honte ou de douleur? »

Personne ne pouvait contester le talent de Woyaka. Il raconta comment il en avait hérité.

— Regardez-moi, mes petits enfants, et voyez comme je suis vieux. J'ai passé plus de quatre-vingts hivers. Beaucoup d'hommes, à mon âge, voient leur vue et leur ouïe s'affaiblir, leur mémoire défaillir, mais moi, je garde toutes mes facultés et je me souviens de tout. C'est parce que mon grand-père avait des projets pour moi et qu'il n'a eu de paix avant de les voir s'accomplir. Le jour de ma naissance, il s'est penché sur mon berceau et a fait voeu de faire de moi le meilleur conteur qui ait jamais vécu parmi les Tetons. Et de ce jour, il n'a jamais cessé de parfaire mon éducation. En quelque sorte, j'étais son prisonnier, car je ne jouissais pas de la même liberté que les autres garçons. Je n'allais pas me promener au hasard, je ne m'engageais pas dans des jeux oisifs.

« Vous pensez peut-être que mon enfance fut bien austère. A tout moment, sans crier gare, mon grand-père me prenait fermement par l'épaule jusqu'à m'en faire mal, car il était très fort. « Maintenant, dis-moi, me demandait-il, qu'as-tu entendu la nuit dernière? » Et malheur à moi, si je ne pouvais lui raconter la nuit sans oublier le moindre détail! Gravement, il me disait: « Petit-fils, la parole est sacrée, on ne la dispense pas pour qu'elle soit immédiatement gâchée. Il faut l'écouter et s'en souvenir ». Comme je n'aimais pas le décevoir, je ne perdais jamais mon temps. Si je me réveillais de bonne heure un matin, je m'entraînais à raconter un nouveau récit, ou je répétais une histoire que je connaissais déjà, pour ne pas oublier le moindre détail.

« Les autres enfants trouvaient-ils leur vie plus facile? Comment pouvaient-ils rêvasser et perdre leur temps toute la journée? C'était parce que leurs aînés n'avaient pas formé de projets pour eux. Le mien en avait pour moi, et il y consacrait toute son énergie. En vérité, j'étais son coeur même. Il était très gentil de nature, mais comme il voulait que je devienne conteur, il n'épargnait aucun effort. « Tu te dois à ton peuple, me disait-il, si tu échoues, il n'y aura personne pour leur raconter l'histoire de la tribu. »

« Mon grand-père était si déterminé, qu'il m'emmena même à l'endroit où j'étais né afin de prier pour que je garde un esprit clair. Ce fut un long et dur voyage, et nous avons marché pendant tout le trajet. Quand j'étais fatigué — je n'avais que huit ans — il me portait sur son dos. Il a plu tous les jours, mais nous avons continué quand même.

« L'endroit s'appelait Banc de Sable, au nord de la belle rivière Kampeska (Coquille) qui coule vers l'est et plus loin au sud vers la rivière Platte dans le Nebraska. J'y suis retourné depuis. Ce jour-là, mon grand-père et moi, nous étions les seuls êtres humains dans la région. Nous sommes arrivés au lieu exact de ma naissance, une petite colline qui surplombe la rivière. Elle est toute ronde, comme l'intérieur d'un tipi, et recouverte de sable blanc. La pluie avait cessé et le soleil s'était mis à briller de rayons aveuglants. « Viens ici, juste au centre, m'a dit mon grand-père, c'est une terre sacrée, car c'est là qu'on t'a donné la vie. » Il s'est éloigné un peu et a poussé sa complainte en mon nom: que je puisse retenir pour toujours ce que j'avais entendu. »

Parmi les hommes, certains étaient de grands guerriers, d'autres prophètes, chasseurs, sorciers ou devins. D'autres encore pouvaient même accomplir des miracles. On croyait généralement que de tels hommes étaient des sages et qu'ils étaient dotés de pouvoirs surnaturels qui leur permettaient de réussir dans leurs tâches. Mais l'on disait de Woyaka qu'il possédait plus de pouvoirs que tous les autres, car il était de loin le meilleur des conteurs.

Par certains côtés, c'était un homme fort étrange. Il ne participait jamais au badinage et aux plaisanteries enjouées qui fusaient autour de lui. Il avait un regard farouche et scrutateur et arborait un air soucieux qui mettait ses compagnons mal à l'aise et les tenait à distance quand Woyaka n'était pas en train de raconter ses histoires. Alors seulement, il semblait renaître à la vie, et son public l'écoutait, fasciné. Autrement, il était toujours seul, l'amitié et la camaraderie n'étaient pas pour lui.

Pourtant, il inspirait un respect proche de la vénération. Dans tous les villages où il passait, il était le bienvenu et on lui offrait des présents. Comme il n'éprouvait que peu d'intérêt pour les choses matérielles, il cédait vite mocassins et vêtements à ceux qui en avaient plus besoin que lui. Il semblait ne vouloir s'encombrer que de son esprit. Les familles s'enorgueillissaient de sa présence: « Tu savais que Woyaka vivait dans notre tipi en ce moment? » Les femmes lui apportaient sans cesse des mets délicats, bien qu'elles sachent qu'il ne mangeait que pour sa subsistance et non pour le plaisir. Souvent elles allaient encore plus loin et organisaient une fête où il faisait partie des invités en prétendant que c'était lui qui la donnait en leur honneur, bien qu'il n'en soit rien. C'est ainsi que la communauté marquait son admiration pour l'homme célèbre.

Après le repas du soir, les enfants du groupe d'Aigle Noir, qui n'avaient rien pu avaler tant ils étaient excités, s'agitèrent dans tous les sens afin de se préparer à leur première histoire. « Que dois-je offrir à grand-père Woyaka? » « Et moi? Et moi? », disaient-ils en tirant sur les jupes de leur mère pour attirer l'attention. Même la petite Nénuphar, imitant les plus grands, voulait offrir un présent. Ce n'était pas indispensable, car Aigle Noir donnerait sûrement quelque chose au conteur pour le récompenser. Pourtant, il était habituel d'accueillir les nouveaux venus avec un cadeau, fait dont les enfants étaient conscients.

Les enfants tetons adoraient faire des cadeaux. Aussi loin qu'ils s'en souviennent, on leur avait fait offrir des présents, ou leurs parents en avaient distribué en leur nom, jusqu'à ce que les enfants soient assez grands pour assumer eux-mêmes cette responsabilité. Et puis, ils aimaient beaucoup être remerciés et entendre leur nom cérémonial prononcé en public. Cette coutume était la base même de la vie des Dakotas. Si tout le monde donnait, tout le monde recevait, c'était inévitable. Les vieux prêchaient continuellement: « Soyez généreux et hospitaliers. Rien n'est trop beau pour qu'on ne puisse pas le donner ». Les enfants entendaient ces propos jusqu'à ce que ces principes deviennent aussi les leurs.

Les filles se réunirent dans le tipi de Grand-mère pour entendre ses derniers conseils. Toujours attentive à ce qu'elles se conduisent bien, la grand-mère leur parla ainsi: « En entrant dans le tipi où se tient le grand homme, ne faites pas de bruit, pour ne pas attirer l'attention. Ne dites rien et gardez les yeux baissés. Regardez simplement où vous mettez les pieds. Car il est impoli d'enjamber le corps de quelqu'un, même si vos pieds n'y touchent pas. Ne renversez rien et ne bousculez personne. Allez directement à la place d'honneur et donnez vos présents. »

Gloku se tourna vers Faon Agile. « Petite-fille, tu sais de quel côté de l'âtre tu dois passer? Du côté gauche, et il faut repartir du côté droit. Tu ouvriras le chemin, en tenant ta petite cousine par la main.

« Asseyez-vous comme des femmes. Ne croisez pas les jambes comme les hommes. Et faites bien attention à ce que vos jupes soient bien tirées sur vos genoux. Faon Agile, veille à ce que ta cousine en fasse autant, même si elle est encore très jeune. Il est temps qu'elle apprenne. Et surtout, tenez-vous bien droites. Aucune femme ne se laisse aller devant les hommes, sauf si elle est trop malade pour s'en apercevoir. »

Tout ceci avait été dit maintes fois, mais ce n'est que par la répétition que l'on peut fixer de bonnes habitudes. Prudemment, comme elles en avaient reçu l'ordre, les fillettes entrèrent dans le tipi et s'approchèrent de l'invité. L'une après l'autre, elles murmurèrent: « Grand-père, c'est pour vous » en présentant leur cadeau. Elles prirent place, à peine conscientes des mots de remerciements ou des exclamations sur la beauté des présents, tant elles étaient occupées à s'asseoir correctement et à tirer leurs jupes pour que seule la pointe des mocassins dépasse. Elles restèrent immobiles toute la soirée, silencieuses et polies, bien différentes des garçons turbulents qui n'arrêtaient pas de bouger de l'autre côté.

Faon Agile, jeune fille bien élevée, avait le sens des convenances. « Comme elle est docile, disaient les femmes, c'est une bonne fille! » En fait, elle correspondait au modèle de la jeune fille idéale, contrairement à Alila, une fillette d'un campement voisin qui venait souvent jouer ces derniers temps avec les filles du tiyospaye d'Aigle Noir. Bien qu'elle fût sympathique et amicale, Alila, au fond de son coeur, n'était qu'une rebelle qui prenait plaisir à briser les règles de l'étiquette. « Vous avez vu? semblait-elle dire, j'ai désobéi, et il ne s'est rien passé de dramatique. »

Faon Agile avait beaucoup de mal à obliger Nénuphar à se tenir tranquille et dans la position adéquate. Ses petites jambes ne voulaient pas rester en place, et sa jupe remontait à chaque fois qu'elle bougeait, exposant souvent les genoux potelés. Par chance, elle s'endormit bientôt et Faon Agile put concentrer toute son attention sur les contes.

« Je dois d'abord vous raconter comment votre peuple a capturé le bison, avant même qu'il ne possède des chevaux », commença Woyaka.

Il fuma un moment en silence jusqu'à ce que ses jeunes auditeurs se demandent quand il allait enfin commencer, de plus en plus impatients au fur et à mesure que les minutes s'écoulaient.

« Lorsque les hommes ne trouvèrent plus de viande et que tous les cerfs et les autres animaux conspirèrent pour se cacher, alors la nourriture se fit rare et la famine devint inévitable. A ce moment, les gens durent appeler un rêveur de bison à leur secours.

« Un rêveur de bison était un homme qui, un jour qu'il était allé jeûner sur une butte déserte, avait été visité par l'esprit du bison qui lui avait promis d'être son frère pour l'éternité. «Appelle-moi quand tu auras faim et je viendrai, lui avait dit l'esprit du bison. Chante la complainte que je vais t'apprendre et je t'entendrai. » Et le bison lui enseigna un chant magique. Dans les années qui suivirent, quand un homme voulait le chanter pour distraire ses amis, avant, il devait prononcer ces mots: « C'est le chant sacré de Untel, un rêveur de bison aux grands pouvoirs. » Ainsi, ses auditeurs ne pouvaient l'accuser d'avoir volé le chant magique.

« Quand le rêveur de bison eut à appeler l'esprit de son frère, il dut d'abord se rendre digne de le recevoir en se purifiant par un bain de vapeur, puis en jeûnant et en priant toute une nuit dans un tipi spécial et en s'abstenant de tout appétit physique, afin de se concentrer sur sa tâche, car c'était le seul moyen d'obtenir le don qu'il recherchait.

« Le lendemain, tout le monde quitta le village et, loin des tipis, dressa les perches des travois tout proches les uns des autres de manière à former un énorme enclos circulaire. Les femmes et les enfants se placèrent derrière cette barricade, armés chacun d'un bâton avec lequel ils frapperaient les perches le moment venu. Pendant ce temps, les chasseurs se tenaient un peu à l'écart des femmes, en position de tir avec leur arc et leurs flèches. Tout le monde attendit, plein d'espoir, bien qu'il n'y eût aucun signe de bison en vue.

« L'homme saint sortit de son tipi de prière et s'approcha d'eux. Il s'arrêta devant l'entrée du cercle et se mit à tenir des « propos mystiques ». C'est-à-dire qu'il raconta en langage sacré la scène où lui et le bison étaient devenus frères. «T'en souvient-il? C'est moi, l'homme à qui tu as fait cette promesse, dit-il à voix haute. Mes enfants n'ont plus rien à manger, ils sont affamés et je suis obligé de faire appel à toi.

Une promesse est une promesse. Il te faut maintenant la tenir», dit l'homme saint, en lançant un défi.

« Ensuite, il entonna le chant sacré et entra en transe, chantant encore et encore sa complainte sans fin. Tout en chantant, il rôdait devant l'entrée du cercle, tel un véritable bison, car, revêtu de la peau de l'animal, il *était* lui-même en ce moment un bison qui s'adressait à sa race.

« Enfin, les bisons vinrent. Immenses silhouettes floues dans la neige tombante, ils apparurent au sommet de la colline et, en ligne continue, se dirigèrent vers le cercle. Le plus magnifique d'entre eux ouvrait la marche, avec ses yeux écarquillés et terrifiants. Tous, cependant, savaient qu'ils devaient rester immobiles. Si chacun n'assumait pas ses responsabilités, rien ne réussirait. Tout le monde devait coopérer, car c'est là que résidait le vrai pouvoir.

« Les bisons passèrent devant l'homme saint, qui chantait et dansait toujours, et pénétrèrent à l'intérieur du cercle, au son des coups que les femmes et les enfants frappaient en cadence sur les perches en bois des travois. Le chant de l'homme saint, le vacarme des coups et le piétinement des bisons se poursuivaient sans relâche. Les chasseurs choisirent chacun leur animal et tirèrent par-dessus l'épaule des femmes, en essayant de viser juste. Les flèches sont trop précieuses pour les gâcher!

« Bientôt, le chef de la tribu ordonna d'arrêter. « Cela suffit. Nos amis ont tenu leur promesse. Une fois de plus, ils se sont sacrifiés pour nous sauver, une fois de plus, ils ont prouvé leur hospitalité. N'en tuons pas plus qu'il ne nous en faut.»

« Soudain, tout devint silencieux. Même l'homme saint

avait cessé son chant. Dans le silence profond, le bison de tête reprit conscience car, jusque-là, il avait marché comme dans un rêve. Il s'approcha de l'ouverture du cercle et il sortit, suivi du reste du troupeau qui n'avait pas été abattu. Un par un, en file indienne, d'un pas aussi sûr que lorsqu'ils s'étaient approchés, ils disparurent de l'autre côté de la colline, sachant que leurs amis les Dakotas ne leur tireraient pas dans le dos.

« Ensuite vint le rituel. L'homme saint coupa le bout de la langue du plus gros bison, de la plus belle femelle et du plus joli petit, et les emballa dans une peau de daim peinte en rouge. Il enterra ce symbole de la mort des bisons, tandis que la tribu se lamentait, comme pour les funérailles de membres de la famille. Et, si affamés qu'ils fussent, personne ne toucha aux animaux avant la fin du rituel. Après seulement, ce fut l'heure de la fête.

« Voilà donc comment, en dernier ressort, nos ancêtres obtinrent de la nourriture avec l'aide du Grand Mystère. C'est ainsi qu'il y a très longtemps notre peuple a appris que l'homme ne pouvait vivre seul. »

Après ce récit, Woyaka répéta des légendes connues dont les enfants ne se lassaient jamais. « Cela ira comme ça pour ce soir, dit-il enfin, car je suis encore ici pour plusieurs jours. Revenez si vous voulez entendre d'autres histoires, j'en ai encore beaucoup à raconter. »

Tandis que les enfants se levaient et que Faon Agile essayait de réveiller la petite Nénuphar, Alila choqua toute l'assemblée en posant une question, car elle n'hésitait jamais à dire le fond de sa pensée:

— De quoi parlent-elles ces histoires, Grand-père?

— Elles parlent de beaucoup de choses: de la façon dont les oiseaux ont appris à jouer aux hommes dakotas; du combat entre le vent d'Ouest et le vent d'Est pour la suprématie où le vent d'Ouest a fini par emporter la victoire. Tu entendras aussi l'histoire de Faucon d'Acier, l'homme merveilleux de l'Est, celle d'Etoile Filante, le héros, ainsi que celle du premier homme et de la première femme qui sont venus habiter notre monde. Et puis, ajouta-t-il avec un de ses rares petits rires, je vous raconterai aussi la façon dont leur fils s'est débattu avec ses femmes, Femme Maïs et Femme Bison. Car elles étaient fort jalouses l'une de l'autre. C'est du fils de Femme Bison que descend notre tribu, les Tetons. D'ailleurs, cela explique pourquoi nous aimons tant nos frères bisons qui nous nourrissent sans défaillir. Tant qu'ils seront là, nous ne mourrons pas.

Les enfants rentrèrent à la maison en chantonnant: « Tant que le bison vivra nous ne mourrons pas ».

7.

Après la douceur du début de l'hiver, les gens souffrirent d'autant plus de l'arrivée des grands froids à la fin de la saison quand le blizzard se mit à souffler sans un moment de répit. Personne n'osait s'aventurer dans les tourbillons de neige car, par ce temps, même un adulte pouvait se perdre en allant d'un village à l'autre. Les parents exerçaient une surveillance constante sur leurs enfants, de peur qu'ils ne s'égarent et qu'il ne leur arrive malheur comme cela s'était déjà produit par le passé.

Plusieurs jours d'attente monotone s'écoulèrent tandis qu'enfants et adultes essayaient de prendre leur mal en patience. Mais bien sûr, l'hiver prit fin en temps venu. Soudain, un beau matin, ce fut le printemps. On entendit de nouveau le pépiement des *skibibilas*, qui résonnait en un immense concert dans toute la vallée. Leur arrivée était annonciatrice du printemps; il n'était donc pas étonnant que leur choeur printanier soit toujours accueilli par des cris de joie.

Parfois l'arrivée des oiseaux était trop précoce: ils se faisaient alors prendre dans la tourmente et le payaient de leur vie. Mais cette année-là, ils marquèrent vraiment la fin de l'hiver. Plus de neige ni de tempête. Chaque jour, le soleil se levait un peu plus tôt et ses rayons se faisaient de plus en plus chauds et brillants. Le matin, lorsqu'il apparaissait, les vieux sortaient pour le saluer et l'invoquer. En peu de temps, toute la neige serait fondue. Déjà, il n'en restait plus que des plaques grises ici et là, et l'on apercevait partout la terre mouillée qui paraissait encore plus noire pour être restée dissimulée pendant si longtemps. Les enfants pouvaient de nouveau jouer librement, et ils se promenaient gaiement de campement en campement, profitant au maximum de leur liberté retrouvée.

Depuis quelque temps déjà, on savait qu'un nouveau bébé allait naître dans le tipi d'Arc-en-Ciel et d'Oiseau Bleu. Première Femme et Femme de Rêve s'affairaient à préparer de jolis berceaux portatifs. C'était leur privilège traditionnel en tant que tantes du bébé, et même si d'autres femmes en offraient un, en un geste amical, cela ne revêtait jamais la même signification. Le présent serait bien sûr accepté, mais il n'aurait pas de valeur sociale.

Le père d'Arc-en-Ciel dont la vue baissait lentement était quand même capable d'aller chercher de la nourriture fine pour sa bru et Gloku s'occupait aussi sans cesse du bien-être de la future maman. Discrètement, elle poussait ses filles à remplir leurs devoirs envers la femme de leur frère. « Ma fille, installe le tipi de ta belle-soeur lorsque nous arriverons au nouveau campement et enfonce aussi les piquets, car le maillet de bois est trop lourd pour elle », disait-elle à la première quand ils eurent repris la route, et à l'autre: « Pourquoi ne pas préparer le repas pour la famille de ton frère en même temps que le tien? Ta belle-soeur a l'air fatiguée ».

« Petit-fils, disait-elle aussi à l'un des jeunes gens du groupe, ton oncle est encore à la chasse et ta tante est en train de s'occuper des chevaux. Tu es plein d'énergie et tu passes ta vie à cheval, alors pourquoi ne pas en profiter pour les amener toi-même s'abreuver à la rivière à sa place? » Cela suffisait pour que le garçon remplisse ses obligations et offre son aide. En fait, aucun membre de la famille n'avait besoin qu'on le forçât, c'était un plaisir d'aider Oiseau Bleu, dont la conduite envers les autres méritait une grande considération.

Si elle avait laissé faire, Oiseau Bleu aurait donc été choyée. Mais elle était trop sage pour demander de l'aide, surtout à Arc-en-Ciel. Les autres femmes étaient trop promptes à mépriser les femmes enceintes qui voulaient se faire materner par leur mari. « Qu'est-ce qu'elle a de si extraordinaire, auraient-elles dit, pour formuler de telles exigences? Une femme est bien capable d'avoir un enfant, tant qu'elle a un mari. Elle ferait mieux d'être plus indépendante.»

Oiseau Bleu savait que celle qui demandait trop d'attention s'attirait facilement des critiques chuchotées et elle ne voulait pas susciter une telle réaction. Bien qu'elle acceptât avec gratitude la gentillesse des femmes de la famille de son mari, elle restait prête à affronter toute situation de manière indépendante. S'il le fallait, elle supporterait cette épreuve seule; elle l'avait déjà fait et pouvait recommencer. Pourtant, elle était sûre de la loyauté de sa famille toujours prête à rester à son côté.

Elle avait surtout une confiance absolue dans la mère d'Arc-en-Ciel. Il était du devoir de celle-ci de se dévouer à la femme de son fils. Elle aurait même fait des reproches à son propre fils s'il avait négligé sa femme, qui qu'elle soit, même si elle ne méritait aucune attention. C'était son rôle de belle-mère, et peu de femmes y auraient renoncé, du moins en public, de peur de s'attirer la désapprobation générale. Mais en la circonstance, Gloku était très heureuse de rendre service à Oiseau Bleu, car elle l'aimait bien.

C'était avec les soeurs d'Arc-en-Ciel qu'Oiseau Bleu devait se montrer prudente. Elle devait se conduire avec tact pour ne pas les irriter. Si Oiseau Bleu était assez stupide pour croire que leur gentillesse s'adressait à elle et n'était pas qu'un moyen d'honorer l'enfant à venir de leur frère, si elle dépassait ses droits et formulait des demandes exorbitantes à leur frère, ses soeurs le défendraient immédiatement: « Oh, elle prend vraiment plaisir à lui faire du souci pour rien, à se conduire comme un bébé! » murmureraient-elles.

Ce qui aurait été naturel, car elles avaient été élevées ainsi: frères et soeurs devaient toujours se placer au-dessus des autres. Oiseau Bleu aurait fait la même chose à leur place. Une épouse intelligente s'arrangeait toujours pour agir avec circonspection afin que ses belles-soeurs l'approuvent et la défendent. Ainsi, elles pouvaient se montrer fières d'elle et manifester une grande générosité. « Comme elle est délicate et mature. C'est une vraie femme! J'espère que mon frère s'en rend compte. » « Une belle-mère est toujours du côté de sa bru, mais les belles-soeurs soutiennent toujours leur frère. On ne peut s'attendre à ce qu'elles supportent une épouse capricieuse qui cause des ennuis inutiles à son mari », se disait Oiseau Bleu.

C'est là que résidait toute la délicatesse du rôle d'Oiseau Bleu: accepter leurs attentions avec amabilité, mais en manifestant une certaine retenue. La loyauté entre frères et soeurs était profondément ancrée, résultat de toute une éducation. Elle était établie bien avant l'arrivée d'une étrangère dans la famille et se poursuivrait bien après son départ, du moins tant que les Dakotas seraient des Dakotas et que la sanction familiale aurait de la valeur. Tout le monde l'acceptait et s'arrangeait pour respecter les normes, ainsi tout se passait bien.

Gloku avait totalement pris en charge l'éducation de Nénuphar et l'empêchait d'aller fatiguer sa mère. Mais comme elle était souvent occupée, Faon Agile eut pour tâche de s'occuper de sa petite cousine et de l'amuser. Ce n'était pas toujours une partie de plaisir, car Nénuphar faisait des caprices et pleurnichait pour un rien.

Les vieilles épouses, qui s'enorgueillissaient de bien connaître les enfants, trouvaient ces réactions parfaitement normales. « C'est toujours comme ça. Un enfant dont le statut va bientôt être usurpé par un autre sent instinctivement ce qui va se passer et se révolte en se montrant difficile. » Quand les adultes voyaient Nénuphar pleurer, ils lui murmuraient: « Ne pleure pas. Regarde-toi, tu es une grande fille maintenant. Ta maman va bientôt te donner un petit frère ou une petite soeur, et il pleurera, parce qu'il ne saura rien faire d'autre. Il n'y a que les bébés qui pleurent, mais toi, tu sais déjà parler, alors tu ne dois plus pleurer.

De plus en plus, Petit Chef abandonnait son personnage de petit garçon et prenait de l'indépendance. Il n'était plus toujours parmi les femmes et s'occupait moins de Nénuphar. Il ne se doutait sans doute pas de l'événement en préparation, car il passait tout son temps avec des garçons de son âge et ne s'intéressait qu'à ses activités extérieures, sans même se rendre compte que les adultes le poussaient dans cette direction. Jamais on ne lui annonça péremptoirement: « Il est temps que tu cesses de jouer avec les filles. A partir de maintenant, tu dois rechercher la compagnie des autres garçons ». Cela l'aurait rendu conscient d'un changement, ce que la tribu évitait toujours en traitant les adolescents avec grande précaution. En fait, les parents faisaient toujours semblant de ne s'apercevoir de rien. Par exemple, il était très mal venu pour un adulte de se moquer ou de parler de la mue d'un garçon.

La tribu tenait en effet à ce que les filles deviennent des femmes et les garçons, des hommes progressivement et sans complications. Dans le cas des garçons, c'était une affaire délicate, car l'on croyait qu'un garçon qui jouait avec les filles et portait des vêtements de femmes risquait de se laisser ensorceler et de rester féminin toute sa vie. Pour le garder d'une telle possibilité, les adultes avaient habilement influencé Petit Chef qui prenait maintenant la bonne direction. Il allait donc à son gré, et sa grand-mère, ses tantes et sa nouvelle mère Oiseau Bleu se réjouissaient de le voir ne rentrer au tipi que pour manger et dormir. Il était en âge d'acquérir son indépendance.

Il semblait parfois qu'il abandonnait Nénuphar, mais il n'en était rien. Bien au contraire, il avait commencé à l'intéresser à ses aventures, suivant les conseils de sa grand-mère qui lui avait dit: « Tes soeurs et tes cousines dépendent de toi, tu ne dois jamais les décevoir. » Vis-à-vis des femmes, il se conduisait déjà comme les plus grands et se faisait passer pour le chevalier servant invincible de la petite Nénuphar. Lorsqu'il tua son premier lapin, il le montra à son grand-père en disant: « C'est pour ma petite soeur. » Gloku le complimenta à voix haute, pour que tout le monde entende: « Regardez ce que Petit Chef vient d'attraper pour sa soeur! » Et tout le monde répondait, comme il se devait: « Parfait, les hommes sont là pour s'occuper de leurs soeurs », ou « C'est bien qu'il commence si tôt à être un frère protecteur. Nénuphar n'a aucun souci à se faire ». Tout ceci ne faisait que contribuer à renforcer Petit Chef dans son attitude.

Pourtant, Petit Chef était loin d'être un adulte accompli. Il était toujours craintif par certains côtés, et le prouva ce matin de la « Lune aux yeux meurtris » (le mois de mars) quand Coeur d'Ours, un frère d'Aigle Noir, commença à s'occuper de l'initiation de Petit Chef et de ses cousins. Un beau matin de bonne heure, il se dirigea vers le tipi de Gloku où les cinq petits-fils dormaient à la place d'honneur.

— Tous ceux qui se considèrent comme des hommes devraient être levés, dit Coeur d'Ours. Pour eux, il n'y a ni froid ni faim qui compte.

Il entra dans le tipi et s'assit à la place de l'invité, laissant des bouffées d'air froid pénétrer par le rideau ouvert qu'il tenait toujours à la main. Il lança un regard glacial aux garçons, blottis sous leurs couvertures de fourrure, leurs yeux noirs et brillants fixés sur lui.

— Quoi? Encore au lit! s'exclama-t-il avec dégoût. Allez, debout! Debout vous tous, à moins que je ne me sois trompé en vous prenant pour des mâles!

Cela les blessa profondément. Etre une femme était parfait, si l'on était né ainsi, mais il était intolérable pour un enfant mâle de se faire traiter de femme. Les enfants jaillirent du lit et restèrent debout à trembler, serrés les uns contre les autres, s'attendant au pire. Coeur d'Ours avança d'un pas et reprit sa respiration avant de crier:

— Et maintenant, dehors!

Nus, fragiles, minuscules, se recroquevillant devant l'immense guerrier, les enfants sortirent un par un, et, claquant des dents à l'unisson, sautillèrent sur le sol glacé.

— Allez, courez jusqu'à la rivière! ordonna Coeur d'Ours.

Les garçons se mirent à courir, rapidement suivis par leur maître. Devant la rive, ils marquèrent une pause, implorant un signe de pitié, mais en vain.

— Sautez!

C'était inconcevable, mais Coeur d'Ours ne plaisantait pas, ils n'avaient pas le choix. Criant, les larmes aux yeux, ils sautèrent et nagèrent, luttant contre l'eau glacée jusqu'à ce qu'ils s'y habituent. Bientôt, ils riaient tous en s'éclaboussant et en s'amusant de ce qui les avait tant effrayés un instant plus tôt. Quand leur maître leur ordonna de rentrer au tipi et d'aller se sécher, ils lancèrent des petits cris de guerre triomphants, et ils en avaient le droit, car ils venaient de remporter leur première victoire.

Pourtant, il avait fallu que Coeur d'Ours pousse Petit Chef, le plus jeune et le plus craintif de tous. Ses hurlements avaient même attiré la grand-mère qui était arrivée en courant, Nénuphar sur le dos. Quand Nénuphar vit qu'on essayait de faire du mal à son frère, elle pleura aussi pour prendre sa défense. Sur le chemin du retour, Gloku en profita pour parfaire l'éducation de la fillette.

— Il faut que ton frère apprenne à être fort, courageux et sans crainte. Il vient de remporter une victoire et tu dois l'applaudir et non pleurer.

Plusieurs des guerriers du camp d'Aigle Noir auraient pu s'assurer de l'initiation des garçons, maintenant qu'ils étaient prêts, mais on avait choisi Coeur d'Ours pour s'en charger, car sa carrière sans faille le rendait tout à fait apte à la tâche. Il avait surmonté de nombreuses épreuves et la tribu considérait que ceux qui avaient vécu des moments difficiles étaient les mieux adaptés pour entraîner les autres.

Ce premier geste spontané prouvait qu'il ne voulait rien épargner pour transformer les fils de ses soeurs et de ses cousines en hommes braves et valeureux. En fait, par cette attitude, il honorait les femmes de sa génération qu'on lui avait appris à respecter, à protéger et à aider. Et bien que son comportement, ce premier matin, fût d'une grande dureté, il en était conscient et l'avait fait exprès.

Les grands-mères des garçons, mère ou tantes de Coeur d'Ours, protestèrent vaguement. « N'es-tu pas un peu sévère pour un début? N'oublie pas que ce ne sont que des enfants. Fais-les avancer pas à pas. »

— Pas à pas! s'exclama-t-il, méprisant. Parce que vous

croyez que l'ennemi va avoir la gentillesse de les attaquer pas à pas? Sûrement pas. Alors, autant commencer tout de suite à accepter la réalité telle qu'elle est, même si c'est très dur.

Ce n'était pas le premier groupe de jeunes garçons que Coeur d'Ours initiait et chaque fois ses méthodes restaient les mêmes.

En général, un oncle était un personnage agréable qui se donnait beaucoup de mal pour ses neveux et leur apprenait à s'entraîner physiquement à se protéger, à chasser et à manier les armes. Tous les oncles de Petit Chef se montraient gentils avec lui, même Coeur d'Ours, en dehors des séances d'entraînement, mais ce fut Aigle Noir qui lui donna son premier poney, peu après la dure épreuve dans l'eau froide.

— Quand mon neveu viendra, qu'il vienne me voir, avait ordonné Aigle Noir.

Il alla s'installer dehors avec ses invités pour fumer et bavarder. Il était si absorbé dans la conversation qu'il mit un moment avant de s'apercevoir que le garçon attendait derrière lui.

— Ah, tu es là, mon neveu. Va voir là-bas, il y a un poney là-bas. Il est dressé et assez doux pour toi. Mais fais attention au début, n'essaie pas d'aller trop vite avant que toi et lui vous ne soyez devenus amis de coeur.

Aigle Noir se retourna vers le groupe. Petit Chef comprit qu'on venait de lui donner un poney, c'était la manière habituelle d'offrir un présent. On ne vantait jamais les mérites d'un cheval devant quelqu'un si ce n'était pas pour le lui offrir. Les remerciements du garçon restèrent coincés dans sa gorge. Mais que pouvait-il exprimer avec de simples mots? Et puis, Aigle Noir en avait terminé avec son neveu et se satisfaisait de le savoir content; il n'avait pas besoin de se l'entendre dire. C'était la manière noble d'offrir: sans y prêter attention.

Petit Chef savait déjà monter à cheval. Ses cousins et ses oncles plus âgés que lui l'avaient emmené souvent avec eux sur leur poney, avant même qu'il ne sache marcher. Plus tard, il était monté seul, tandis que quelqu'un tenait le poney par la bride. Mais cette fois, c'était différent. Il montait son propre poney. Il pouvait le monter aussi souvent qu'il le voulait et il devait le nourrir, lui apporter de l'eau et le bouchonner.

Le premier jour, il ne voulut pas en descendre, pas même pour manger. Femme de Rêve s'amusa à lui apporter de la nourriture pour qu'il mange à dos de cheval. Comme le lui avait dit Aigle Noir, le poney était docile et se laissait conduire là où Petit Chef le voulait. Le garçon le fit presque entrer dans les plus grands tipis, au désagrément des femmes de la famille qui discutaient à l'intérieur et lui demandèrent de sortir immédiatement, tout en admirant l'animal pour montrer qu'elles n'étaient pas entièrement hostiles.

Femme de Rêve lui apporta rapidement un équipement magnifique: une bride, une cravache et une couverture, le tout décoré de piquants de porc-épic colorés. A la prochaine cérémonie, il pourrait chevaucher avec les autres garçons et avoir aussi belle allure, car il était de coutume que les jeunes gens lancent leur poney tout autour du cercle de parade et, sans le laisser paraître, étalent la beauté de leur harnachement. Femme de Rêve ne voulait pas que le fils de son frère soit dépourvu de décorations, et elle était l'artiste tout indiquée pour les lui préparer.

Tout cela empêcha Petit Chef de se rendre compte que d'étranges activités se déroulaient chez lui. Les femmes, avec l'aide de voisines, avaient installé un petit tipi dans le fond du groupe, loin des regards des visiteurs. S'il y avait prêté attention, il aurait également remarqué deux femmes qui partagèrent un festin avec Gloku. C'étaient les sages-femmes engagées pour la naissance du petit frère ou de la petite soeur de Petit Chef et de Nénuphar.

Pendant une absence de Petit Chef qui dura toute la journée, le bébé naquit, un petit garçon. Immédiatement, on soulagea la mère en lui donnant un breuvage calmant et on la laissa dormir à côté du bébé installé tour à tour dans chacun des deux berceaux pour respecter les convenances. Ainsi, quand il grandirait, il pourrait dire: « On m'a couché dans deux magnifiques berceaux, cadeaux de mes tantes ». Cela serait un moyen subtil de vanter sa famille, une famille où on respectait les liens de parenté et l'étiquette.

Le père d'Arc-en-Ciel donna très vite un nom à l'enfant. Il le prit dans ses bras un matin, pour que le soleil puisse le «regarder en pleine face» et proclama à l'assemblée silencieuse: « Que le soleil entende le nom de mon petit-fils: Ohiya, le Victorieux ». Il avait choisi ce nom en mémoire d'un oncle qui n'avait jamais connu la défaite au combat.

Pendant toute la journée, un flot ininterrompu de visiteurs vinrent porter leurs présents à la mère et à l'enfant, car la famille était fort respectée. Bientôt, il y aurait des fêtes en l'honneur du nouvel enfant et ces visiteurs recevraient alors des cadeaux en retour. Pour offrir un cheval, la coutume voulait qu'on présente une figure de cheval découpée dans une peau peinte de la même couleur que l'animal. Quand on présenta une telle figurine à l'enfant, l'audience s'exclama: «Regardez! Le jour de sa naissance, on offre un cheval à cet enfant! Un cheval bleu! », bleu étant le terme qui servait à décrire les poneys gris argenté.

Petit Chef fut surpris par l'agitation qui régnait quand il revint pour le repas. Il entendit quelqu'un mentionner le nouveau bébé. Il fallait qu'il aille voir. Sur la pointe des pieds, quand personne ne prêtait attention à lui, il alla observer le petit visage rougeaud, dans l'intention de s'éclipser comme il était venu. Mais rien n'échappait jamais à Gloku.

— Viens, petit-fils, viens voir ton petit frère. Il est arrivé d'humeur bien belliqueuse. « Qui c'est ce garçon? qu'il m'a demandé. Je veux le voir tout de suite. Qu'est-ce qu'il a de plus que moi? Il se croit si beau que ça? » Tu vois, il te prend pour un rival, alors, tu ferais mieux de rester à la maison si tu veux défendre tes droits.

Comment des propos si stupides pouvaient-ils se trouver dans la bouche de sa grand-mère pourtant toujours si raisonnable? Comme tout le monde, il savait bien que le bébé ne parlait pas, c'était tout juste s'il voyait un peu. Petit Chef se recroquevilla sous la main posée sur son épaule, puis se faufila et retourna vers son cheval avant de lancer à Gloku:

— Grand-mère, laisse-le parler, je n'ai pas peur de lui!

Sur ce, il monta à cheval et enfonça ses talons dans le flanc de l'animal, impatient de fuir la bêtise des femmes. « Quand il sera assez grand pour que je puisse jouer avec lui, ça ira mieux », se dit-il pour racheter son indifférence.

Nénuphar ne réagissait pas de la même façon. Elle était folle de son petit frère et joua les mamans avec lui dès le début, comme s'il était sa propriété. Elle s'installait près de l'enfant endormi, se sentant grande et adulte à côté de lui. Toute la journée, elle éventait le minuscule visage de son bras potelé pour le rafraîchir et le protéger des mouches. Son sens de la propriété était si évident que, pour l'amuser, les gens prirent l'habitude de lui demander l'autorisation d'aller voir le bébé.

Sa dévotion ne s'affaiblit pas au fil des jours. Pendant tout l'été, elle négligea son tipi miniature et ses petits personnages pour s'occuper de son frère. Quand il brûlait de fièvre, elle se sentait malheureuse pour lui. De temps en temps, elle le tenait même sur ses genoux, s'il y avait une grande personne à côté d'elle. Elle n'osait pas le prendre toute seule, car on lui avait dit que « cela ne se faisait pas », sous-entendu, pour les fillettes de son âge. « Parfois, les bébés se mettent en colère, et ils gigotent dans tous les sens. Il faut être très fort pour les retenir et les empêcher de se briser le dos. Le Vieil Homme Errant, qui est venu voir ton grand-père hier, s'est blessé comme ça quand il était petit et c'est pourquoi il est bossu. » Nénuphar comprenait plus ou moins ces conseils, mais elle savait que cela risquait de blesser l'enfant si elle le prenait et essayait de se promener avec lui. Comme elle ne voulait pas lui faire de mal, elle se contentait de l'observer, assise à côté de lui.

Une seule fois, elle abandonna son poste, et cela faillit tourner à la catastrophe. Au lever du soleil, tout le monde était parti ramasser les prunes sauvages qui poussaient en abondance sur les arbres. Près du feu de camp, il ne restait que Nénuphar et sa grand-mère qui avait préparé un repas pour la fillette et découpait des semelles de mocassin en peau pour la famille.

— Il faut que je prépare toutes les paires, ensuite ta mère et tes tantes trouveront le temps de les décorer et de les terminer.

Tandis que Nénuphar mangeait, toujours un peu ensommeillée, la grand-mère lui dit:

— Va donc dans le tipi me chercher la pierre à aiguiser de ton grand-père. Mon couteau ne coupe plus. Mon Dieu, de jour en jour, les couteaux s'émoussent et lui, il passe tout son temps à bavarder et à fumer avec ses amis. Ils n'auront donc jamais fini? » continua la vieille femme alors que Nénuphar était déjà partie.

Elle se plaignait de son mari bien sûr. Les époux ne disaient jamais « ma femme » ni « mon mari », mais simplement il ou elle, et tout le monde comprenait de qui il s'agissait.

Aux cris terrifiés de Nénuphar, la grand-mère se précipita vers le tipi et arriva toute pantelante, suivie de quelques voisines restées au village. Un immense serpent s'enroulait près d'Ohiya, toujours endormi sous le tipi. Il ne le touchait pas, car les bébés tetons étaient toujours protégés par des couvertures et attachés dans une longue bande de peau pour qu'on puisse les emmener rapidement en cas d'attaque ennemie. Pourtant, la juxtaposition du bébé innocent et du serpent dangereux était une vision insupportable.

Il n'y avait rien à faire sans risquer de faire courir un danger à l'enfant. Tandis que la foule grandissait, chacun chuchotait des mots d'avertissement aux nouveaux venus: « Restez en arrière, ne parlez pas à voix haute. Si vous faites peur au serpent, il risque d'attaquer ». En peu de temps, tous les membres du campement, même ceux qui étaient partis dans les bois, étaient là, inutiles.

— Voilà le rêveur de serpent, annonça une voix. Laissez-le passer.

Tandis que le petit homme se frayait un chemin, les gens murmuraient:

— Si quelqu'un peut l'aider, c'est bien lui. Il possède l'esprit du serpent. Ils se comprennent mutuellement, vous allez voir.

Devant la porte, l'homme s'assit, remplit sa pipe et fuma, les yeux fermés.

— Il se met en contact, murmurait-on.

Tout le monde aurait aimé le voir se dépêcher, mais l'homme prenait son temps. C'était exaspérant. A la fin, il se leva et déclara:

— Il n'y a aucune raison de s'inquiéter. Mon ami, mon frère le serpent, ne sait pas où il est, car il est aveugle à cette période de l'année. Mais je lui ai dit qu'il se trouvait près du corps d'un bébé endormi, et il m'a entendu. En son temps, quand il sera prêt, mon frère s'en ira doucement. Soyez patients.

Ensuite, il entra dans le tipi et s'installa pour fumer encore, si près du serpent qu'il aurait pu le toucher ou se faire attaquer, mais rien ne se produisit.

— Ils sont en contact, c'est certain, chuchotait la foule, émerveillée.

Enfin, après une éternité, le serpent se déroula. Avec une grâce surprenante, il glissa devant son ami et frère, si proche qu'il faillit frôler le bout de ses mocassins. L'homme resta immobile et calme, les yeux fermés, fumant toujours. Le serpent se faufila sous la paroi du tipi et se dirigea vers le bois.

— Je n'ai pas voulu embarrasser mon frère en le regardant ou en lui demandant de se presser, dit plus tard le tranquille rêveur de serpent.

Avec des larmes de soulagement, les femmes prirent l'enfant et le passèrent de bras en bras. La famille invita le rêveur de serpent à festoyer et Arc-en-Ciel lui offrit son meilleur cheval, tandis que Femme de Rêve lui prit sa pointure et lui fabriqua la plus belle paire de mocassins qu'elle ait jamais réalisée.

— Ne changez pas votre tipi de place, conseilla l'homme à Arc-en-Ciel. Mon ami a fait une erreur, mais il est trop sage pour la commettre une deuxième fois. Ne l'insultez pas en supposant qu'il va recommencer de son propre gré. Sinon, je ne pourrai plus vous aider.

Le tipi resta donc à la même place jusqu'à ce que la tribu reprenne la route vers une autre région.

— Faites bien attention à cet enfant, dit le rêveur de serpent, il est béni. Il aura longue vie et fortune, et il possédera des pouvoirs surnaturels en temps de crise. Comme il a connu un grand danger, il en sera récompensé.

Tout le monde se réjouit de cette prophétie.

8.

Ce n'est qu'une fois qu'on pouvait discuter avec eux que l'on disait que les enfants tetons possédaient la raison. Nénuphar avait plus de six hivers et allait vers le septième quand on put enfin la considérer ainsi. Avant, elle connaissait déjà beaucoup des événements passés, mais pas forcément parce qu'elle s'en souvenait. En fait, elle se rappelait surtout les récits qu'on lui en avait faits. Et comme elle aimait entendre parler de ses premiers faits et gestes! A tel point qu'elle croyait même s'en souvenir exactement.

— Maman, qu'est-ce que j'ai fait un jour avant d'avoir deux hivers? insistait-elle parfois.

Oiseau Bleu prétendait avoir oublié l'histoire que sa fille ne se lassait jamais d'entendre.

— Attends voir... Tu faisais tellement de choses que je ne me souviens plus. Ah, si! Un jour, tu avais prédit le temps.

— Pour de vrai? demandait Nénuphar, aussi surprise que la première fois. Qu'est-ce que j'ai dit?

— Tu n'as rien dit. Tu étais trop petite pour parler. Mais tu es entrée dans le tipi avec deux bâtons de bois pour le feu. Nous n'avions pas besoin de bois, nous étions en été et il faisait très chaud.

— Et alors?

— Eh bien...

Oiseau Bleu ne pouvait s'empêcher de sourire devant le petit visage impatient.

— Eh bien, tu t'es assise près du feu et tu t'es réchauffé les mains.

Nénuphar rit joyeusement.

— Et qu'est-ce qu'a fait alors Grand-mère-tuée-par-la-branche-d'arbre?

Nénuphar ne se souvenait pas de la vieille grand-mère d'Oiseau Bleu, mais comme elle avait souvent entendu le récit de sa mort, c'était ainsi qu'elle l'appelait.

— Elle a dit: « *Hina!* Cela veut sûrement dire que l'hiver sera rude. Les enfants ne font pas semblant d'avoir froid pour rien ».

Comme d'habitude à ce moment du récit, Oiseau Bleu marquait une longue pause. Nénuphar en profitait pour demander, fort impressionnée par ses propres pouvoirs:

— Et l'hiver a été rude, maman ?

Elle connaissait parfaitement la réponse, mais cela lui faisait plaisir de l'entendre.

— Très rude. L'un des plus rudes hivers que notre tribu ait connus. Il y avait tempête de neige sur tempête de neige. Les hommes ne pouvaient pas partir à la chasse, et il n'y avait aucun bison en vue. Les réserves de nourriture s'amenuisaient et bien des nôtres sont morts. Oui, un bien terrible hiver. J'espère que nous n'en verrons plus des comme ça.

— Oh, là, là! s'exclamait alors Nénuphar, pleine d'admiration à chaque fois. Comment avais-je pu deviner cela?

— Ça, je me le demande aussi, répondait Oiseau Bleu, et toutes deux riaient.

Nénuphar aimait aussi parler de son passé avec sa grand-mère.

— Grand-mère, qu'est-ce que je faisais quand tu me portais sur ton dos?

— Tu étais une petite fille très éveillée, tu ne restais jamais en place. Tu me tenais par les nattes, comme si c'était les rênes d'un cheval, et tu tirais d'un côté et de l'autre jusqu'à m'en faire fermer les paupières. C'est un miracle que je ne sois jamais tombée dans un trou!

De joie, Nénuphar battait des mains et riait.

— Cela te faisait mal, grand-mère ?

— J'ai oublié. Je me souviens seulement que cela t'amusait beaucoup.

Là, Oiseau Bleu intervenait.

— Ce n'est pas drôle du tout, disait-elle en prenant la défense de la grand-mère qu'elle trouvait trop indulgente. Tu étais très vilaine de faire mal à ta grand-mère. Tu aimerais qu'on te tire les nattes, toi?

Non, Nénuphar n'aurait pas aimé cela du tout. Mais à cette époque, elle ne se rendait compte de rien et on ne pouvait le lui reprocher. A présent, elle devenait chaque jour de plus en plus responsable de ses comportements et elle pouvait se guider sur les expériences passées.

Par une journée d'automne très couverte, Gloku prit ses chiens pour aller chercher du bois, laissant Nénuphar et le grand-père au tipi.

— Tu es une grande fille à présent, n'oublie pas de donner de l'eau à ton grand-père quand il aura soif. C'est pour l'aider que ta mère veut que tu restes ici pendant mon absence.

Tout en parlant, Gloku suspendit toutes les réserves de nourriture en haut des piquets du tipi pour qu'elles soient hors de portée des chiens errants. Ensuite, elle installa le grand-père à son aise. Depuis des années, sa vue déclinait et, à présent, il était presque aveugle. Il fallait lui donner tout ce qui ne se trouvait pas près de lui. Avant de le laisser seul, Gloku l'asseyait de telle manière qu'il puisse jeter les cendres de sa pipe dans le feu. Il était toujours capable de la remplir, de l'allumer et de la nettoyer, car il s'était entraîné à le faire les yeux fermés pendant ces dernières années, sans doute en préparation de sa future cécité.

En silence, le vieil homme songeait à ses activités passées. Nénuphar rejeta sa couverture de fourrure, installa son tipi et passa un moment à jouer avec ses poupées. Elle leur attribuait des rôles différents et inventait des situations comme celles qui se produisent dans la vie quotidienne, et elle les faisait parler. Soudain, elle se rappela ses devoirs.

— Grand-père, je vais chercher de l'eau.

Elle lui présenta à boire.

— *Hao!* Petite-fille, dit-il pour la remercier avant de boire bruyamment.

Bientôt, il se replongea dans sa rêverie et Nénuphar joua jusqu'à ce qu'elle eût faim. Elle ouvrit le récipient que sa grand-mère avait laissé pour elle et son grand-père, apporta son repas au vieil homme et se mit à manger elle-même. Mais la nourriture ne lui paraissait pas aussi délicieuse que le gâteau de pemmican accroché au mât du tipi. Soudain, la friandise lui fit si envie qu'elle empila des caisses de peau jusqu'à ce qu'elle puisse l'atteindre.

C'était un gâteau à base de viande sèche, avec des fruits sauvages, lié par les riches graisses de moelle. Il suffisait de peu, car c'était la nourriture la plus riche qui fût. Pourtant, Nénuphar ne pouvait s'empêcher de manger et de manger, si bien qu'elle finit par avoir mal au coeur. Elle était allongée immobile quand Gloku revint. Elle entendit la grand-mère remercier et nourrir les chiens.

— Tu es de retour? demanda le vieil homme.

Il savait qu'elle était là, bien entendu, mais c'était leur façon de se saluer.

— Oui, je suis là.

— Tu ferais mieux de regarder ce qu'a fait cette enfant. Longtemps, elle a joué gentiment avec ses poupées. Mais depuis le repas, elle est restée silencieuse. Et pour une fillette de cet âge, c'est toujours mauvais signe. Il m'a semblé qu'elle soulevait des objets lourds, à en juger par ses grognements. On aurait dit qu'elle déménageait tout. Et depuis, le silence. Je l'ai appelée, mais elle n'a pas répondu. Va voir ce qui ne va pas.

Gloku découvrit vite le gâteau à demi dévoré et poussa un cri de détresse qui attira immédiatement ses filles et la mère de Nénuphar.

— Ma petite-fille s'est rendue malade. Oh, que puis-je

faire? Elle ne se souciait que de l'enfant et n'avait pas le temps de se lamenter sur la perte du gâteau. Et toi, reprocha-t-elle au vieillard, tu es resté assis pendant tout ce temps! Tu aurais quand même pu appeler quelqu'un. Il y a bien des voisins!

Il ne répondit pas. On essaya de donner des remèdes à la fillette, mais il lui semblait quand même que le tipi tournoyait toujours autour d'elle. Les mâts ressemblaient à une toile d'araignée tourbillonnante où se mêlaient les visages anxieux des femmes qui veillaient sur elle. Peu à peu, tout disparut dans le noir.

S'évanouir était considéré comme le premier pas vers la mort. Si on laissait les gens perdre connaissance, ils risquaient de ne jamais plus revenir à la vie. C'est pourquoi les femmes secouèrent la fillette malade, la maintinrent assise, bien qu'elle ne cessât de tomber d'un côté et de l'autre, et lui aspergèrent le visage d'eau. Gloku frottait les tempes de Nénuphar en disant:

— N'oublie pas, petite-fille, n'oublie pas. Souviens-toi, sinon tu vas mourir.

Se souvenir, c'était aussi rester conscient. Mais Nénuphar ne se sentait pas effrayée par la perspective de la mort, plus rien ne comptait pour elle.

— Laissez-moi tranquille, je veux rester comme ça, gémit-elle.

Les remèdes la soulagèrent assez pour qu'elle sombre dans un sommeil naturel, tandis que sa famille la veillait toute la nuit. De bonne heure le lendemain matin, Nénuphar aperçut son beau-père, Arc-en-Ciel. Il ne lui avait jamais parlé directement jusqu'à présent, mais s'était contenté de répondre à ses besoins à distance. Elle se sentait un peu étrangère face à ce beau-père silencieux. Mais à présent, ses yeux inquiets prouvaient son attachement.

— Ma fille, dit-il, j'ai essayé de te donner tout ce dont tu avais besoin, car je veux que ceux qui vivent dans mon tipi ne manquent de rien. Hier, tu m'as fait très peur. Mais dépêche-toi de guérir, et alors tu pourras revêtir une robe et te peindre le visage en rouge.

Ce n'était pas une promesse très enthousiasmante pour Nénuphar. Qu'y avait-il de si extraordinaire à mettre une robe quand on en avait toujours porté? Et de la peinture rouge? Elle s'était déjà peint le visage. Mais pour les adultes qui comprenaient la signification de ces propos, ils étaient de la plus haute importance, car Arc-en-Ciel venait de promettre d'offrir une cérémonie pour Nénuphar qui deviendrait alors une *hunka*, une enfant bien-aimée, honneur dont peu de gens pouvaient se vanter d'avoir eu le privilège.

Arc-en-Ciel partit aussitôt à la chasse à l'élan. Il se mit aussi en quête des précieuses dents de cet animal vendues par les autres chasseurs et qui serviraient à décorer la robe de cérémonie de Nénuphar. Très impressionné, tout le village répandit vite la nouvelle.

— Vous avez entendu? Arc-en-Ciel fait de la fille de sa femme une bien-aimée. Il est parti chercher des dents d'élan pour la robe.

Tout le monde apporta son aide, mais ce fut un long travail, car chaque animal n'avait que deux dents qui pouvaient servir à cet usage. De plus, elles devaient provenir exclusivement de femelles. Les chasseurs des autres tribus gardèrent les dents pour Arc-en-Ciel et les lui firent envoyer ou les lui apportèrent eux-mêmes. A chaque fois, Arc-en-Ciel offrait un présent en retour. Ce n'était que lorsqu'il les demandait directement qu'il se devait d'acheter les dents.

Quand il y en eut enfin assez, Femme de Rêve fabriqua la robe et ce fut une toilette admirable. Les femmes, surtout celles qui se prétendaient artistes, vinrent l'examiner et s'émerveillèrent devant la magnificence du travail. Comme d'habitude, Femme de Rêve avait rêvé d'un modèle original. Il était constitué d'une large bordure brodée, au-dessus des franges du bas de la robe et des manches ouvertes. Les dents, qui avaient été longuement polies par le grand-père, très heureux d'apporter sa contribution, étaient appliquées en groupes harmonieux sur le haut de la robe, au-dessus de la ceinture et sur les épaules. Le dos et le devant de la robe étaient parfaitement identiques.

Il fallut deux années complètes pour préparer la cérémonie et, pendant ce temps, Nénuphar s'occupait tant de sa nouvelle petite soeur que parfois elle en oubliait le grand événement qui l'attendait. Le bébé s'appelait Main Mystérieuse, en l'honneur du talent de Femme de Rêve dont les mains produisaient des objets trop parfaits pour être humains. Mais Main Mystérieuse était le nom de cérémonie à employer prudemment et Nénuphar avait surnommé sa soeur Joli Sourire.

Finalement, le grand jour arriva. A l'aube, Gloku prépara des mets spéciaux pour la future hunka et la fit manger au lever du soleil. Ensuite, Oiseau Bleu la baigna dans le courant, lui lava les cheveux et les huila pour les rendre brillants. Elle les tressa en deux longues nattes qu'elle attacha avec des lanières de cuir qui faisaient partie de la tenue. Elles étaient parfumées, car Femme de Rêve avait fourré les pompons de feuilles odorantes.

On lui enfila ensuite un collier, une ceinture et un bracelet, ainsi que des pendentifs de coquillages aux oreilles. Bien qu'ils soient très lourds et lui tirent sur les lobes, Nénuphar endura la souffrance, pour être belle. Enfin, on lui présenta ses nouveaux mocassins garnis de piquants de porc-épic rouges avec des guêtres assorties. Un détail de la robe y était répété, ajoutant à l'harmonie de l'ensemble. Même les semelles de mocassins étaient décorées de piquants de porc-épic. Cela paraissait aussi extravagant qu'inutile à Nénuphar.

— Si je marche, je vais briser les piquants et abîmer les semelles, s'aventura-t-elle à dire.

— Mais tu ne marcheras pas, répondit Femme de Rêve.

Elle expliqua ensuite que les mocassins des enfants hunkas étaient toujours décorés ainsi et qu'on ne marchait jamais pour se rendre à la cérémonie, on était porté.

Toute raide, Nénuphar était assise dans son précieux costume si élégant qu'elle osait à peine bouger, pas même pour regarder de côté, à cause des lourdes boucles d'oreilles qui lui descendaient sur les épaules. Elle était prête, à la place d'honneur du tipi, et pourtant elle n'avait toujours pas le visage peint en rouge.

Faon Agile et Fleur de Prairie, ses cousines, amenèrent leurs camarades pour que toutes puissent l'admirer. Faon Agile éprouva même le besoin d'expliquer:

— Vous voyez, ma cousine a failli mourir, mais elle a survécu. C'est pour cela qu'on l'honore. Mon oncle lui a promis cette cérémonie.

C'était une explication parfaitement valide car tout le monde savait qu'il y avait toujours une bonne raison pour que les parents engagent de tels frais, un voeu ou, comme dans le cas de Nénuphar, un enfant sauvé de justesse de la mort.

— Maman, pourquoi mon frère est-il un hunka et moi pas? demandait parfois un enfant.

— Parce que nous avons prié pour sauver sa vie et que nous avons promis d'offrir une fête en son honneur s'il guérissait, lui répondait-on.

Effectivement, la cérémonie était toujours accompagnée d'un festin par lequel tous les membres de la communauté avaient un lien avec l'enfant honoré. C'était toujours accepté par les autres enfants quand ils étaient en âge de comprendre. On leur disait sans cesse qu'il était honteux d'éprouver de la jalousie envers un frère ou une soeur.

— Vous êtes tous uniques, leur disait-on, soyez heureux les uns pour les autres.

Les enfants qui avaient une famille et une bonne santé n'avaient pas besoin d'un tel honneur, et la plupart s'en passaient fort bien.

Petit Chef resta à la maison ce jour-là comme tous les autres enfants, car c'était une occasion particulière. Il regarda les hommes installer le fauteuil de cérémonie au centre du cercle et courut au tipi pour le départ de la « fausse battue » qui allait bientôt commencer.

— Les voilà! s'écria-t-il, et il alla prévenir tout le monde.

Pourtant, il savait ce qui allait se passer. Il avait eu l'occasion d'assister à de telles parades, car, comme tous les garçons, il se promenait souvent dans le village et avait observé toutes sortes de cérémonies familiales. Il connaissait donc bien la dramaturgie liée à l'apparition du candidat. Les quatre hommes qu'on envoyait chercher l'enfant feignaient de perdre leur chemin.

C'est ce qui se produisit. Ils sortirent du tipi cérémonial, et s'éloignèrent rapidement pour s'arrêter non loin de là, se disputer, changer de direction, et ce, à trois reprises. La quatrième fois seulement ils trouvèrent le campement d'Aigle Noir. Chaque fois qu'ils s'arrêtaient pour discuter de la nouvelle direction à prendre, ils chantaient un chant traditionnel:

« Mais où vivent-ils?

« Mais où vivent-ils? »

Pourtant, tout le monde le savait.

Les hommes entrèrent dans le tipi et soulevèrent gentiment Nénuphar pour la hisser sur le dos de celui qui devait la porter. Quand ils sortirent, Nénuphar paraissait toute joyeuse, bien qu'un peu abasourdie. Les spectateurs, qui se bousculaient à la porte, complimentèrent la jeune beauté de son costume, mais elle ne les entendit pas.

Trois autres enfants, honorés de la même façon par leurs parents ce jour-là, furent portés par leur escorte particulière. On les installa à la place d'honneur et on tendit un immense rideau devant eux pendant que les sages leur peignaient le visage: de petites lignes vermillon qui descendaient sur les joues et qui symbolisaient leur nouveau statut. Ils étaient maintenant des enfants bien-aimés. Pendant toute leur vie, ils auraient le droit de porter ces marques pour les cérémonies importantes. « Voilà un hunka, diraient les gens. Sa famille l'aimait tant qu'elle a donné une grande fête en son honneur.» Voir des présents donnés en son nom était encore un plus grand honneur que d'en recevoir.

Quand leurs visages furent prêts, on enleva le rideau et les spectateurs virent quatre enfants, assis l'un à côté de l'autre, tenant chacun un magnifique épi de maïs bleu monté sur un bâton. Cela symbolisait la promesse d'hospitalité qu'ils faisaient en acceptant le statut de hunka. A présent, ils figuraient parmi les élus.

Dans toute cérémonie, le premier officiant devait déclarer ses qualifications.

— J'ai moi-même reçu cet honneur, commença l'homme qui dirigeait la cérémonie. Et j'ai toujours fait mon possible pour en être digne. Ceux qui me connaissent le savent. J'ai joyeusement accepté les obligations d'hospitalité. Aucune personne dans le besoin n'a jamais frappé à ma porte en vain.

Ensuite, il chanta un chant sacré, tout en brandissant le bâton hunka sur la tête des candidats pour leur apporter la bénédiction. Décoré de piquants de porc-épic, avec une pipe à une extrémité, le bâton était également orné de poils de queue de cheval teints de couleurs vives.

Après le chant, l'homme offrit de l'eau à chaque enfant, mais éloigna le récipient au moment où ils étaient prêts à boire.

— En chemin, vous rencontrerez peut-être des gens faibles et fatigués. Soyez toujours généreux envers eux. Et même si vous avez envie de porter de l'eau à vos lèvres pour étancher votre soif, regardez d'abord autour de vous.

Ce ne fut qu'après avoir dit cela qu'il les laissa boire.

Ensuite, il prit un morceau de nourriture qu'il passa au-dessus de l'encens avant de le couper en deux. Il en jeta un morceau dans le feu et posa l'autre sur la langue des candidats.

— Quand vous mangez, pensez toujours qu'il y a peut-être un affamé qui aimerait partager votre repas. A ces moments-là, vous vous souviendrez de ce que vous êtes devenus aujourd'hui et lorsque vous porterez de la viande à vos lèvres, vous vous arrêterez en chemin. Vous vous interdirez de manger seul. Vous n'aurez droit qu'à la moitié, et du mendiant vous aurez pitié.

Le rituel se terminait ainsi. Les festins se déroulaient dans le tipi des candidats. Arc-en-Ciel donna quelques chevaux au nom de Nénuphar et offrit la plus grande partie du repas, car il était de coutume de laisser les autres membres de la famille participer aux dons. C'était ainsi que les membres du même groupe s'entraidaient.

Nénuphar ne comprit pas tout de suite la mission qu'on lui avait confiée, mais cela viendrait avec le temps. On l'avait désignée pour faire de l'hospitalité sa première préoccupation. Toutefois, on n'attendrait pas d'elle ce comportement avant qu'elle ne soit adulte; en attendant, sa mère et sa famille s'en chargeraient pour elle.

Après la cérémonie, on rangea le magnifique costume et Nénuphar porta des robes ordinaires, si bien que rien ne la différenciait des autres. On ne parla plus de l'honneur qu'elle venait de recevoir. Elle se rendrait compte plus tard qu'elle faisait partie des élus, mais il n'était jamais de bon ton de se vanter.

Nénuphar s'intéressait de plus en plus à la vie familiale. C'était en fait le geste généreux de son beau-père qui l'avait incitée à faire plus attention à des choses que, jusque-là, elle avait considérées comme naturelles. Si bien qu'elle fut très heureuse le jour où un de ses cousins, le plus jeune fils d'Aigle Noir, vint annoncer:

— J'ai vu un bison égaré, avec une jambe cassée, alors je l'ai tué et je l'ai laissé dans le ravin.

Apprendre que l'on aurait de la viande fraîche était toujours une bonne nouvelle, et Aigle Noir se sentit particulièrement fier car c'était la première prouesse de chasse de son fils. Immédiatement, il invita toute la famille à venir l'aider à débiter l'animal.

A l'aube, Arc-en-Ciel et ses soeurs, Première Femme et Femme de Rêve, et deux autres cousins accompagnés de leur famille, et bien sûr les grands-parents, Gloku et son mari, se rendirent au ravin et installèrent un campement provisoire près du ravin. Tous les hommes étaient des bouchers expérimentés. La coutume teton voulait qu'on dépèce soigneusement l'animal, car sa peau était aussi importante que sa chair, et qu'on le découpe ensuite en respectant la structure musculaire. Chaque muscle devait rester intact. On le passait à une femme en le nommant par son nom et, aussitôt, celle-ci s'appliquait à le faire sécher. Les vieux s'occupaient des os, qu'ils écrasaient avant de les faire bouillir pour qu'ils rendent leur riche graisse dont on se servait comme de beurre.

Ce n'était pas tout, car ce travail s'accompagnait d'un festin. Rien n'était meilleur que de la viande fraîche. C'était les hommes qui la faisaient griller des deux côtés d'une manière spectaculaire qu'on appelait « à la mode du sentier de la guerre ». Sur un grand feu de rondins d'orme et de chêne, ils dressaient un dôme de saule vert et, quand le feu se réduisait à un tas de charbons ardents, ils y jetaient la viande qui formait comme une immense tente sur le dôme. Immédiatement, elle absorbait toute la chaleur. Pour quelqu'un dont la vie dépendait de la viande de bison, le bruit de la chair qui grésille était délicieux à entendre. Les flammettes qui se réveillaient de temps en temps donnaient l'eau à la bouche. Quand la viande était cuite, les hommes la retiraient du feu grâce à des baguettes pointues à une extrémité et l'étendaient sur des branchages d'orme. Ensuite on la découpait en bandelettes avant de la servir. Tout le monde appréciait ce repas, les enfants surtout.

Les Tetons étaient très généreux. Il ne suffisait donc pas pour Aigle Noir d'offrir un festin à sa famille. Il devait aussi partager. On envoyait les jeunes sur un poney rapide à la recherche de ceux qui pouvaient passer dans les parages pour les inviter.

L'endroit était si agréable que, lorsque toute la viande fut mangée ou apprêtée, personne n'eut envie de rentrer tout de suite au village, bien qu'il fût à portée de vue et qu'il y eût des allées et venues incessantes entre le site du festin et celui du village, surtout pour les jeunes qui allaient porter de la viande à ceux qui n'avaient pu venir.

Comme le coin regorgeait de *tinpsilas* (navets de prairie

sauvages) prêts à cueillir, cela fournit un excellent prétexte pour s'attarder un peu plus longtemps. Les femmes procédèrent à la récolte tandis que les hommes allèrent nonchalamment à la chasse. Si quelqu'un rapportait un cerf, cela ferait de la viande fraîche en plus, mais ils étaient trop près du village pour vraiment espérer faire bonne chasse.

Pour Nénuphar, ce fut un moment privilégié, car elle commençait à s'attacher plus à sa mère qu'aux autres membres de sa famille et aimait passer beaucoup de temps avec elle. Auparavant, elle s'intéressait autant à sa grand-mère et à ses tantes, mais à présent elle découvrait les précieuses qualités d'Oiseau Bleu. Mère et fille commençaient à avoir des conversations à coeur ouvert sur les problèmes de Nénuphar que sa mère semblait toujours deviner à l'avance.

Par une belle après-midi, Oiseau Bleu alla se promener avec ses trois enfants, Nénuphar, Ohiya et Joli Sourire, qui avait un peu plus de deux hivers. Ils s'installèrent derrière un monticule, avec rien ni personne en vue, face au paysage désert.

— Je suis vraiment heureuse, entourée de mes enfants, dit Oiseau Bleu.

Pour elle, c'était l'une des rares occasions où elle pouvait leur manifester un amour sans limites, car dans les grandes familles tous les adultes se conduisaient comme des parents, chacun essayant de se montrer impartial.

— Nous aussi, nous sommes heureux, répondit joyeusement Nénuphar. Pour une fois, nous avons notre maman pour nous tous seuls. Maman, si on jouait aux « temps difficiles » comme on faisait avec grand frère ?

— Tu te souviens de ça, Nénuphar? demanda Oiseau Bleu, surprise. Tu étais très jeune quand ton frère Petit Chef a inventé ce jeu. C'était amusant, non? A présent ton frère est trop grand pour jouer avec nous. Il est parti à cheval avec les autres garçons. C'est normal. Il faut qu'il sache très bien monter, comme tous les hommes. Venez!

Elle mit son châle au-dessus de sa tête et attira les trois enfants vers elle. Ils se blottirent contre elle tandis qu'Oiseau Bleu entamait le récit de leurs difficiles épreuves et ils écoutèrent leurs malheurs imaginaires avec des haussements d'épaules amusés.

— Oh! nous sommes seuls, tous les quatre. Perdus dans la vaste prairie déserte... Et puis, nous n'avons plus rien à manger et je ne vois pas comment trouver de la nourriture. Oh, mes pauvres chéris, quel malheur!

— Quel malheur! Quel malheur! répétèrent les deux aînés en coeur, déjà bien dans l'esprit du jeu.

— Et nous n'avons que cette toile pour abri... Enfin cela nous protège toujours un peu... Si seulement le vent voulait se calmer.

— Le vent! Le vent! s'écrièrent les enfants.

— Viens Ohiya, approche-toi. Nénuphar, tire la tente derrière toi, tiens-la bien. Ah, si seulement nous avions des piquets! Mais il n'y a aucun arbre pour couper des branches et le vent est de plus en plus froid. Tiens bon, Nénuphar! Oh, qu'allons-nous devenir?

Les enfants s'amusaient beaucoup. La misère était drôle lorsque ce n'était qu'un jeu.

Ohiya ajouta un peu d'intensité à la scène en pleurant.

— Maman, maman, Joli Sourire sort du tipi.

— Non, non, Joli Sourire, reviens! Tu vas mourir de froid. Restez bien les uns contre les autres pour vous tenir chaud.

Ils se resserrèrent les uns contre les autres et Ohiya se mit à gémir.

— Qu'y a-t-il, mon fils?

— Maman, je meurs de faim, je vais bientôt mourir. Cela fait trois jours et trois nuits que je n'ai pas mangé.

La mère feignit la détresse et s'empressa de lui offrir de la nourriture.

— Voilà mon fils, il me reste un peu de pemmican, guère plus d'une poignée, mais ne l'avale pas tout de suite, suce d'abord le jus de la viande. Cela te réconfortera. C'est comme ça que font les guerriers.

— Vite, vite, j'ai faim.

Ohiya roula des yeux, mimant l'agonie. Sa mère donna une bouchée de nourriture à chacun, en prit une pour elle et la mâcha longuement.

— Ohiya, je me demande si la tempête ne s'est pas calmée. Tout paraît si tranquille.

Elle avait parlé pour savoir si les enfants ne commençaient pas à se fatiguer du jeu, mais il n'en était rien. Ohiya, au moins, avait encore envie de le prolonger, car il sortit la tête et rentra sous la tente en claquant des dents.

— Oh, j'ai les oreilles gelées, il fait un de ces froids! On ne peut pas encore partir.

— Maman, si tu nous racontais une histoire pour passer le temps? demanda Nénuphar.

Oiseau Bleu ne leur raconta pas une histoire, mais deux,

puis trois... C'étaient toujours les mêmes récits familiers, mais les enfants y prenaient beaucoup de plaisir: l'histoire de l'ours stupide, du renard trompeur, du vilain Iktomi, maître de la ruse, de l'alouette et de ses bébés.

Les enfants qui s'étaient installés dans une position plus confortable finirent par s'endormir, la tête sur les genoux de leur mère. Elle les regardait tendrement en leur épongeant le front, car la journée était très chaude.

— Qu'est-ce qu'une femme peut demander de plus que d'avoir les bras pleins d'enfants?

Elle resta immobile, le dos appuyé contre un rocher, jusqu'à ce qu'on les appelle du haut de la colline pour leur dire que le repas du soir les attendait.

Sur le chemin du retour, elle porta le bébé tandis que les grands marchaient en avant. Soudain, Nénuphar se retourna:

— Maman, nous nous sommes bien amusés. On pourra aller se promener encore avec toi? Souvent?

Nénuphar accompagnait partout sa grand-mère et ses tantes, et c'était toujours agréable, mais elle venait de découvrir sa compagne préférée, sa propre mère qui savait jouer avec elle et l'aider à résoudre tous ses problèmes. C'est d'elle qu'elle se sentirait la plus proche désormais. C'était une excellente décision, car elle aurait besoin d'un guide pendant son adolescence qui n'était plus si loin. Et sa mère serait la mieux placée pour se montrer utile et compréhensive.

9.

Dans la mémoire de Nénuphar, les incidents restaient marqués tels qu'ils s'étaient produits et elle s'en souvenait désormais en éprouvant les émotions qu'ils avaient suscitées à l'origine. Elle se rappelait en particulier trois incidents qui concernaient Petit Chef, son frère adoré: son «premier coup», sa première campagne de guerre, son premier bison. Toutes ces prouesses la rendaient fière de lui.

Après un hiver particulièrement rude, le printemps était encore frais. Personne n'avait aperçu l'ombre d'un bison et les réserves de nourriture s'épuisaient rapidement. Comme d'habitude à cette saison, les chefs de famille devaient partir à la chasse. Arc-en-Ciel et un de ses cousins dont il appréciait la compagnie décidèrent d'aller chasser le cerf. Le cousin était accompagné de sa femme et de deux de ses neveux en âge de travailler, et Arc-en-Ciel invita sa mère et sa famille directe.

Ils eurent de la chance car la chasse fut fructueuse dans l'endroit qu'ils avaient choisi. Les hommes partaient toute la journée pendant que les femmes s'occupaient de la viande de la veille. Le soir, ils se rassemblaient devant le feu entre les tipis et dînaient ensemble. C'était le festin typique des journées de chasse et chacun avait droit à son os et pouvait, luxe suprême, assaisonner sa viande de la moelle riche.

Ce fut après un tel repas, emmitouflés dans leurs couvertures de fourrure, qu'ils entendirent un oiseau chanter dans les buissons voisins. Au second appel du volatile, la femme du cousin remarqua:

— Je ne savais pas que les *pakoskas* chantaient à cette époque.

La conversation reprit, et plus personne ne fit attention à l'oiseau. Seul Arc-en-Ciel restait perturbé et ne participait plus à la conversation. Il attendait le cri suivant, son os de moelle vide à la main. Soudain, il s'écria en jetant son os dans les buissons:

— Un pakoska, où ça?

Le chant cessa immédiatement.

— Il en a pour son compte. Il ne nous dérangera plus, dit Arc-en-Ciel en riant.

Pourtant, toute la nuit, il resta éveillé. « Comment se fait-il qu'il n'est pas allé chanter ailleurs? L'ai-je vraiment touché en visant au hasard? » se demandait-il. Un vague soupçon le torturait et il attendait l'aube avec impatience.

Dès que possible, il sortit du tipi et se dirigea vers la source des chants d'oiseau. Comme il le pensait, il ne s'agissait pas d'un oiseau, mais d'un homme. Un éclaireur des Corbeaux gisait en bordure des buissons, un os enfoncé dans la tempe. Le coup avait été fatal. Arc-en-Ciel était un chasseur, pas un guerrier, c'était la première fois qu'il tuait un homme. Néanmoins, cette victoire devait être marquée par un rituel. Arc-en-Ciel poussa des cris de guerre. Tout le monde sortit des tentes à la hâte et l'entendit hurler: « Moi, que vous nommez Arc-en-Ciel, j'ai tué un ennemi d'un seul coup! » C'était la formule consacrée des guerriers.

Arc-en-Ciel passa devant les derniers venus qui traînaient derrière eux leurs couvertures de fourrure et s'adressa à son fils Petit Chef.

— Ecartez-vous, dit-il, écartez-vous, car je veux que mon fils tire le premier coup.

Il conduisit le garçon ensommeillé vers le lieu et lui expliqua que faire. Petit Chef toucha donc le corps de l'éclaireur à l'épaule avec son arc. Si simple qu'il fût, ce geste était un acte symbolique de la plus haute importance, même si le jeune garçon n'en avait pas conscience. Avant d'avoir eu quinze ans, il avait « tué un ennemi ». C'était un honneur que peu recevaient si jeunes.

Arc-en-Ciel invita son cousin à frapper le second coup et l'aîné de ses neveux à donner le troisième. C'était l'essentiel, le plus jeune se contenta d'assister à la scène, heureux de voir que son frère avait bénéficié de cet honneur. Arc-en-Ciel et son cousin portèrent l'ovation traditionnelle à la louange de Petit Chef:

— Petit Chef, *Eyahahe!*

Il y avait effectivement de quoi se réjouir. Bien sûr, il ne s'agissait que d'une formalité, mais les enjeux n'en avaient pas moins d'importance pour autant. Oiseau Bleu prit Petit Chef à part et lui chuchota:

— N'oublie jamais ce jour, mon fils. N'oublie jamais que tu as un père assez généreux pour te transmettre l'honneur qu'il a gagné. Il veut que tu sois couvert de gloire. Tu as de la chance d'avoir un tel père.

L'éclaireur mort était bel homme, bien vêtu et orné de décorations qui indiquaient qu'il était un personnage d'importance dans sa tribu. Cela rendait la prouesse encore plus gratifiante car la guerre était une sorte de tournoi perpétuel où l'on s'enorgueillissait d'avoir affaire à des « ennemis valeureux ». Les guerriers se paraient toujours de leurs plus beaux atours avant la bataille, car il ne suffisait pas d'être habile et courageux, il fallait aussi respecter les convenances.

La partie victorieuse ne pouvait pas rester à contempler le corps de l'éclaireur. S'il ne rentrait pas rapidement chez les siens, sa tribu ne tarderait pas à se lancer à sa recherche. Les chasseurs étaient en danger.

— Il n'y a plus de temps à perdre, ordonna Arc-en-Ciel. Que les femmes n'emportent que la viande sèche plus légère à porter. Laissez les tipis, nous en avons d'autres. Et vous, dit-il en s'adressant à son cousin et aux garçons, accompagnez les femmes et les enfants et rentrez au village.

Contournant les collines par l'ouest, car apparemment l'éclaireur venait de l'est, ils s'enfuirent sans plus tarder. De l'autre côté, Arc-en-Ciel s'arrêta et descendit de cheval.

— Prenez la direction du nord, en longeant le ravin. Restez hors de vue et poussez vos chevaux au maximum.

Arc-en-Ciel attacha sa monture à une souche dissimulée sous un haut buisson et rampa sur le ventre jusqu'au sommet de la colline d'où il pouvait voir le campement abandonné.

Immobile, il observait, tenant des herbes au-dessus de sa tête. Il se plaquait au sol et ne faisait plus qu'un avec le paysage. Personne n'aurait pu le voir.

Pourtant, il vit des guerriers arriver. Ils s'arrêtèrent à l'approche du campement. Au signal, ils attaquèrent et dévalèrent la pente en hurlant des cris de guerre et en lançant des flèches sur les tipis déserts. En un instant, les tentes ne furent plus que lambeaux.

Arc-en-Ciel n'attendit pas qu'ils trouvent le corps de leur éclaireur. Il arriva bientôt au village, son cheval tout blanc d'écume et essoufflé. Déjà, tout le village s'agitait à la nouvelle et son nom était porté aux nues. Il avait tué l'ennemi et sauvé les siens, ainsi sans doute que les autres chasseurs disséminés dans la région qu'on était allé prévenir. Mais pour Arc-en-Ciel, l'essentiel c'était d'entendre louer son fils, Petit Chef, qui avait porté le premier coup. « Sous de si bons auspices, il deviendra sûrement un grand guerrier », prophétisaient les vieux.

Tous ces événements étaient fantastiques pour Nénuphar. A la prochaine danse, on les célèbrerait. Les tantes et la mère de Petit Chef se dépasseraient en son nom pour la cérémonie des offrandes. Ce serait merveilleux. Et puis, les honneurs rejailliraient sur Nénuphar elle-même. Gloku venait de lui expliquer que, en tant que soeur d'un guerrier, elle serait toute désignée pour porter le scalp lors de la cérémonie de la Victoire.

Pendant des jours et des jours, Nénuphar se réjouit à l'idée du rôle qui l'attendait. Elle serait si fière de porter le bâton décoré avec son trophée au sommet. Mais supporterait-elle le regard des spectateurs? Elle avait entendu parler d'une jeune fille émotive qui avait été véritablement terrassée par la concentration des regards portés sur elle. Est-ce que cela risquait de lui arriver? Ce serait épouvantable.

Nénuphar, en jeune fille bien élevée, devenait de plus en plus timide. A dix hivers, elle était déjà réservée, à force d'observer les attitudes conventionnelles de sa cousine Faon Agile et des filles plus âgées. D'ailleurs, elle ne se contentait pas d'imiter, on l'éduquait en ce sens. « Les jeunes filles tapageuses qui se font remarquer n'arrivent à rien de bon », disait Gloku. Nénuphar se rendait bien compte que ces reproches s'adressaient surtout à Alila qui, malgré son bon coeur et sa générosité, se montrait toujours hardie. D'instinct, Nénuphar avait appris à ne pas la copier.

— Grand-mère, confia-t-elle un jour à Gloku, je suis encore trop jeune pour aller à la procession avec les adultes.

Gloku comprit alors que, bien que la fillette fût enthousiasmée par cette idée, elle ferait mieux de ne pas revendiquer ses droits pour l'instant.

— Oui, tu as peut-être raison, mais ne t'inquiète pas. Tu auras d'autres occasions, car un jour ton frère deviendra un véritable guerrier. C'est à cela qu'il est destiné.

Ce fut donc Oiseau Bleu qui porta le trophée à la place de sa fille. Nénuphar se contenta de s'enorgueillir du privilège qu'elle aurait pu exercer.

Arc-en-Ciel était parti à la chasse et non à la guerre, pourtant, cette victoire accidentelle méritait la même reconnaissance que si elle avait été volontaire. Un acte de guerre restait un acte de guerre, quelles que soient les circonstances.

Cet exemple de gloire militaire eut beaucoup d'influence sur Petit Chef. Il brûlait d'impatience de rejoindre le clan des guerriers. « Dans quatre ou cinq ans », lui avait dit son grand-père. Il lui semblait impossible d'attendre si longtemps et de se contenter des banalités de la vie quotidienne, si bien qu'il prit les choses en main pour participer aux combats beaucoup plus tôt.

En pleine nuit, au début de l'automne, l'ennemi frappa avec une hardiesse incroyable. Les assaillants surgirent dans le village, scalpèrent trois enfants et enlevèrent une jeune fille dans son sommeil. Ils volèrent les meilleurs chevaux bien que leurs propriétaires les aient attachés près des tipis.

A l'aube, tout le village était sur le branle-bas de combat. On pleura la mort des enfants et la disparition de la jeune fille, tandis que la famille se mutilait de douleur. Pendant ce temps, furieux, les guerriers se rassemblaient. Leur chef, Coeur d'Ours, leur déclara:

— Mes amis, ceci est une insulte qui doit être vengée au coût de nos vies, s'il le faut. Etes-vous avec moi? Alors, préparez-vous, je vous attends.

Il s'assit dans l'herbe et fuma calmement en gardant le silence. Ce fut Petit Chef qui le rompit.

— Mon oncle, je vais avec vous, dit-il, les yeux brillants d'impatience.

Coeur d'Ours ne se moqua pas de lui. Il ne fallait pas tourner en dérision l'ambition des jeunes, pour ne pas risquer de l'anéantir. Il exhala quelques volutes avant de répondre.

— Je dois refuser, et pour de bonnes raisons. Ce n'est pas une expédition pour toi, mon neveu. C'est une chasse à l'homme. A moins que nous ne remportions la victoire, nous périrons sur le champ de bataille. Il risque de n'y avoir plus personne pour te ramener ici en toute sécurité.

Le garçon ne répondit pas, mais son silence en disait plus long que des prières. Il fallait que son oncle en dise plus pour le dissuader.

— Si on partait sur le sentier de la guerre habituel, à la recherche de l'aventure, pour le plaisir et la gloire, j'accepterais ta proposition. Mais je te promets une chose, la prochaine fois, tu viendras avec nous.

— Merci mon oncle, dit Petit Chef avant de s'éloigner.

Les guerriers prirent la route à midi et voyagèrent toute la nuit. Le lendemain, toujours à l'intérieur du territoire des Dakotas, ils s'arrêtèrent et envoyèrent deux jeunes gens chercher de l'eau et du bois. Quand ils revinrent, ils amenaient Petit Chef avec eux. Comment avait-il pu échapper à la vigilance des guerriers restait un mystère. Un des éclaireurs avait trébuché sur le garçon endormi en allant ramasser du bois sous un buisson.

Ils le présentèrent à Coeur d'Ours qui continua à fumer comme s'il ne l'avait pas vu.

— Mon neveu, finit-il par dire, c'est exactement ce que je ne voulais pas qui arrive, car j'ai besoin de toute ma liberté de mouvement. Tu comprends, rien ne doit m'empêcher de chercher vengeance. Mais puisque tu es là, je dois m'occuper de ta sécurité. Tu dois venir avec nous. J'ai besoin de tous mes guerriers et personne ne peut donc te raccompagner.

Finalement, Petit Chef se rendit utile, bien qu'on ne l'ait pas autorisé à participer aux combats. Les guerriers le laissèrent en arrière, dans un endroit abrité à distance du village ennemi, pour qu'il prenne soin des chevaux et des provisions.

L'expédition rencontra un succès total, et la victoire fut remportée dans un violent affrontement au corps à corps. Tous les chevaux furent récupérés, et la jeune fille fut ramenée saine et sauve. Elle avait été séquestrée dans le tipi du chef pour remplacer une fille morte récemment.

Les guerriers chevauchèrent toute la journée et toute la nuit jusqu'à ce qu'ils parviennent de nouveau en terrain familier. Là, ils s'arrêtèrent, sûrs de ne pas avoir été suivis et festoyèrent grâce à la viande d'un bison qu'ils avaient tué en chemin. Pour Petit Chef, c'était un honneur de se trouver parmi les adultes, de les entendre raconter leurs prouesses au combat. Il y avait bien d'autres choses qu'il désirait savoir, mais il n'osait attirer l'attention, sachant trop bien que sa présence était simplement tolérée et qu'il n'était en fait qu'un fardeau inutile.

Tout avait été encore plus merveilleux et plus terrifiant qu'il ne l'avait imaginé en écoutant les récits de guerre, car, en entendant les cris et les bruits de la bataille qui faisait rage, il avait été terrifié et, pour la première fois, s'était rendu compte de la signification de son intrusion. Quelle présomption de sa part! Il se sentit un peu rassuré quand un des guerriers lui posa la main sur l'épaule.

— Je ne sais pas ce que nous aurions fait sans toi, mon garçon. Nous lui devons beaucoup, mes amis. C'est lui qui nous a permis de changer nos chevaux fatigués contre des frais sans perdre de temps.

Ces compliments étaient quelque peu exagérés, mais Petit

Chef avait effectivement préparé les équipages pour que les guerriers puissent repartir immédiatement.

En fait, il commençait déjà à s'imaginer dans la peau d'un guerrier bien qu'il sût ce qui l'attendait: les rites d'initiation qu'on imposait à un garçon qui s'était introduit clandestinement sur le sentier de la guerre. D'abord, on l'envoya chercher de l'eau en pleine nuit pour qu'il trouve son chemin dans les bois sombres et dangereux. Quand il la rapporta, les guerriers la refusèrent et l'envoyèrent en chercher de la fraîche.

— Pouah, quelle eau détestable! s'écriaient-ils en la recrachant, pleins de mépris.

Trois fois, ils répétèrent la même scène et, bien qu'elle vienne toujours de la même source, ils n'acceptèrent l'eau que la quatrième fois en s'exclamant:

— Enfin, voilà une eau digne de ce nom, pourquoi ne l'as-tu pas rapportée du premier coup?

Plus tard, à la pause de midi, ils l'envoyèrent en éclaireur.

— Mon garçon, va observer les collines et dis-nous ce que tu as vu.

Petit Chef parcourut les collines, examina les ravins et vint annoncer qu'il y avait une piste de cerfs près d'un trou d'eau et qu'on voyait encore les traces d'un feu récent. Deux jeunes gens allèrent vérifier ses dires et constatèrent qu'il ne s'était pas trompé. Il restait des braises encore rouges. Et, comme preuve de l'existence de la piste de cerfs, un des cavaliers rapporta un cerf, jeté sur son cheval. Petit Chef sentit son prestige augmenter en entendant les louanges des hommes.

Pourtant, il ne fut véritablement heureux que lorsque les

guerriers lui eurent attribué certaines récompenses, juste avant de rentrer au village. C'était la preuve de son succès. On lui confia le bâton et la gourde avec lesquels il avait rapporté l'eau et on lui donna des « plumes qui tremblent ».

— Prends ce bâton en témoignage de ton courage, lui dit un des guerriers. Cela sera ta première récompense. Tu y attacheras tes trophées dans l'avenir. Il est en frêne. C'est un bois qui se plie, mais ne rompt pas. Sois comme lui, résistant et fort. La gourde est en peau de coeur de bison. Elle t'ordonne d'observer les lois de l'hospitalité. Il y a une queue de loup au bout du bâton, c'est le symbole des guerriers. Le guerrier doit être l'ami du loup, car c'est son patron. Le loup sait se battre et se cacher. Tu apprendras beaucoup de lui. Tu vois les plumes de corbeau sur le bâton? Le corbeau vole toujours tout droit et ne perd jamais son chemin. C'est ainsi qu'un guerrier doit voyager, droit au but. Prends-le, tu l'as mérité.

Son oncle, Coeur d'Ours, lui remit en personne la seconde récompense, les plumes, quatre longues plumes dont il ne restait plus que le penne nu, liées ensemble par une corde de nerf. Les quelques barbes restées au sommet tremblaient perpétuellement. Petit Chef n'avait jamais vu de telles plumes, et n'en avait jamais entendu parler. Les garçons qui s'infiltraient de force dans un combat étaient rares, et ceux qui réussissaient les rites d'initiation encore plus.

— Prends ceci mon garçon, lui dit Coeur d'Ours, c'est le symbole de l'éclaireur. Conserve-les toujours, et apprends à être toujours sur tes gardes. Tu vois que les barbes tremblent sans répit, même par les journées les plus calmes quand les hommes ne sentent aucune vibration dans l'air. Un véritable éclaireur est plus conscient et plus vif que le commun des hommes, conclut Coeur d'Ours d'un ton solennel.

Avec des preuves aussi tangibles de son succès, Petit Chef n'avait plus peur de rentrer chez lui. Depuis longtemps, il savait qu'on devait s'inquiéter de son absence, mais à présent, il était sûr d'être pardonné. Il espérait que son père l'approuverait et dirait: « C'est un apprentissage admirable du sentier de la guerre. Il vaut mieux commencer jeune. C'est un grand privilège d'être guidé par Coeur d'Ours ». Arc-en-Ciel ne prononça pas exactement ces mots, mais il était heureux de voir la façon dont les choses avaient tourné. Lors de la Danse de la victoire, Petit Chef défila avec les guerriers, tandis que sa famille, ses tantes en particulier, offrait des présents en son nom et l'ovationnait.

Quand Nénuphar atteignit douze hivers, un troisième honneur retomba sur son frère. Il tua son premier bison. Ce matin-là, le blizzard faisait rage. L'intérieur des tipis était aussi sombre qu'en pleine nuit. Personne n'avait envie de se lever puisqu'il n'était pas possible de travailler dehors.

Soudain, des voix animées retentirent au dehors. Les hommes s'interpellaient de tipi en tipi, sans que l'on puisse discerner les mots par-dessus le vacarme du vent. Peu à peu, malgré tout, Petit Chef comprit qu'un troupeau de bisons aveuglés par la neige était arrivé dans le village et déambulait parmi les tipis, comme des animaux domestiques.

Quelle bénédiction! En hâte, les hommes les conduisirent vers un terrain ouvert à l'écart du village et les retinrent jusqu'à ce que les chasseurs fussent prêts.

— Vite! Vite! hurlait le crieur. Nos frères nous ont vus dans le besoin et sont venus à notre secours. Apportez vos couteaux!

Nénuphar se sentit heureuse d'être une fille et de pouvoir rester bien au chaud dans son lit. Pauvres hommes, obligés de sortir par un temps pareil! Arc-en-Ciel appela Petit Chef qui dormait lui aussi dans le tipi de sa grand-mère.

— Réveille-toi, mon fils, réveille-toi. Il n'y a que les femmes qui ont le droit de rester couchées à un moment pareil. Un homme doit se cogner la tête contre le sol une fois ou deux s'il le faut. N'oublie pas tes soeurs et tes cousines. Elles apprécieraient sans doute un bol de soupe de bison! Allez, viens. C'est le jour des hommes.

Petit Chef se redressa, se vêtit à la hâte sans répondre mais il respirait bruyamment à travers ses dents tant il avait froid. Pourtant, il ne renâclait pas. Il savait que son père avait raison. Ces épreuves faisaient partie de son destin. Nénuphar resta immobile, le visage contre la toile du tipi, comme le voulait l'étiquette, les yeux fermés. Cela ne se faisait pas de regarder un homme se lever et s'habiller, surtout un frère.

Gloku se redressa pour souffler sur le feu et l'attiser, les yeux clos, pour se protéger de la fumée. En reprenant son souffle, elle protesta au nom de Petit Chef.

— Ce n'est qu'un enfant. Il est trop jeune pour chasser en hiver.

Arc-en-Ciel ignora les remarques de sa mère, si toutefois il les entendit.

— Dépêche-toi, le troupeau va s'en aller. Vite, criait-il en préparant son poney.

— Fils, dit Gloku à voix haute, laisse-lui au moins le temps d'avaler une soupe chaude.

— Mère, ne le dorlote pas tant. Il est bien assez grand, et puis, c'est un mâle, ne l'oublie pas.

Petit Chef se précipita hors du tipi en traînant son manteau derrière lui. Ce fut la dernière image qu'on vit de lui avant qu'il revienne... avec son premier bison.

Gloku fit cuire la langue, considérée comme le morceau de choix et la servit en signe de respect à la famille du garçon, Nénuphar, Faon Agile et Fleur de Prairie, pour qui il avait risqué sa vie. Arc-en-Ciel manifesta une satisfaction calme, mais ce fut le grand-père aveugle le plus enthousiaste, car il proposa bruyamment toute une liste d'invités pour partager la première proie de son petit-fils. D'ailleurs, ses vieux amis ne se firent pas prier. Seuls ou en groupes, ils arrivèrent, avec leur éventail de plumes d'aigles, l'attirail normal des vieux, été comme hiver, leur longue pipe et leur paquet de tabac. Partout où les vieux se rassemblaient, ils devaient se montrer hospitaliers en remplissant leur pipe et en la passant aux autres. Tour à tour, ils l'allumaient, en tiraient quelques bouffées avant de la passer à leur voisin de gauche qui en faisait autant. L'hôte fumait en dernier.

Les vieux mettaient beaucoup de temps à s'installer et se faisaient des politesses. « Assieds-toi là, mon ami. » « Non, toi d'abord... » Tout en buvant et en mâchant laborieusement avec leurs quelques dents, ils s'amusaient bruyamment et vantaient les mérites du jeune garçon. Pour Petit Chef, c'était déjà une récompense de les voir profiter d'un repas qu'il avait rendu possible.

Quand les vieux eurent mangé leur part et rempli leur pipe, ils se remémorèrent leurs propres souvenirs de chasse, tandis que Petit Chef les écoutait, les yeux brillants. A présent, il savait de quoi les adultes parlaient.

— Et toi, petit-fils, dit l'un d'eux, raconte-nous comment tu as tué ton premier bison.

Plein d'assurance, le garçon s'éclaircit la gorge et commença.

— Ça a commencé comme ça. J'étais tranquillement au lit quand mon père m'a accusé de me conduire comme une femme. Bien sûr, je me suis levé tout de suite.

— Effectivement, comment supporter telle insulte?

Homme parmi les hommes, le garçon poursuivit.

— Dehors, j'étais si aveuglé par la neige que je ne savais pas où j'étais. Puis un peu plus tard, j'ai vaguement reconnu la silhouette des animaux qui s'éloignaient. Quand j'ai mis la flèche dans mon arc, une rafale de vent a soulevé mon manteau, mais comme je l'avais attaché autour du cou, il s'est contenté de s'envoler en m'étranglant de plus en plus au fur et à mesure que je faisais galoper mon poney. Le vent glaçait mon corps nu et me lacérait le visage à tel point que j'en avais les larmes aux yeux. Je ne voyais plus rien car j'avais de la glace sur les cils. Ce n'était pas facile, je vous assure. Finalement, j'ai fini par isoler un animal du troupeau et j'ai tiré deux flèches. Il a trébuché, mais il était encore assez fort pour avancer. Pourtant, je savais que je le tenais, que tôt ou tard, il s'écroulerait. Je suis descendu de cheval pour me frotter les mains dans la neige car je ne les sentais plus. Je me suis mis à courir derrière le bison qui chancelait et j'ai tiré une nouvelle flèche. Ensuite, il est tombé.

Pendant tout le récit, les invités restèrent silencieux, mais dès que le garçon se tut, ils se frottèrent les mains en un geste de satisfaction et un ou deux portèrent même la main à leur bouche pour signifier leur admiration en s'exclamant:

— Bravo, petit-fils, c'était magnifique!

Petit Chef continua.

— Bientôt, deux hommes sont sortis de la grisaille. Mon père et un de ses amis qui portait du bois pour le feu. Pendant que je me réchauffais, ils m'ont remis mon manteau sur les épaules. Il avait glissé car la cordelette s'était rompue. J'avais encore plus froid que sans, car la fourrure était pleine de neige. Ce n'était vraiment pas drôle, je peux vous le dire.

En parlant, Petit Chef se recroquevilla et jeta la tête sur le côté pour donner de l'importance à ses propos, maniérisme que les jeunes gens affectionnaient.

— Je veux bien te croire, dit le grand-père de sa voix tremblante. Mais voyez, mes amis, il a eu ce qu'il a voulu, son bison à lui.

— Oui, effectivement, s'écrièrent les invités tous en choeur.

L'un d'eux qui appréciait la solennité ajouta en brandissant le doigt:

— Un! sur le ton de celui qui commence à compter, pour signifier que ce n'était que le premier d'une longue liste.

La prophétie plut tant au grand-père qu'il dit à Gloku:

— Donne-nous donc encore un peu de viande que nous

puissions festoyer, cela fait des heures que nous n'avons rien avalé.

C'était faux, bien sûr, mais Gloku obéit et les hommes recommencèrent à manger avant de se séparer.

Après ces trois victoires de son grand frère, Nénuphar débordait de fierté et espérait avoir le courage de prendre part à la prochaine cérémonie des dons pour l'honorer, comme toutes les soeurs honorent leur frère après de tels actes d'héroïsme.

10.

Elan Etoilé avait été un si mauvais mari pendant la courte période qu'Oiseau Bleu avait passée avec lui qu'il n'y avait aucune raison de supposer qu'il se serait par la suite conduit en bon père et qu'il aurait offert à Nénuphar les honneurs dont la couvrit son généreux beau-père. Après avoir organisé une hunka en sa faveur, Arc-en-Ciel lui offrit, quand elle eut quinze ans, une cérémonie du Bison qui marquait son passage de l'enfance à l'adolescence. Il supporta la plupart des frais, très élevés d'ailleurs, occasionnés par ces deux événements. Ceci permit à Nénuphar de bénéficier pour le reste de sa vie d'un prestige accordé seulement aux enfants biens-aimés. Au fur et à mesure qu'elle grandissait, elle devenait plus consciente de la valeur exceptionnelle d'Arc-en-Ciel qu'elle appréciait de plus en plus. Elle considéra donc comme un triomphe personnel l'admission de son père adoptif au sein de la société des Renards.

L'événement arriva comme une grande surprise. Un beau matin d'automne, comme à l'accoutumée, le crieur parcourut le village en proclamant les nouvelles de tipi en tipi et tous s'accrochaient à ses mots. En passant près du tiyospaye d'Aigle Noir, il prononça des paroles simples, mais dont le sens était pourtant énigmatique.

— Peu sont appelés. Quatre d'entre nous sont partis pour le sud (vers la mort), et je suis un des élus. Et de ce jour, c'est pourquoi je vous invite toi, Aigle Gris et toi, Faucon Rapide et toi, Vent Calme et toi, Arc-en-Ciel à me rencontrer face à face.

C'était la vieille et respectable société des Renards qui s'exprimait ainsi par la voix du crieur. Par ces mots sibyllins, elle invitait les nouveaux membres à la joindre. Bien sûr, la rumeur se propagea dans tout le village, car c'était là une grande occasion. Il y aurait de grandes fêtes offertes par les familles des initiés, et le spectacle ne manquerait pas. La société des Renards célébrerait la mort des membres défunts et accueillerait les nouveaux élus qui les remplaceraient. En grande pompe, elle présenterait sa danse unique qui attirait toujours les foules. Les danseurs porteraient le déguisement et la coupe de cheveux asymétrique qui leur étaient propres. Grands et petits se mirent à anticiper les festivités en songeant à leurs costumes qui séduiraient les spectateurs.

Le lieu et le moment de l'intronisation des nouveaux membres étaient toujours tenus secrets, bien qu'en fait cela se produise après la mort des anciens. Les élus étaient aussi surpris que les autres, et, bien entendu, très heureux de recevoir cet honneur, car personne ne pouvait prétendre briguer ou acheter une telle charge. Les Renards choisissaient un guerrier qui avait gagné quatre plumes dans des combats majeurs, ou un homme de paix qui manifestait un courage et un talent exceptionnels. Les candidats devaient également faire preuve de générosité, qualité qui définissait le bon citoyen.

Pour Arc-en-Ciel, l'honneur était encore plus grand, car c'était le plus jeune des quatre. Les trois autres occupaient depuis longtemps des postes d'importance dans les affaires de la tribu tandis qu'Arc-en-Ciel s'était contenté de rester à l'arrière-plan. En fait, le plus surprenant était que les trois autres aient attendu si longtemps avant d'être intronisés.« C'est un excellent choix, disait-on en parlant d'Arc-en-Ciel. Il est rapide, agile, serviable, comme un Renard doit l'être. »

« Oui, c'est bien vrai. Et même s'il ne parle jamais beaucoup, il s'intéresse aux affaires de la tribu. Et puis, toutes ces fêtes qu'il a données en l'honneur d'une fille qui n'est pas vraiment la sienne... Un brave homme en vérité. » On ne tarissait pas d'éloges sur lui. Il reçut l'approbation générale et les voeux de tous.

Pour la société des Renards, annoncer les noms des élus sans même les avoir prévenus était un défi à ceux qui auraient voulu refuser. Si un candidat avait agi ainsi, cela aurait simplement prouvé qu'il ne se sentait pas sûr de lui et de sa valeur ou que les Renards s'étaient trompés dans leur choix.

Mais les Renards ne se trompaient jamais. La société choisissait ses membres avec discernement et pouvait se vanter de n'avoir jamais essuyé un refus, c'est d'ailleurs aussi ce qui lui conférait son prestige, prestige comparable aux cinq autres anciennes sociétés de la tribu. Souvent, des sociétés éphémères se créaient, florissaient un moment avant de sombrer dans l'oubli. Six d'entre elles seulement remontaient à des temps immémoriaux, perdus dans la mythologie.

La société des Sages et la société des Conseillers de la Chouette étaient composées de personnages vénérables et âgés qui passaient beaucoup de temps en discussions et délibérations. Les quatre autres, les Blaireaux, les Coeurs d'E-claireurs, les Corbeaux et les Renards étaient des ordres militaires toujours en alerte et prêts à l'action. Personne n'était obligé de partir au combat s'il ne le désirait pas. Les ordres militaires fonctionnaient plutôt comme des messagers, des éclaireurs, des policiers du village, des gardiens du campement et de ses habitants. Ils dirigeaient et réglaient les chasses communes, et exécutaient les ordres des sages. Ces quatre sociétés se relayaient à tour de rôle. Quand les Renards étaient de service, ils devaient être prêts à remplir toutes les missions qui se présentaient et à répondre aux cas d'urgence. Le reste du temps, ils se rencontraient de temps en temps pour des danses et des fêtes, libres de vaquer à leurs activités habituelles quand rien n'était prévu.

Mais à présent, c'était l'hiver et l'on ne pouvait précipiter les préparations de la cérémonie. Il faudrait attendre le printemps, si bien que les familles des candidats avaient amplement le temps d'organiser la fête des dons qui s'ensuivrait. La famille d'Aigle Noir se donna beaucoup de mal pour l'intronisation d'Arc-en-Ciel, car bien qu'il ne fût lié à elle que par les liens du mariage, il était très aimé.

La nouvelle avait voyagé loin, et de nombreux visiteurs d'autres villages vinrent rejoindre le campement pour les festivités du printemps. L'un arriva du camp d'Aigle Puissant, très éloigné au sud-est. Il apporta un message demandant à Arc-en-Ciel de prendre immédiatement la route. C'était une chance que la société des Renards ne fût pas en service. Il pouvait entreprendre le voyage avant de se lancer dans ses nouvelles fonctions.

Le messager s'approcha du tipi et immédiatement Oiseau Bleu l'invita à entrer et lui prépara à manger. Après le repas, les deux hommes fumèrent ensemble.

— Je suis venu de loin pour apporter le message de mon neveu. Il a été très malade pendant tout l'hiver, mais à présent il va beaucoup mieux.« Quand j'étais à la porte de la mort, a-t-il dit, je me suis souvenu de mon vieil ami, et il m'a beaucoup manqué. Demande-lui de venir passer quelques jours avec moi, je suis toujours incapable de me déplacer. »

— Si mon ami a besoin de moi, je pars tout de suite, répondit Arc-en-Ciel. Mon oncle, je repartirai avec vous.

— Je suppose que tu vas rejoindre celui qu'on appelle Palani, dit Oiseau Bleu.

Elle se souvenait avoir entendu Arc-en-Ciel lui parler de lui, mais elle ne l'avait jamais rencontré.

— Qui veux-tu que cela soit d'autre? Il n'y a que pour lui que j'entreprendrais un voyage à cette période. Prépare-toi, et prépare les enfants, nous partirons très prochainement.

Oiseau Bleu ne contesta pas sa décision, car elle savait ce que signifiait l'amitié. Un *kola* était quelqu'un de tout à fait privilégié, on ne pouvait ignorer ses besoins et ses souhaits, car ils étaient à la base de l'amitié. Tout le monde le savait. Oiseau Bleu connaissait l'histoire de la rencontre entre Arc-en-Ciel et Palani. Pendant les années agitées qui suivirent la mort de la mère de Petit Chef, Arc-en-Ciel se réfugia dans une contrée lointaine. C'est là qu'il rencontra Palani et qu'il se lia immédiatement d'amitié avec lui. Avant de se séparer, les deux hommes conclurent un pacte solennel qui les désignait comme « compagnons » pour l'éternité. Les compagnons étaient des hommes de talent et de statut social comparables, liés par leurs affinités, le respect et l'admiration mutuels. « Ce que j'ai de mieux est pour mon compagnon », était la formule qui consacrait leur loyauté. En conséquence, le meilleur cheval de l'un devenait immédiatement celui de l'autre après une séparation prolongée. Chaque fois qu'il le fallait, ils prenaient le sentier de la guerre ensemble pour se protéger l'un l'autre. Les compagnons devaient renoncer à tout égoïsme pour défendre et favoriser l'autre, au prix de sa propre vie s'il le fallait.

En devenant kolas, les deux hommes se plaçaient immédiatement sous les feux de la rampe. « Ah, ils s'estiment dignes d'un tel statut, disaient les autres, eh bien on verra s'ils se montreront à la hauteur! » Car les hommes qui se faisaient kolas sans en accepter toutes les responsabilités devenaient l'objet des railleries de la communauté. Rien d'étonnant à ce que le statut de kola soit si rare, car il valait mieux bien réfléchir avant d'entreprendre une telle démarche.

Les exigences entre camarades étaient encore plus grandes que celles qui liaient les frères naturels, si loyaux et dévoués que pussent être les membres d'une même famille. Comme pour les frères, les camarades devenaient les fils des parents de l'autre et les pères des enfants de l'autre. Tous les autres membres de la famille étaient également partagés. Chacun était donc le beau-frère de la femme de l'autre, mais avec une différence toutefois. Alors que des relations agréables, décontractées et plaisantes étaient permises entre véritables beaux-frères et belles-soeurs, c'étaient plutôt le respect et la vénération qui s'imposaient envers l'épouse d'un kola.

Pour des raisons de sociabilité et de sécurité, ils entreprirent le voyage ensemble, l'oncle, sa femme et son fils, Arc-en-Ciel, sa famille et sa mère. Fleur de Prairie que Nénuphar avait tenu à inviter se joignit également à la compagnie. Sa mère, Femme de Rêve, prépara rapidement ses affaires, parmi lesquelles elle mit une robe de cérémonie, et tout fut prêt. Quant à Faon Agile, cousine dévouée envers Nénuphar, mais de quelques années plus âgée, elle avait des amies de son âge et ne désirait pas les accompagner. Et puis, comme l'avait confié un jour Nénuphar à sa mère, il y avait une certaine raideur chez Faon Agile qui la maintenait toujours à distance. «Elle ne me fait pas peur, mais ce n'est pas aussi facile de s'amuser avec elle qu'avec Fleur de Prairie.» Les deux fillettes étaient enthousiastes à la perspective du voyage car elles ne s'étaient jamais vraiment éloignées du village.

Ce fut une expédition agréable. Maintenant que Palani allait mieux, il n'y avait aucune raison de se presser et de pousser les chevaux. Ils s'arrêtaient presque chaque jour près d'une rivière ou d'une mare et installaient le campement avant la tombée de la nuit. Les hommes, toujours sur leurs gardes, partaient de temps en temps en éclaireurs pour s'assurer qu'aucun ennemi ne se dissimulait dans les régions désertées qu'ils devaient traverser et, de temps à autre, ils tuaient un cerf pour avoir de la viande fraîche.

Pour Arc-en-Ciel et sa famille, les soirées autour du feu, devant le repas, étaient fort plaisantes. L'oncle et sa femme avaient beaucoup de choses à raconter sur leur propre village qui fascinaient les autres par leur nouveauté. Un soir, l'oncle se tourna vers Arc-en-Ciel:

— Quand tu étais au village d'Aigle Puissant et que tu as lié pacte avec Palani, le campement était situé dans une prairie, n'est-ce pas? Eh bien maintenant, le village est installé en permanence dans une vallée près des Eaux Roulantes (le Missouri). Il y a toujours de l'eau fraîche et du bois en abondance grâce aux saules et aux peupliers qui poussent sur les rives. Mais en vérité, c'est surtout pour être près des soldats du Long Couteau que nous sommes installés là.

Toute la famille d'Arc-en-Ciel était pendue à sa parole, impatiente d'en apprendre plus sur les soldats américains, leur apparence, leurs habitudes, leur vie. Dans le nord-est du Dakota, l'homme blanc était chose rare. L'oncle était ravi d'impressionner ainsi son auditoire.

— Tous les jours, ils font résonner leur bombarde sacrée. Vous ne pouvez pas imaginer le vacarme. Il faut que vous entendiez ça! Les chasseurs disent qu'ils l'entendent à des lieues. Cela fait tellement mal aux oreilles qu'on a l'impression de devenir sourd, mais on s'y habitue avec le temps.

Telle fut sa description du salut au canon. Il leur parla aussi du « bois roulant », ainsi qu'il appelait les chariots. Le principe du fonctionnement des roues lui semblait particulièrement difficile à expliquer:

— Vous verrez par vous-mêmes, conclut-il.

Il raconta que les chariots étaient attachés à des mules ou

à des chevaux et que les gens s'asseyaient à l'intérieur. C'était normal qu'un peuple aussi étrange se serve d'étranges véhicules. Mais quand l'oncle précisa que certains des Dakotas dont les filles étaient épouses de soldats y montaient eux aussi, ce fut plus qu'ils n'en purent supporter.

— Je suis sûre qu'on ne me fera jamais monter dans un de ces bois roulants, dit Oiseau Bleu en aparté à la femme de l'oncle. *Ya*! J'en mourrai avant de pouvoir remettre le pied sur la terre ferme!

La femme parla ensuite des tissus et des robes qui s'empilaient sur les étagères des commerçants, des robes de toutes les couleurs et de toutes les formes.

— On peut acheter des morceaux de tissus de toutes les longueurs et de toutes les couleurs? s'extasia Oiseau Bleu incrédule. Chez nous, continua-t-elle à voix basse pour ne pas perturber la conversation des hommes, nous voyons de temps en temps une robe comme ça lorsque des visiteurs viennent se joindre à nos fêtes et, une fois, j'ai même eu un morceau de tissu rouge, mais c'est très rare. Dire que je vais en voir autant que je veux et même en acheter! J'en brûle d'impatience!

Les fillettes se chuchotaient des confidences.

— Toi, de quelle couleur tu la voudrais?

— Une rouge, une rouge vif pour ramener au village, dit Nénuphar. Et toi?

— Une bleue, de la couleur du ciel, répondit Fleur de Prairie.

Pour toutes deux qui n'avaient jamais porté que des robes de peau, cette nouvelle était fascinante.

De nouveau, la femme s'adressa à Oiseau Bleu.

— Il y a de tout dans leurs magasins. Des couteaux, des bouilloires, et des tas d'objets de *maza* (métal). Et puis des bols et des tasses dans une matière qui ressemble à des coquillages.

Elle en avait des choses à raconter! Que de merveilles! On aurait dit que les voyageurs se dirigeaient vers un autre monde, ce qui d'ailleurs était le cas.

— Quel genre d'hommes sont les Longs Couteaux? Le seul que j'ai vu de près, je ne l'ai pas aimé. Je l'ai rencontré dans le campement d'hiver de Deux Paquets, au nord. Il est arrivé un jour, il avait faim et était en haillons. Je t'en avais déjà parlé, dit Arc-en-Ciel à Oiseau Bleu. Il était tout poilu et avait des yeux couleur de glace, bleus et froids. Il avait des cheveux jaunes comme un tournesol sur la tête et sur le visage. Il s'est déshabillé devant tout le monde, il avait les bras, la poitrine et le nombril noirs de poils. Quelle horreur! Tout son corps devait être comme ça. Il était tellement bizarre que Deux Paquets voulait même l'adopter: « Je vais en faire mon fils adoptif, pour l'étrangeté de la chose, peut-être qu'il finira par apprendre notre langage et que nous saurons ce qu'il pense ». Mais un beau matin, il s'est sauvé en prenant le meilleur cheval de Deux Paquets.

Petit Chef et le fils de l'autre famille étaient allés s'occuper des chevaux et Ohiya les avait suivis. Ils étaient revenus au milieu de la conversation et s'étaient assis près de leur père.

— On ne l'a pas poursuivi pour retrouver le cheval? demanda Ohiya.

— Qu'en penses-tu, mon fils, répondit Arc-en-Ciel, n'avait-il pas été reçu en ami?

Cela semblait répondre amplement à la question.

Ils continuèrent à bavarder longtemps après le repas, si bien que tout le monde eut de nouveau faim et se réjouit de voir Oiseau Bleu faire chauffer de la nourriture sur le feu blafard. Tandis que la conversation semblait retomber, l'oncle dit enfin, entre quelques bouffées de pipe:

— Pour revenir à ta question, comment sont-ils? Eh bien je dirais que la plupart semblent durs et sévères. Ils sont très indifférents envers ceux qui les entourent. Ils passent leur chemin sans même se rendre compte qu'ils croisent d'autres êtres humains. Ils me semblent très peu virils. Bien sûr, je n'en ai vu que quelques-uns. A quoi ils ressemblent? D'abord, leurs yeux: ils ont souvent les yeux bleus, mais il y en a d'autres qui ont les yeux marrons, jaunes ou même parfois aussi noirs que les nôtres. Et leurs cheveux? Quand ils ne sont pas jaunes, ils sont bruns ou noirs, ou carrément rouges. Ils ont une peau pâle, enfin, ce qu'on en voit sous les poils, bien sûr. Mais le plus drôle... c'est que s'ils restent au soleil toute la journée, ils ne deviennent pas bruns comme nous, mais rouge-écarlate.

— C'est incroyable! Des visages rouges!

— Oui, et les bras aussi. Un jour, j'en ai vu certains nager au soleil, nus jusqu'à la taille. Ils étaient tout poilus et tout rouges, c'est vrai.

Nénuphar était si abasourdie qu'elle en oublia qu'on lui avait appris à ne pas interrompre la conversation de ses aînés, des hommes surtout. Sa curiosité fut la plus forte.

— Et les femmes? Elles ont des poils sur la figure aussi? Elles deviennent rouges au soleil?

— Je ne crois pas, dit l'oncle en essayant de rassembler ses souvenirs. Je n'ai jamais vu de femme avec le visage rouge et il me semble qu'elles n'ont pas de poils. Mais on ne les voit pas de près car elles restent à l'intérieur du fort la plupart du temps.

Oiseau Bleu avait écouté l'incroyable récit sans faire de commentaire, mais quand elle capta l'attention de la femme, elle lui demanda à voix basse:

— Et leurs enfants? Comment sont-ils?

— Ah, épouse de mon neveu, j'allais en venir à cela. Et cela va vous surprendre et vous scandaliser, dit-elle de l'air de celle qui est prête à faire une révélation exceptionnelle. Ces gens-là détestent leurs enfants! Si vous les voyiez! Ils les tapent sur la figure et sur leur pauvre petit derrière jusqu'à ce qu'ils pleurent! Toute la journée les femmes des soldats crient après leurs enfants. Et elles les disputent. Je n'avais jamais vu d'enfants si mal traités. Il n'y a que les folles qui s'en prennent à leurs enfants!

Oiseau Bleu resta perplexe un moment.

— C'est vrai? Mais pourquoi?

— Ce doit être leur manière de leur apprendre à bien se conduire, quand les enfants ne sont pas sages. En les battant et en criant, les femmes espèrent leur faire peur et les remettre dans le droit chemin, je sais que cela paraît bizarre...

— Franchement, pour moi, cela ne peut qu'aggraver les choses. S'ils ont peur, cela doit les empêcher de réfléchir. Remarquez, ils ont peut-être l'habitude, ces pauvres petits.

La femme poursuivit dans une veine légèrement plus gaie en décrivant la beauté des enfants américains.

— Ils ont des visages fins et des couleurs de fleurs comme si le créateur les avait soigneusement dessinés un par un à la main.

Pourtant, Oiseau Bleu ne trouvait que peu de consolation dans ce fait. La beauté physique pouvait-elle compenser un sort si abominable? Elle serra Joli Sourire contre elle, pleine de compassion pour ces enfants inconnus.

Le lendemain, ils firent une courte étape et installèrent un camp pour la nuit, bien que leur destination soit déjà en vue et la journée à peine avancée. Les visiteurs ne venaient jamais sans signaler leur présence dans les parages. L'oncle alla annoncer leur arrivée et dire à Palani qu'il avait ramené Arc-en-Ciel avec lui et que la rencontre des deux kolas était proche. Immédiatement le tiyospaye de Palani se prépara à les accueillir. De son côté, Oiseau Bleu déballa les divers présents qu'elle avait apportés, sachant qu'ils seraient bien reçus et que les femmes ne manqueraient pas d'offrir de la nourriture aux membres de son tipi.

Bientôt, Palani vint leur souhaiter la bienvenue. Il chevauchait un cheval noir et conduisait un gris pommelé qu'il avait l'intention d'offrir à Arc-en-Ciel. Arc-en-Ciel était prêt lui aussi. Il avait une jument alezan attachée à un piquet qui paissait joyeusement sans savoir qu'elle allait bientôt changer de propriétaire.

A cette époque, on appelait « chevaux communs » les petits poneys que l'on montait et qui provenaient des grands troupeaux de mustangs qui parcouraient les plaines. Pendant les périodes de trèves, on les échangeait de tribu en tribu, par les moyens du commerce ou de présents, mais le plus souvent ils étaient volés, conséquence légitime de la guérilla permanente. Presque tout le monde pouvait se procurer un tel cheval. Mais les chevaux des hommes blancs, ou chevaux américains, étaient bien meilleurs. Ils étaient plus grands et plus élégants, plus résistants, plus puissants et surtout très rares. Seuls des hommes très habiles pouvaient s'en procurer et ils s'en montraient très fiers. Bien sûr, le cheval de Palani et la jument d'Arc-en-Ciel étaient des chevaux américains; entre des kolas, rien n'était trop beau.

Quand Palani s'approcha, Arc-en-Ciel qui était allé à sa rencontre descendit de sa monture pour le saluer. En disant «Hao, kola!» ils échangèrent les brides de leurs chevaux, sans un mot de commentaire, si bien que lorsqu'ils arrivèrent au campement, Arc-en-Ciel conduisait le cheval gris et Palani, l'alezan. Ils venaient de tenir la promesse qu'ils s'étaient faite dix ans plus tôt lors de leur rencontre et d'observer les impératifs de leur statut: ce que j'ai de mieux sera pour mon kola.

— Allons donc tout de suite au village, dit Palani après avoir salué sa nouvelle belle-soeur et la famille.

Immédiatement, il s'adressa à Gloku comme à une mère et aux enfants d'Arc-en-Ciel comme à ses propres enfants. Au village, Arc-en-Ciel et sa famille reçurent le même accueil que des membres de la tribu revenus après une longue absence. Les femmes des deux kolas se considérèrent comme des soeurs et tous les membres de la famille de Palani devinrent membres de la famille d'Arc-en-Ciel. Avant longtemps, ils avaient des relations très chaleureuses et intimes, comme dans une véritable famille. On ne pouvait pas se sentir étranger quand tout était fait pour que vous vous sentiez à l'aise.

Ils furent reçus et honorés de diverses manières, et ils leur semblait ne rien faire d'autre que d'aller de tipi en tipi où ils étaient invités. Palani invita son ami à rester assez longtemps pour assister à la Danse du soleil en sa compagnie:

— Ce n'est que dans quelques jours. Et les préparatifs battent déjà bon train. Ce serait dommage que tu t'en ailles maintenant.

En prononçant ces paroles, il avait une arrière-pensée qu'il ne voulait pas encore dévoiler. Les visiteurs du village des Fantômes Blancs décidèrent de rester, décision qui devait revêtir une grande importance pour Nénuphar, car une expérience enthousiasmante et effrayante l'attendait qui, plus encore que la cérémonie du Bison, allait la faire passer de l'état d'enfant à celui de femme.

Inconsciente de ce qui l'attendait, Nénuphar s'amusait à regarder les foules de visiteurs qui arrivaient de partout et dont elle n'avait jamais entendu le nom. Ils étaient tous des Dakotas, mais n'étaient pas tous Tetons. Certains parlaient dans un étrange dialecte qui les faisait rire, elle et sa cousine, quand elles les imitaient en secret. Les gens de la région des Eaux Roulantes parlaient le yankton, et quelques-uns venus de plus loin vers l'est encore parlaient santee. Pour celui qui les entendait pour la première fois, leur langage était des plus surprenants.

— C'est drôle, tu ne trouves pas? dit Fleur de Prairie. Je

comprends ce qu'ils disent, et pourtant, ce n'est pas la même langue que la nôtre.

— Oui, répondit Nénuphar, on dirait qu'ils parlent derrière un rideau, on les comprend, mais ce n'est pas très clair.

Nénuphar se réjouissait de voir à quel point son père était aimé. Les hommes le connaissaient depuis longtemps, et à présent qu'il avait été intronisé dans la société des Renards, ce que l'on remarquait immédiatement à sa coiffure asymétrique, il participait à toutes les réunions et activités. Que d'honneurs! Comme Nénuphar était heureuse d'être venue.

Chaque jour était plus intéressant que le précédent, et à présent les Omahas arrivaient pour chanter. Ce que cela signifiait exactement, quand le crieur annonça la nouvelle, Nénuphar ne le saisit pas très bien, mais cela lui paraissait mystérieux, car tout le village en parlait.

— Ils sont déjà là! Ils installent leurs tipis. Ils vont chanter! Ils chantent si bien: c'est tout un événement! Vous les hommes qui êtes vraiment des *hommes*, vous pouvez tout donner sans avoir le coeur qui flanche. Selon la coutume, les spectateurs sont invités à s'asseoir dans le style omaha. Préparez-vous à les recevoir honorablement, annonça le crieur.

— Ce sera un grand spectacle, dit Palani à ses invités. Au Nord, vous n'avez jamais rien vu de pareil. Cela vous plaira beaucoup.

Si le mot « Omaha » n'avait qu'une vague signification pour Oiseau Bleu, il était totalement ignoré des jeunes filles. Dans la tribu du Fantôme Blanc, les noms des tribus de l'est et du sud n'évoquaient pas grand-chose. Mais Arc-en-Ciel, le grand voyageur, connaissait très bien les Omahas. Il avait entendu raconter leurs prouesses à la guerre contre les Tetons du sud, et leurs rencontres pendant les trèves. Ils étaient les bienvenus pour la Danse du soleil. Chez les Dakotas, tous les ennemis étaient reçus à bras ouverts pour cette fête annuelle, et cette courtoisie était réciproque. On n'avait jamais entendu parler de Dakotas à qui on avait refusé d'assister à une Danse du soleil dans une quelconque tribu.

Le lendemain matin, l'air était frais et clair, chargé d'espérance. Tandis que les Omahas se regroupaient au loin, les Tetons qui avaient bonne vue décrivaient leurs mouvements; pourtant, ils n'étaient pas toujours d'accord sur ce qu'ils voyaient.

— Ils sont prêts.

— Non, ils avancent.

— Ils sont toujours en train de se réunir.

— Oui, rien n'a bougé.

— Je les vois, ils arrivent...

Cependant, les Dakotas eux aussi se préparaient. Les hommes qui étaient des *hommes*, capables de tout donner «sans avoir le coeur qui flanche», s'étaient alignés, guidant un ou plusieurs chevaux par la bride, tandis que les femmes et les enfants et les jeunes qui n'avaient pas encore atteint un haut statut les suivaient. Le groupe des Dakotas était aussi nombreux que celui des Omahas.

Quand il fut évident que les Omahas arrivaient, les Dakotas les saluèrent par le cri habituel, « *Hokahe*! », et avancèrent vers eux. D'un pas ferme, les deux peuples s'approchaient l'un de l'autre dans la vaste prairie. Pourtant, ils ne se rencontrèrent pas. Quand ils parvinrent à une cinquantaine de mètres l'un de l'autre, ils s'immobilisèrent.

Pas moyen de le nier, les Omahas avaient belle allure. Nénuphar et Fleur de Prairie se chuchotaient à l'oreille qu'elles n'avaient jamais rien vu d'aussi beau. Grands, forts et sûrs d'eux dans leurs costumes de daim merveilleusement ornés, avec leurs étendards de guerre et leurs plumes au vent, ils offraient un spectacle impressionnant. Ils se tenaient immobiles dans l'herbe luxuriante sous un ciel piqué de quelques nuages blancs, la brise légère du matin agitant gracieusement leurs étendards colorés.

Pendant longtemps, ils ne prononcèrent pas un mot jusqu'à ce que la première rangée d'Omahas s'asseye sur le sol, en une ligne parfaite, face aux Dakotas qui restèrent debout pendant toute la cérémonie. Le reste des Omahas se tenaient debout derrière les autres. Ils avaient tous le visage peint en rouge, même les enfants.

Leurs chanteurs s'avancèrent, placèrent leur tam-tam sur le sol et commencèrent à chanter d'une voix claire en marquant la mesure avec des bâtons ornés. Tous les Omahas reprenaient le rythme en choeur, emplissant l'air de fantastiques mélodies. Tous les chants étaient excessivement bien chantés. Parfois, les femmes ajoutaient des accords, différents de la mélodie, mais toujours en harmonie, dans des tons perçants et aigus.

Les chants suivaient les chants, au grand plaisir des Dakotas. Parfois, un soliste se levait pour chanter seul. Là aussi, les femmes l'accompagnaient de leurs choeurs, mais plus doucement pour ne pas noyer la voix du soliste. Fascinés, les

Dakotas écoutaient et se murmuraient entre deux applaudissements:

— C'est bien vrai, les Omahas sont venus chanter!

Pour les visiteurs du Nord, le spectacle était particulièrement fantastique. Ils en auraient des choses à raconter autour du feu, l'hiver prochain! Ils observaient tout, il ne fallait pas qu'un seul détail leur échappe. Mais comment retransmettre la qualité du spectacle? Il y avait des choses que l'on ne pouvait ressentir que par soi-même, comme les couleurs et les sons de cette exquise journée.

Quand les chants se turent, ce fut aux Dakotas d'agir. Ils n'hésitèrent pas, la cérémonie des dons faisait la fierté et la gloire de la vie des plaines. A présent, elle devait atteindre son paroxysme, en un seul acte concerté. Ce n'était pas un don de personne à personne, mais de tribu à tribu. Les hommes qui étaient des *hommes* étaient prêts à sacrifier leurs chevaux. Derrière eux, on apercevait à peine leurs femmes sous les paquets de présents qu'elles portaient fièrement sur leur dos.

Les Dakotas, eux, étaient plutôt mal habillés. Ils étaient venus en tenue de tous les jours, car telle était la coutume. L'hôte ne devait jamais porter des atours qui auraient mis ses invités mal à l'aise, mais l'invité était libre de se parer de ses plus beaux vêtements.

Après le don des cadeaux, quand les chanteurs omahas eurent lancé leurs ovations de remerciement vers le ciel, certains d'entre eux avancèrent et dansèrent leur danse caractéristique, la Danse de l'herbe.

Soudain, tout était terminé. La tribu omaha se retira dans

son campement, tandis que les Dakotas rompaient les rangs et rentraient au village en désordre, tout en discutant des chants merveilleux.

— Demain, cela sera notre tour de chanter, disaient les hommes en chemin. Il serait sage de se préparer dès maintenant. Nous aussi, nous nous assiérons dans le style omaha.

Ainsi fut fait. L'événement se reproduisit en sens inverse. Les Omahas devinrent les hôtes et les Dakotas les invités. Cette fois, c'étaient les Omahas qui portaient des tenues simples tandis que les Dakotas s'étaient parés de leurs plus beaux vêtements, encore plus impressionnants que ceux qu'on avait vus la veille, du moins dans l'esprit des jeunes filles. Les Dakotas paraissaient plus grands et plus élégants, ils avaient un style plus direct et un port plus droit. Les hommes du premier rang étaient parés de longues plumes d'aigle, la coiffe de guerre, parfois ronde, parfois portée en longues traînes qui balayaient le sol.

— Tous les hommes sont des chefs! s'exclama Fleur de Prairie pleine d'admiration.

Les chanteurs dakotas se placèrent à l'avant, et leurs chants rivalisaient avec ceux de la veille en beauté et en complexité. Les visiteurs semblaient ravis, à en juger à leurs acclamations. C'était toujours un régal d'écouter les chants des autres tribus, car même si les chants des plaines se ressemblaient pour une oreille non initiée, chaque tribu avait un style distinctif et ses voisins en appréciaient la nouveauté.

Les Omahas n'étaient pas seulement venus pour recevoir mais aussi pour donner. Avec la même générosité et la même promptitude que les Dakotas, ils offrirent des présents de la même valeur. Cet échange accroissait le sens de l'amitié et de la camaraderie. Enfin, les deux tribus se mêlèrent librement et les visiteurs furent invités à venir au village des Dakotas. Toute animosité était oubliée au moment où ils se préparèrent à prier ensemble pour la Danse du soleil. « Tous les Omahas qui ont fait un voeu et veulent le réaliser sont les bienvenus.» Personne n'était exclu de la prière pour de simples différences tribales.

Nénuphar et sa cousine voulaient éviter la foule des Dakotas qui rentraient chez eux. Nénuphar était songeuse et espérait que sa jeune cousine enthousiaste ne la dérangerait pas avec ses bavardages, car toutes ses pensées se tournaient vers un des chanteurs dakotas qui avait conduit le choeur.

Elle avait raison, car c'était le plus jeune et le plus beau du groupe. Sa voix douce lui résonnait toujours aux oreilles et son image ne cessait de tourbillonner devant ses yeux. Comment pouvait-il diriger des chanteurs tous plus vieux que lui? Il avait un tel charme — du moins lui semblait-il — que tout le monde le regardait, riait et plaisantait avec lui. Etait-il né en chantant? On aurait pu le croire, tant il était à l'aise dans ce rôle sous le regard de centaines d'yeux admiratifs. Qui était-ce? D'où venait-il? Nénuphar ne pouvait s'empêcher de se torturer de questions jusqu'à ce qu'elle se rende compte qu'elle les avait posées à voix haute. Par chance, Fleur de Prairie ne l'écoutait pas, prise dans sa propre agitation.

C'était le premier homme que Nénuphar remarquait. Depuis sa participation à la cérémonie du Bison, elle faisait partie des jeunes filles à marier. Mais pour le moment, elle ne s'était pas encore intéressée aux hommes. Elle était volontairement restée chez elle à l'heure du coucher de soleil, trop méfiante pour sortir avec les autres jeunes filles qui allaient chercher de l'eau ou de la nourriture, sachant que, cachés sous leurs couvertures, les jeunes gens les attendaient pour leur déclarer leurs intentions.

Dès qu'elle avait croisé le regard de ce jeune chanteur, elle avait lutté pour ne plus le regarder. Et si jamais il regardait dans sa direction, elle baissait immédiatement les yeux en fronçant les sourcils, feignant d'être intriguée par quelque chose qui n'existait pas. Elle était sûre que sa ruse avait fonctionné et qu'il ne se doutait pas qu'il l'intéressait, qu'elle, une étrangère, lui faisait des avances. Non, c'était impossible. C'était contraire à toutes les règles de la féminité, et pour le moment elle n'avait jamais eu de mal à s'y plier. Peut-être le reverrait-elle le lendemain. De toute façon, elle resterait sur ses gardes. Fleur de Prairie ne devait rien soupçonner. Personne d'ailleurs!

Elle était presque contente de rentrer chez elle, lorsque sa cousine, toujours une enfant puisqu'elle n'avait pas encore eu droit à la cérémonie du Bison, la choqua avec une question spontanée:

— Cousine, tu sais, ce jeune chanteur, celui qui n'arrêtait pas de te regarder...

— Je ne vois vraiment pas de qui tu parles, répondit Nénuphar.

Pourtant, la question ne cessait de la tourmenter. Alors, lui aussi avait porté son regard sur elle, et Fleur de Prairie s'en était aperçue!

Fatiguées de l'agitation de la journée, les jeunes filles rentrèrent au tipi. Nénuphar avait envie de pouvoir réfléchir sans qu'on la dérange. Elle s'énerva en voyant Joli Sourire qui creusait devant l'entrée tandis qu'une jeune parente tenait sa première dent dans la main, prête à l'enterrer.

— Va-t'en! dit Nénuphar d'une voix sèche. Ne l'enterre pas en plein milieu du chemin. Tu ne voudrais tout de même pas que ta cousine tombe malade et meure parce que des gens ont trébuché sur ta première dent!

Elle prononça le mot « meure » d'un ton léger car, pour elle, la mort n'était toujours qu'un mot. Une jeune fille si vive et si vivante ne pouvait pas le prononcer avec appréhension.

Oiseau Bleu arriva sur ces entrefaites, impatiente d'entendre le récit de la cérémonie à laquelle elle n'avait pas assisté, car elle s'était proposée pour rester au camp avec les jeunes enfants.

— Ma fille, alors, était-ce aussi merveilleux qu'hier? Est-ce que nos chanteurs ont été à la hauteur des Omahas?

Oiseau Bleu n'avait pas compris l'humeur de sa fille. Nénuphar resta indifférente à la question, sans voir quelle importance celle-ci revêtait pour sa mère. Oiseau Bleu ne remarqua pas le changement dans l'attitude de Nénuphar qui d'ailleurs n'avait jamais traité à la légère une question de sa mère.

— Oh, oui, je crois, se contenta de répondre Nénuphar.

Puis, en s'apercevant que sa mère voulait en entendre plus, elle ajouta:

— C'était pareil. Ça c'est très bien passé.

Déjà, les chants omahas tenaient de la banalité à la lumière de ce qui allait peut-être se produire le lendemain.

11.

La Danse du soleil des Dakotas pouvait varier sur certains détails d'une tribu à l'autre, mais elle restait profondément identique dans ses buts, son humeur, ses caractéristiques principales. Son importance la plaçait au-dessus de toutes les autres cérémonies car, en un seul événement, les hommes exprimaient tous les voeux qu'ils avaient formulés au cours d'une année de détresse, et offraient des prières pour le bien-être de la tribu, accompagnées de danses et de larmes.

D'après les anciens, il fut un temps où chaque homme devait remplir ces obligations de prière envers le Grand Esprit en solitaire. Pour cela, il allait prier, jeûner, pleurer et se scarifier sur un sommet lointain, dans la solitude. Mais bien avant l'époque de Nénuphar, cela avait changé. La prière de la Danse du soleil était maintenant exécutée en groupe devant le reste de la tribu et était devenue un événement social complexe, constitué de plusieurs rites et autres éléments.

Peu après l'arrivée des Omahas et des tribus venues de toute la région, la tribu de Palani et la famille d'Arc-en-Ciel se rendirent sur le site choisi pour la cérémonie, « une terre vierge, pas encore foulée par le pied de l'homme », comme le voulait la tradition.

Le crieur n'avait pas terminé sa tournée pour demander aux gens de se préparer, que les tipis furent démontés en un rien de temps et que tout le monde prit la route. La destination finale n'était pas très éloignée, et il aurait été possible d'y accéder en une seule traite. Mais c'était un voyage cérémonial et il était indispensable de marquer quatre pauses en chemin, en l'honneur des quatre directions sacrées, les Quatre Vents.

Une fois parvenus sur le site, les gens installèrent les tipis en un cercle gigantesque qui incluait les visiteurs, comme s'ils avaient fait partie de la tribu. On ne parlait que de l'événement à venir. « Demain, on apportera l'arbre pour le pilier sacré. Les éclaireurs l'ont déjà repéré... Il est grand et droit, c'est le plus beau de toute la forêt. » « Les hommes sacrés diront des prières et chanteront toute la nuit pour que la journée soit claire. » « Il fera beau demain, vous verrez... leur prière est toujours exaucée. » Effectivement, ce fut une journée limpide, sans le moindre nuage.

Les rites préliminaires suivaient toujours une certaine progression. Certains avaient déjà été accomplis sur le lieu de l'ancien campement. A présent, on préparait le plus significatif d'entre eux: l'installation du pilier sacré. Avant tout, il fallait lui rendre honneur dans les bois, comme s'il comprenait la mission dont il était investi.

Pour des raisons connues de lui seul, Palani insista pour que Nénuphar et Fleur de Prairie assistent à la cérémonie.

— Belle-soeur, dit-il à Oiseau Bleu, il faut que vous emmeniez les filles. Je tiens beaucoup à leur présence.

De toute façon Oiseau Bleu avait très envie de venir. Les trois femmes se dépêchèrent pour ne pas être en retard. Déjà une foule immense cherchait la meilleure place pour assister au spectacle.

— Nous ferions aussi bien de rentrer, nous ne verrons rien de toute façon, dit Oiseau Bleu.

Pourtant, avant que les jeunes filles aient le temps de répondre, un homme s'avança vers elles.

— Palani veut que je m'occupe de vous et que je vous trouve une bonne place. Suivez-moi, dit-il en les guidant à travers la foule jusqu'au premier rang du cercle des spectateurs.

On avait dégagé un espace tout autour de l'arbre en défrichant la forêt et les buissons, si bien qu'il se dressait seul dans toute sa splendeur. Çà et là, des hommes appartenant à des sociétés se regroupaient autour de leurs tam-tams, et chantaient tour à tour. Arc-en-Ciel se trouvait parmi les Renards, le dos tourné. Quand les chants prirent fin, un homme saint qui officiait pour les rites de la Danse du soleil s'avança. Immédiatement, le silence régna parmi la foule.

Il portait une tenue de peau de bison, avec la fourrure à l'extérieur, et tenait le calumet de la paix. Il était coiffé d'un pivert à tête rouge empaillé qui paraissait vivant. Il tendit la main vers le bol d'encens au pied de l'arbre et la retira, en faisant semblant d'en prendre une poignée. Il répéta l'opération trois fois et, la quatrième seulement, il prit une poignée d'encens qu'il jeta dans le feu qui brûlait près de là.

Aussitôt, une fumée dense, noire et parfumée s'éleva. L'homme saint attendit une seconde et tendit sa pipe sur le feu, laissant la fumée tourbillonner autour d'elle. Ensuite, il «présenta le calumet de la paix». Il l'offrit symboliquement aux Quatre Vents, le vent d'ouest, du nord, de l'est et du sud, dans cet ordre. Ensuite, il le présenta au ciel puis à la terre en murmurant les mots de supplication rituels.

Après avoir présenté le calumet à tous les éléments sacrés, il récita « L'excuse aux oiseaux ». C'était un acte de la plus haute importance d'oser s'approprier la maison d'un autre, aussi important que d'abattre un arbre souverain. Ce rite servait de justification. L'homme brandit son calumet une fois de plus et décrivit un grand cercle au-dessus de sa tête en proclamant sa lamentation:

«Vous, les ailes des collines et des nuages,
Entendez-moi!
Toi, le pivert rouge,
Toi, le rouge-gorge,
Toi, le pivert à crête,
Ceci est votre arbre, votre maison,
Là, vous élevez vos petits.
Aujourd'hui, un jeune s'offre en sacrifice,
Et il a besoin de votre maison.
« Je prends votre arbre, dit-il, pour que mon peuple en apprenne plus sur vous,
Et élève ses enfants comme vous élevez les vôtres, avec tendresse et affection. »
Alors seulement, mon peuple pourra vivre.»

Ainsi parla-t-il.

Ensuite, il fit un pas de côté et la foule assise se mit à entonner la « Lamentation de l'arbre ». C'était l'arbre qui s'exprimait:

«A midi, je suis l'arbre sacré,
Qui salue les foules,
Au milieu de tous, je suis sacré,
A midi, je suis sacré.»

Le moment d'abattre l'arbre était arrivé. Cet honneur était accompli par huit jeunes bien-aimés, quatre garçons et quatre jeunes filles. En entendant prononcer leur nom, quatre jeunes gens surgirent promptement de la foule, suivis par deux jeunes filles qui avançaient timidement et prirent place. Mais qui étaient les deux autres?

Impatiente, la foule attendait. Quelqu'un prit Nénuphar et Fleur de Prairie par le poignet. C'était Palani.

— Venez, je veux que vous participiez au rite.

Pour Palani, c'était un moyen de complimenter Arc-en-Ciel, et il était prêt à offrir les présents nécessaires pour avoir fait participer sa fille et sa nièce au rite. Pour les jeunes filles, c'était un honneur incommensurable. Ceux qui avaient eu le privilège de couper l'arbre sacré pendant leur jeunesse s'en souvenaient toute leur vie, non pour le fait lui-même, mais pour ce qu'il impliquait: les fêtes et les présents offerts en leur honneur par une famille aimante.

Nénuphar ne se rendait pas compte de ce qui se passait et encore moins de toutes les implications que revêtait l'événement tant il était soudain et inattendu. Par habitude, elle parvint à maintenir les convenances et à garder les yeux baissés.

Quand son tour arriva, on lui expliqua ce qu'elle devait faire, et elle obéit aux ordres mécaniquement. Elle fit semblant de frapper l'arbre de sa hache légère trois fois, mais ne le toucha que la quatrième. Tous les bien-aimés en firent autant, entamant à peine l'écorce, car ce n'était qu'un geste symbolique. Ensuite, des bûcherons parachevèrent le travail. Pourtant, il ne fallait pas que l'arbre touche le sol. Dix hommes disposés deux par deux s'apprêtaient à le recueillir sur des perches. Ainsi, ils le ramenèrent au village, comme s'ils portaient un cercueil.

La foule se décora de feuilles, ceux qui étaient à pied portaient d'immenses branches feuillues devant eux, et certains cassaient des branchettes afin de les porter sur soi et de profiter de leurs effets bénéfiques. Les cavaliers, eux, décoraient leurs chevaux. Ils leur passaient un collier de feuillage et une tresse sur le front, leur glissaient des feuilles dans la bride et la queue et leur attachaient des guirlandes autour du flanc et des sabots, si bien que la robe de l'animal disparaissait presque entièrement. Ils portaient de grands boucliers de feuilles attachés par une ficelle sur le bras gauche. Quel magnifique spectacle!

Vers le milieu de la matinée, bien que la cérémonie fût terminée, les badauds attendaient toujours que l'on érige l'arbre sacré.

— Eloignons-nous de la foule, dit Oiseau Bleu aux filles dont l'agitation prenait des proportions incontrôlables. Il est temps de rentrer. La matinée a été chargée, et ce n'est pas fini.

— Qu'est-ce qui va se passer maintenant, tante, demanda Fleur de Prairie qui ne pouvait s'empêcher de se retourner.

— Les cérémonies habituelles. On va dresser l'arbre et construire l'estrade de la Danse du soleil. Comme chez nous, vous avez déjà vu tout ça.

— Oui, mais cela sera encore plus grandiose, beaucoup plus grandiose, insista Nénuphar. J'ai entendu un homme dire que cela serait la plus grande Danse du soleil de tous les temps. Il y aura six ou sept groupes de danseurs de toutes les tribus.

— Sans doute, oui, mais ce sera la même chose que chez nous quand même, en plus grand, c'est tout, affirma Oiseau Bleu.

Les jeunes filles ne dirent plus rien avant de s'arrêter en chemin pour se reposer car le lieu de la cérémonie était assez éloigné du campement.

— Je voudrais tout voir, mère, dit Nénuphar. Je suis sûre que la Danse du soleil est plus importante ici que chez nous.

Oiseau Bleu se mit à rire.

— Tu grandis, ma fille, tu comprends de mieux en mieux ce qui se passe, et c'est parfait. Voilà, je vous fais une promesse. Quand, au coucher du soleil, les danseurs se prépareront, vous irez les regarder. C'est un spectacle à ne pas manquer, pour moi non plus. On ne peut s'empêcher d'avoir le coeur qui bat quand on voit des hommes souffrir volontairement pour tenir la promesse qu'ils ont faite au Grand Esprit. Moi, je ne peux jamais me retenir de pleurer.

Les jeunes filles en furent très heureuses. Mais l'agitation fut si grande dans le village pendant tout l'après-midi, qu'elles ne parvenaient à rester en place. Dans la confusion générale, elles se glissèrent hors du tipi pour voir ce qui se passait et revinrent sans même qu'on ait remarqué leur absence. Dans la foule, personne ne fit attention à elles. Comme c'était la première fois que les deux jeunes filles échappaient à la vigilance des adultes, elles étaient aussi enthousiasmées par leur propre audace que par le spectacle extraordinaire qui s'offrait à elles.

L'estrade était terminée et le tronc sacré se dressait au beau milieu. L'arbre splendide qu'elles avaient eu le droit de couper le matin même était à présent dépouillé de tous ses ornements, pauvre pilier nu, tout juste couvert de quelques peintures cérémoniales. Au sommet, on avait attaché un paquet, et quelques figurines y étaient accrochées. Nénuphar reconnut un bison et un homme. On lui apprit plus tard que c'étaient les symboles qui incarnaient la prière des hommes. Pour celui qui cherchait le succès guerrier, l'homme représentait un ennemi valeureux; pour celui qui voulait être bon chasseur, le bison représentait les provisions de nourriture qu'il ramènerait à sa famille.

L'estrade de la Danse du soleil était en fait une immense plate-forme circulaire soutenue par des piliers grossiers afin que le plus de spectateurs possible puissent assister au spectacle, assis ou debout. L'espace du centre était réservé à la danse elle-même et aux différentes activités. Au pied du pilier, se trouvait l'objet sacré, une peau de bison. En face, lieu correspondant à la place d'honneur du tipi, il y avait des loges pour que les danseurs se reposent, et derrière, un rideau de branches de saules étroitement entrelacées. Tous ceux qui prenaient part à la danse seraient exposés au soleil, seul l'auditoire aurait droit au confort de l'ombre. Quelques hommes achevaient les préparatifs, sinon l'espace était vide.

Enfin, l'heure approchait. Les derniers rites préliminaires avaient été accomplis, la foule était déjà arrivée et, de partout, les retardataires se pressaient.

Peu avant le coucher du soleil, tous les yeux se tournèrent vers quelques tipis les plus éloignés du cercle. C'était là que les danseurs se préparaient. D'un instant à l'autre, ils sortiraient en file indienne et avanceraient vers le lieu de souffrance, accompagnés de leurs mentors, un par groupe. A cet instant, l'homme qui avait dirigé les rites, peint l'arbre sacré et la peau de bison et lancé la complainte aux oiseaux entra dans l'aire de danse et s'installa pour fumer et méditer. C'étaient les mentors qui prendraient en charge la suite des rites.

— Les voilà, s'exclama la foule.

Nénuphar, sa cousine et Oiseau Bleu eurent la chance de se trouver près de l'entrée. Les danseurs étaient obligés de passer devant elles.

— C'est la meilleure place qui soit, dit Oiseau Bleu, nous les verrons de tout près.

Plusieurs groupes, venus de tribus différentes arrivèrent ensemble. Ils suivaient chacun leur mentor qui leur donnait des instructions. Bien qu'ils fussent encore loin, on entendait les voix psalmodier de plus en plus fort.

— Oh, Tante, on dirait qu'ils pleurent, murmura Fleur de Prairie, tu te rends compte, des hommes qui pleurent!

— Oui, c'est toujours comme ça, répondit Oiseau Bleu, ce sont des larmes cérémoniales.

Les hommes tenaient des branchages feuillus devant leur visage et pleuraient, dans un chant tragique, comme s'ils se sentaient profondément et sincèrement affligés.

Ils étaient tous habillés de la même façon, sans le moindre effort de recherche, car seule la prière les intéressait. Certains s'inquiétaient à l'avance des mutilations physiques qu'ils allaient volontairement s'infliger. Ils avaient les jambes et le torse nus. Leurs mocassins n'étaient pas bien serrés autour des chevilles comme le voulaient les traditions, mais au contraire très lâches. Autour de la taille, ils portaient deux peaux de daim fixées dans une ceinture, qui retombaient librement sur les hanches, une devant et une derrière. Les peaux n'étaient ni travaillées ni coupées, si bien qu'elles descendaient irrégulièrement jusqu'aux genoux.

Ils avaient également des peaux de lapins autour des poignets et des chevilles et une peau de daim, de la taille de la tête d'un nourrisson, suspendue autour du cou et qui descendait sur le coeur. Elle était peinte de terre bleue et frangée sur les bords. Une unique plume blanche pendait au centre. Les danseurs étaient ornés de feuilles odorantes sur la tête, dans lesquelles on avait glissé quatre bâtons ornés, deux verticaux, deux horizontaux, en l'honneur des quatre directions sacrées.

Nénuphar les compta au passage, ils étaient quarante en tout, mentors exceptés, quarante hommes qui venaient implorer l'aide du surnaturel. « Grand Esprit, si tu m'aides je danserai pour toi en regardant le soleil. » Ou encore: « Je me suspendrai par la peau au pilier sacré » ou bien: « Je t'offrirai des morceaux de mon corps en sacrifice. »

Telles étaient les promesses qui allaient être tenues. Comme les hommes portaient tous les mêmes vêtements et se dissimulaient le visage sous des feuilles d'armoise, il était impossible de les distinguer les uns des autres, mais on savait lesquels avaient l'intention de se suspendre car ils portaient des cordes tressées enroulées sur le bras gauche.

Il y avait tant et tant à voir qu'avant que Nénuphar puisse s'en rendre compte, les danseurs s'étaient alignés face au soleil très bas à l'ouest à cette heure. Les chanteurs s'asseyaient devant leurs tam-tams, leurs bâtons décorés prêts à marquer la mesure. Immédiatement, ils commencèrent à taper sur les peaux. Ensuite, ils se mirent à chanter et à tambouriner furieusement. Dès que la danse commença, les danseurs mirent un sifflet à leur bouche et lancèrent des trilles aigus. Les sifflets étaient en os d'aile d'aigle, et quelles que soient leurs décorations spécifiques, ils avaient une chose en commun, une splendide plume blanche et duveteuse qui vibrait au rythme de la musique. Elle s'envolait à chaque souffle et retombait à chaque inspiration. Quarante plumes qui sortaient de quarante bouches en un unisson fascinant.

Peu à peu, le soleil se couchait et le crépuscule s'assombrissait. Bientôt, la nuit tomba et la lune, toujours pleine lors de la Danse du soleil, projetait une ombre étrange qui plongeait la scène dans une demi-obscurité. La danse se poursuivit au même rythme, avec les martellements de tam-tam, les cris stridents des sifflets et les chants durant toute la nuit, sans la moindre pause.

Oiseau Bleu savait bien que, sous le couvert de la nuit, plus d'un jeune homme serait à l'affût d'une proie facile et qu'elle ne devait pas quitter les filles des yeux. Quand deux jeunes gens s'approchèrent, elle estima qu'il était temps de partir.

— Il se fait tard, il faut rentrer. Demain, vous pourrez voir la suite.

— On pourra venir toutes seules? demandèrent-elles.

— Oui, tant qu'il fait jour, vous pouvez vous déplacer seules.

Fortes de cette promesse, les jeunes filles obéirent sans protester. La journée avait été bien remplie et elles étaient fatiguées.

En chemin, Fleur de Prairie ne cessa de parler, mais Nénuphar gardait étrangement le silence car elle avait un problème à l'esprit.

— Mère, finit-elle par dire, quand il faisait nuit, j'ai entendu deux jeunes femmes se quereller parce qu'il y en avait une qui voulait apporter de l'eau aux danseurs. Ce n'est pas contraire aux règles?

— Si, admit Oiseau Bleu, mais parfois les jeunes filles ne supportent pas de voir leur fiancé souffrir, surtout s'il s'est infligé de graves tortures et elles ressentent le besoin de les soulager un peu. Bien sûr, c'est contre la règle, mais généralement les mentors ferment les yeux. Ne t'inquiète pas, cela arrive rarement, ajouta Oiseau Bleu en sentant le trouble de Nénuphar.

— Oui, mais pour moi, cela gâche tout. Il faut respecter les lois, sinon, à quoi servent-elles?

—Pour moi aussi, cela gâche tout, confirma Fleur de Prairie.

Elles discutèrent encore un peu, les jeunes filles idéalistes perdant un peu leurs illusions et la mère se montrant plus tolérante.

Le lendemain, les jeunes filles firent plusieurs sorties, puis elles rentrèrent au tipi. A chaque fois, la scène avait changé, car de plus en plus d'éléments entraient en jeu. Les gens allaient et venaient et ceux qui avaient des enfants ne rentraient que le soir. Pourtant, la danse se poursuivait et ne manquait jamais de spectateurs. La foule ne parlait que pour dire le strict nécessaire d'une voix étouffée, les rires et les plaisanteries étaient totalement exclus, car ce rite était une longue prière.

Pendant le repas du soir, les deux kolas bavardèrent. Nénuphar et Fleur de Prairie, qui dînaient aussi dans le tipi, tendirent l'oreille.

— Kola, dit Palani, as-tu remarqué qu'un des danseurs est encore un adolescent? Ce jeune homme a une étrange histoire. Son père a agonisé pendant toute une année pour mourir un beau matin à l'aube. Le garçon s'est enfui dans les collines pour prier et pleurer toute la journée: « Grand Esprit, toi seul as le pouvoir de me rendre mon père, alors rends-le-moi, et je te donnerai cent morceaux de ma chair vivante ». Le lendemain au lever du soleil, il est rentré chez lui et son père était revenu à la vie. Comme le Grand Esprit a exaucé son voeu, le jeune homme doit tenir sa promesse. Je crois qu'aujourd'hui il fera le sacrifice de cent morceaux de son corps.

Les deux hommes s'accordèrent à penser que ce voeu était bien caractéristique d'une jeunesse impétueuse. Arc-en-Ciel rétorqua:

— Avant de promettre cela, un homme plus mature, même désespéré, se serait d'abord demandé s'il pouvait tenir une telle promesse.

— Ce n'est pas la première fois qu'on entend parler d'un tel voeu, observa Palani. Toi et moi connaissons des hommes qui ont fait de tels sacrifices. Mais, d'après ce que j'en sais, il s'agissait toujours de guerriers qui connaissaient leur force et l'avait éprouvée maintes fois. C'était des guerriers au grand courage qui avaient déjà été blessés et qui savaient à quel point cela est douloureux.

— Tu as raison, je ne connais pas ce garçon personnellement, mais tout le monde l'appelle Lowanla, le Chanteur. Et d'ailleurs, il a une voix exceptionnelle. S'il ne dansait pas en ce moment, c'est sûrement lui qui dirigerait les chanteurs.

Fleur de Prairie eut la sagesse de garder son calme. Mais dès que les jeunes filles furent seules, elle demanda avec plus de vivacité que de tact:

— Cousine, tu ne crois pas que c'est du chanteur de la fête omaha dont ils parlaient?

— Tous les danseurs se ressemblent, dit Nénuphar feignant l'indifférence, comment savoir s'ils sont jeunes ou vieux? Ils sont tous maigres à force d'avoir jeûné et avec tous ces rubans qui leur pendent devant la figure, comment les reconnaître? Pour moi, ils sont tous affreux.

— Mais ils ne cherchent pas à se mettre en valeur, dit

Fleur de Prairie, voulant prendre la défense des danseurs devant l'étrange dureté de Nénuphar.

Comme elle n'ajoutait rien de plus, Nénuphar tenta de détourner la conversation:

— Je me demande souvent pourquoi les gens qui participent à une cérémonie laissent pendre leurs cheveux.

Fleur de Prairie se pencha également sur ce problème et en oublia sa première question à savoir si Lowanla était le chanteur qu'elle avait remarqué. Pourtant, elle sentait que sa cousine l'avait détournée de son sujet et elle en était furieuse, même si Nénuphar l'avait fait sans aucune méchanceté.

Après le petit déjeuner — tout le monde s'était levé tôt —, Oiseau Bleu et les jeunes filles retournèrent au lieu de la cérémonie qui approchait de son paroxysme. C'était le dernier jour, le lendemain à l'aube tout serait terminé. La nuit avait introduit de nouveaux éléments et on en était à l'heure des tortures.

Certains serments impliquant diverses mutilations avaient déjà été accomplis, et les femmes des danseurs gémissaient à voix basse. Toute la scène n'était plus qu'un lieu de souffrance, alors que la veille les danses s'étaient déroulées dans un rythme plus calme et plus serein. Mais aujourd'hui, quelle intensité! Là, un danseur était écartelé sur quatre poteaux qui n'étaient pas là la veille, attaché par des cordes fixées à des pics de bois qui lui transperçaient la chair, deux dans la poitrine et deux sous les omoplates. Tout en continuant à danser, il se jetait d'un poteau à l'autre dans un effort insensé pour se libérer. Près de lui, son cheval favori était attaché à un des poteaux, calme et placide. Lui aussi était condamné au jeûne. Il passerait la journée sans boire et sans manger, par sympathie pour son maître. Après le coucher du soleil seulement, on le détacherait et il pourrait brouter de l'herbe. Lui, au moins, n'était pas blessé, car il n'avait pas prêté serment.

Certains des hommes ne se scarifiaient pas car ils avaient simplement promis de danser et de jeûner face au soleil. Personne n'avait le droit d'obliger quiconque à se mutiler. Il n'était pas permis non plus de dissuader un ami d'être fidèle à son serment, si dur soit-il. En effet, c'était une chose abominable que de manquer à une promesse faite au Grand Esprit.

Certains danseurs s'étaient attachés au pilier sacré par des pics plantés dans la poitrine et dansaient, essayant de temps à autre de se libérer, si bien que leur peau s'étirait comme si son élasticité était illimitée. Quand l'un parvenait enfin à se détacher en s'arrachant les chairs, il tombait parmi les cris d'angoisse de la foule tandis que les assistants se précipitaient pour l'aider à aller s'étendre sous l'écran de saule. Quand il s'était suffisamment remis, il retournait en chancelant sur l'estrade pour continuer à danser.

Le pire de tout, c'était de voir un homme suspendu au pilier par une corde attachée aux muscles du dos légèrement au-dessus de la taille. Cela tenait du miracle que le poids de son corps n'exerce pas une force suffisante pour déchirer la chair, et pourtant, c'était la réalité. Avec ses pieds, il « dansait » en même temps que les autres. Il n'était qu'à quelques centimètres du sol, mais suffisamment haut pour qu'il ne puisse pas poser un doigt de pied par terre malgré ses efforts pathétiques.

Parviendrait-il à se libérer ou mourrait-il ainsi suspendu? Soudain, une femme s'écarta de la foule et hurla son désespoir en brandissant un bâton rouge.

— Je ne supporte plus de voir mon frère souffrir! J'offre un cheval pour les nécessiteux, cria-t-elle en jetant le bâton.

Quelques vieux et quelques enfants se précipitèrent à quatre pattes vers le bâton, sachant que celui qui l'attraperait aurait le cheval.

Ainsi, la femme rachetait le serment de son frère pendant que les pauvres bénéficieraient du don qu'elle avait fait en son nom. Le mentor alla immédiatement couper les cordes. Inerte, l'homme retomba sur le sol et on l'emmena se reposer.

Si horrible et fascinant qu'il fût, le spectacle de ces souffrances n'était qu'un dérivatif, tandis que la cérémonie se poursuivait, avec ses chants, ses coups de sifflet et les résonnements des tam-tams qui conservaient le même tempo. Tout au long de la journée, les mentors dirigeaient leur groupe avec une telle habileté que les danseurs parvenaient à toujours regarder le soleil. A l'aube, ils faisaient face à l'est, au crépuscule à l'ouest après s'être déplacés dans un mouvement si lent qu'il en était imperceptible.

Le prêtre de la Danse du soleil, qui servait d'intercesseur, restait toujours sur scène, mais sans avoir aucun rapport avec les danseurs ou les suppliciés. Libre et discret, il se déplaçait à son gré. Parfois, il s'asseyait près du crâne de bison peint, parfois, au pied du pilier sacré, mais, toujours seul, il fumait sa pipe, plongé dans une profonde méditation. Pourtant, sa présence était indispensable, elle validait la religiosité du rite. C'était ce personnage qui en marquait le paroxysme et la fin.

Ce fut au milieu de l'après-midi que le jeune Lowanla fit son sacrifice, plus dramatique encore que tous les autres. Prenant pitié de son jeune âge, les mentors avaient accepté de repousser sa souffrance le plus possible afin qu'il n'ait pas trop à danser après sa mutilation.

Un vieil homme s'avança sur l'aire de danse, tapa l'épaule du jeune homme et le prit à part. Il le fit asseoir entre le pilier et l'entrée et se mit à lui parler. Il était difficile de percevoir les mots couverts par le bruit des chants, mais tout le monde savait qu'il lui présentait les justifications de son rôle selon la coutume. Sans doute lui disait-il: « Je n'obligerais personne à mutiler sa chair et je n'oserais pas prendre part à un tel acte d'offrande si je ne l'avais moi-même enduré: mon corps porte cent cicatrices. » C'était en fait la déclaration officielle dans ce genre de circonstance. Aucun homme ne pouvait en inciter un autre à entreprendre une épreuve qu'il n'avait pas lui-même subie.

Le vieil homme fit couler de l'eau sur les épaules et les bras de Lowanla. Puis, avec une grosse épine de cactus, il lui griffa la peau et ôta rapidement un morceau de chair qu'il jeta sur la peau destinée à le recevoir. Il commença par le cou et, passant d'un côté à l'autre, il dessina une ligne de coupures le long des épaules. Le sang coulait en ruisselets parallèles, mais le jeune homme se contentait de se mordre les lèvres sans prononcer le moindre son.

La foule regardait en silence, sachant que toute protestation s'avérerait inutile. Pourtant, quand le vieux eut retiré dix morceaux de chair de chaque côté, deux vieilles femmes, tantes du jeune homme, surgirent de la foule. Tout en déchirant frénétiquement leurs vêtements et en se dénudant les épaules, elles demandèrent que ce soit à elles qu'on inflige la suite des blessures. Jamais on n'avait assisté à un tel comportement. Un homme devait tenir sa promesse et souffrir par lui-même. Mais comme Lowanla venait de s'évanouir, les mentors se rassemblèrent pour discuter, puis déclarèrent:

— Pour cette fois, nous acceptons, il est encore bien jeune, c'est normal que ses tantes viennent à son secours. C'est une attitude admirable envers un frère que d'honorer le fils de celui-ci à ce point. Pour cette fois, nous acceptons.

Les tantes furent très courageuses. Fièrement, elles regardèrent l'homme leur déchirer la chair, marquant leurs bras d'une suite de petites blessures régulièrement espacées, quinze de chaque côté. Les deux femmes avaient déjà donné soixante morceaux de chair et s'apprêtaient à en donner plus, lorsque les deux soeurs aînées de Lowanla se présentèrent et proposèrent calmement d'offrir les vingt derniers morceaux. On accepta leur requête et les cent morceaux de chair furent enfin payés. Le vieil homme en fit un petit paquet enveloppé d'une peau qu'il peignit en rouge, et le lança à l'intercesseur, un peu plus loin. Celui-ci feignit de le rejeter trois fois en un geste rituel et l'accepta la quatrième pour l'enterrer au pied du pilier sacré.

Lowanla était entré dans l'histoire de la Danse du soleil. Jamais auparavant aucun jeune de son âge n'avait formulé un serment aussi présomptueux, et jamais personne n'avait été sauvé ainsi, par des femmes qui avaient pris le relais de sa souffrance.

— Personne n'oubliera jamais ce jour, disait-on dans le campement. Car aujourd'hui, nous avons assisté à la plus belle expression de l'amour familial.

Durant ce temps, Nénuphar s'occupait de Joli Sourire et d'Ohiya au tipi et n'avait pas assisté à cet événement extraordinaire. Mais comme tout le monde en parlait, elle fut mise au courant presque immédiatement et apprit les derniers détails le soir pendant le repas.

Après le repas, le soleil était encore haut dans le ciel. On donna donc la permission à Nénuphar et à Fleur de Prairie de se rendre seules à l'aire de danse et d'y rester jusqu'au crépuscule. En arrivant, elles s'aperçurent qu'elles ne pouvaient pas traverser la foule et qu'il ne restait d'espace libre que près de l'endroit où les danseurs se reposaient après s'être infligé leurs tortures. Elles repoussèrent un peu les feuilles de l'écran de saule et regardèrent entre les branches.

Les danseurs faisaient face à l'ouest, et le soleil allait bientôt se coucher. Ils semblaient tous prêts à tomber, mais continuaient à danser, bien décidés à aller jusqu'au bout. Soudain, Fleur de Prairie prit Nénuphar par le bras.

— Regarde, cousine, n'est-ce pas de lui dont tout le monde parle? On voit encore les blessures sur ses épaules!

C'était bien lui. En le voyant danser, les jeunes filles furent prises de pitié et d'admiration.

— Il est fantastique, imagine à quel point il devait aimer son père pour faire un serment trop difficile pour lui. Quel courage!

Pourtant, son apparence les choqua. Etait-ce vraiment le chanteur insouciant qu'elles avaient vu quelques jours auparavant? Il était si maigre et si épuisé! Visiblement, il n'avait pas mangé depuis des cinq, six ou même dix jours, comme il était fréquent pour les participants de la Danse du soleil.

— Il doit être affamé, s'écria Fleur de Prairie.

— Oui, et il meurt de soif, répondit Nénuphar qui pleurait presque pour lui.

Tandis que le soleil restait suspendu à l'horizon avant d'entreprendre sa chute, tous les danseurs tendirent les bras vers lui et ouvrirent les paumes, comme pour attirer l'attention d'une personne dans le lointain. C'était un geste d'adieu, comme pour dire: « Nous avons fait de notre mieux ».

A cet instant, les jeunes filles aperçurent une minuscule figurine de femme attachée au petit doigt de Lowanla. Certains des danseurs portaient également des figurines de peaux exprimant leurs désirs secrets. Peut-être Lowanla souhaitait-il simplement la guérison d'une femme de sa famille, mais peut-être aussi désirait-il charmer le coeur d'une fille insaisissable.

Les jeunes filles ne parlèrent pas de la figurine, espérant que l'autre ne l'avait pas vue. Elles restèrent un moment derrière l'écran à chuchoter à propos de choses et d'autres. Soudain, leur curiosité retomba.

— Partons maintenant, pendant qu'il fait encore jour, suggéra Nénuphar. J'en ai assez d'être ici, confia-t-elle en chemin, j'espère que nous rentrerons bientôt chez nous.

— Moi aussi, répondit sa cousine, parfois, je regrette d'être venue tant ma mère me manque.

Pourtant, elle savait être venue sur l'invitation de Nénuphar et, dans l'ensemble, ce voyage l'avait enthousiasmée.

—Enfin, je suis contente quand même. Nous aurons des tas de choses à raconter. Ce que j'ai préféré, c'est la visite au fort des soldats américains. Et toi, qu'est-ce qui t'a plu?

Palani les avait emmenées visiter les magasins et regarder les soldats s'entraîner à cheval.

En approchant du tipi, Nénuphar observa:

—J'en ai assez de la Danse du soleil et de toute cette foule. Après tout, nous sommes encore jeunes. Il n'y a que les vieux qui aiment ces cérémonies. Je suis contente de rentrer au tipi.

Elles logeaient dans le tipi de leur grand-mère avec Joli Sourire et Ohiya. Seul Petit Chef dormait dans le tipi de ses parents et ne venait que pour les repas, car il passait le plus clair de son temps à cheval avec ses camarades. Les jeunes filles le voyaient à peine. Quand elles rentrèrent, les enfants dormaient déjà et Gloku s'était absentée, sans doute pour rendre visite à une amie, car elle était très liante.

Le son des danses leur parvenait toujours, et elles écoutèrent un moment. Le martèlement des tambours et les coups de sifflets résonnaient clairement dans la nuit mais le bruit des voix se perdait dans le lointain.

— Imagine, commenta Nénuphar, cela continue même pendant notre sommeil. Les danseurs soufflent toujours dans leur sifflet, et les plumes blanches montent et descendent comme si elles étaient vivantes.

Fleur de Prairie n'avait même plus la force d'admirer l'endurance des danseurs tant elle était fatiguée.

— Comment cela se fait-il qu'ils ne tombent pas de fatigue? demanda Nénuphar.

— C'est parce qu'ils prient, répondit Fleur de Prairie en bâillant avant de plonger dans le sommeil.

Nénuphar restait immobile, mais elle ne dormait pas. Finalement, elle se redressa aussi silencieusement que possible et enfila ses mocassins, un peu inquiète que sa grand-mère ne revienne et ne lui demande ce qu'elle faisait, mais elle n'entendit rien. Si sa grand-mère arrivait, elle ne manquerait pas de tousser, comme à son habitude.

Nénuphar semblait avoir perdu tout sens commun. Instinctivement, elle prit le pichet qui lui avait tant plu dans le magasin des Blancs que Palani le lui avait offert. Elle y versa de l'eau et referma le couvercle.

Elle sortit, le pichet sous le bras et regarda la lune et les étoiles d'un air absent. Il était encore temps de rentrer, pourtant, elle restait là, comme si elle avait les pieds cloués au sol. Si sa grand-mère la voyait, elle penserait sans doute que Nénuphar l'attendait. Mais aucun son n'annonçait le retour de Gloku. Prudemment, pas à pas, Nénuphar s'éloigna du tipi puis, soudain, se mit à courir vers l'aire de danse, sans prêter attention aux personnes qui allaient et venaient.

Elle s'arrêta derrière l'écran de saule, là où elle s'était tenue avec Fleur de Prairie. Quand les danseurs allèrent se reposer sur leur paillasse, les femmes passèrent des bols d'eau à leurs maris ou fiancés qui l'acceptaient, sans trop comprendre de quoi il s'agissait. Nénuphar enviait le calme de ces femmes.

Après le coucher du soleil, les mentors autorisaient des

pauses à intervalles réguliers et rapprochés, mais jamais très longues. Bientôt, ils rappelèrent les hommes. On aurait dit qu'ils ne cessaient jamais de danser, d'autant plus que la musique, elle, ne s'arrêtait jamais.

Les jeunes femmes s'en allèrent immédiatement, il ne restait plus que Nénuphar. De nouveau, les danseurs se reposaient, mais dans la pénombre elle avait du mal à les distinguer les uns des autres. Elle se sentait insignifiante et naïve comparée aux femmes qui avaient si aisément offert de l'eau à l'homme de leur coeur. Elle était honteuse aussi, car elle n'avait pas le droit d'être là, personne ne l'attendait. Pourtant, elle rampa sous l'écran, écartant les branches pour trouver Lowanla. Si seulement elle voyait les marques sur ses épaules! Si seulement les feuilles ne craquaient pas si bruyamment lorsqu'elle les touchait! Après avoir passé trois jours en plein soleil, elles étaient racornies et sèches. Nénuphar était si inquiète qu'elle dut attendre un moment avant de retrouver son courage. Là! Il était là! Son port de tête ne trompait pas.

C'était le moment ou jamais. De ses doigts fragiles, elle souleva les branches de saule et poussa son pichet de l'autre côté. Puis, à l'aide d'un bâton, elle le poussa petit à petit jusqu'à ce qu'il finisse par toucher la main gauche du danseur posée à plat sur le sol.

Soudain, le danseur souleva la main et la reposa sur l'eau. Mais il ne la but pas. Il se contenta de la regarder pendant ce qui semblait être une éternité. Puis, de manière inattendue, avec une agilité surprenante pour quelqu'un qui venait de s'infliger de telles tortures, il se rua sur l'écran et écarta les branches pour voir qui la lui avait apportée.

Mais déjà, Nénuphar courait aussi vite que possible vers son tipi, son manteau autour de sa tête pour dissimuler son visage. Même s'il avait voulu, il n'aurait pu la poursuivre. Les danseurs n'avaient pas le droit de quitter l'aire de danse sur un simple caprice. Ils devaient rester jusqu'à la fin. De plus, l'écran était trop solide pour qu'on puisse le briser. Malgré tout, Nénuphar continuait de courir comme si elle avait été poursuivie par des bêtes sauvages.

S'attendant au pire, elle se glissa à l'intérieur du tipi. Par miracle, Gloku n'était pas encore rentrée. Nénuphar se faufila près de Fleur de Prairie qui dormait profondément et se coucha, épuisée, physiquement et moralement. Son coeur tambourinait dans ses tempes, et il lui semblait qu'elle faisait trembler le sol. Peu après, la grand-mère arriva et se coucha. Comme à l'accoutumée elle demanda:

— Est-ce que tout le monde dort?

Le silence qui s'ensuivit fut pris pour un assentiment. Satisfaite, Gloku ne tarda pas à s'endormir.

« Qu'ai-je fait? Qu'ai-je fait? » se demandait Nénuphar. Elle ne trouva pas la réponse mais elle fit un voeu: « Même si je vis très vieille, je ne parlerai jamais à personne de ce que j'ai fait ce soir! » Elle se sentait mal, et soudain, même la pitié que lui avait inspirée la performance du danseur ne lui apparaissait plus comme une justification valable pour son acte. Soudain, elle n'avait plus envie de revoir Lowanla. Jamais.

La journée avait été longue, troublante et épuisante. Peu à

peu, ses sentiments de culpabilité s'évanouirent sous la fatigue et Nénuphar s'endormit. Le lendemain avant l'aube, tout le monde se leva pour assister au rite de clôture. Gloku réveilla les filles qui la suivirent, ensommeillées. « Venez, leur dit-elle, aucun de ceux qui sont en âge de comprendre n'a le droit de manquer ça. » Mais c'est à peine si les jeunes filles l'entendirent.

L'aire de danse était silencieuse et tout en désordre, comme une scène abandonnée. Tout mouvement avait cessé. Les derniers chanteurs étaient partis. Seuls les danseurs qui avaient veillé toute la nuit étaient encore là, sur leurs paillasses d'herbe. Ils semblaient dépourvus de toute force et de toute volonté.

Le cercle des spectateurs était lui aussi plongé dans un silence de mort. La foule attendait ce qui allait suivre. Le monde entier semblait muet, dans cette aube claire et fraîche, pleine d'espérances. Une lune de dentelle se détachait encore contre le ciel noir, mais déjà l'est s'illuminait de la promesse du jour.

C'était à l'intercesseur de jouer. Il sortit de l'ombre et avança vers le pilier sacré. Il resta immobile un instant, puis, avec une soudaineté étonnante, il écarta les bras et attrapa le pilier de toute sa force, le corps inerte suspendu dans le vide, la tête en bas, touchant presque le sol.

Brisant le silence, il lança une complainte, traduisant les besoins et les espoirs des gens, pour lesquels les danseurs avaient jeûné, veillé et souffert.

C'était un moment sacré, le paroxysme vers lequel la danse avait tendu dès les premiers rites préliminaires. C'était aussi le moment le plus saint de la vie des gens, car il mettait en jeu leur existence même. Çà et là, les plus désespérés d'entre eux pleurèrent doucement en même temps que le prêtre.

Enfin, la lamentation cessa et il s'assit au pied du pilier, près de la peau de bison, attendant le soleil. Il remplit son calumet et fuma calmement, les yeux fixés vers l'est. La foule aussi observait l'est, afin d'assister au miracle. Le soleil puissant et brillant apparut enfin, lentement mais sûrement, à son propre rythme. Instantanément, il apporta réconfort et bénédiction à ceux qui l'attendaient, jeunes ou vieux, pauvres ou riches, les embrassant de sa vie et de sa chaleur.

Quand il fut plus haut, la foule se dispersa et s'amenuisa. Evitant les conversations banales, les gens se dirigeaient vers leur tipi, forts d'avoir tenu leurs promesses, car ainsi pendant l'année à venir le malheur se tiendrait éloigné. Les danseurs et leurs mentors partirent en dernier, seuls, sans cérémonie, suivis de leur prêtre. L'aire de danse et son pilier resteraient là jusqu'à ce que les éléments naturels les détruisent. Personne n'oserait se servir du bois pour un usage domestique car il était sacré.

Tout avait été accompli dans un ordre pointilleux, mais surtout avec foi et ardeur. C'était là que résidait le pouvoir de la Danse du soleil des Dakotas: « A présent, notre peuple vivra, c'est sûr! »

12.

Après la longue et gratifiante rencontre des deux kolas, Arc-en-Ciel ramena sa famille à son village. Ils étaient chargés de tissus, flanelles et calicots, aux rouges, bleus, jaunes et verts étincelants, qui ravirent les femmes. Ils rapportaient également divers objets manufacturés qui eux aussi suscitèrent l'admiration. Quand, comme le voulait la coutume, ses amis vinrent faire présent de nourriture à Oiseau Bleu, elle leur offrit en retour des cadeaux d'une nouveauté exceptionnelle: de longs pans de tissus, un vase de porcelaine ou de métal, une bouilloire, ou encore une ingénieuse cruche à eau.

La flanelle rouge fut particulièrement appréciée, si bien que l'on s'en servit pour les cérémonies. Là où l'on s'était contenté d'une peau de daim teintée de terre, on attachait à présent des rubans de flanelle rouge à un bâton sur les lieux de prière, et on les laissait flotter au vent jusqu'à ce qu'ils pourrissent. Lorsqu'il fallait un crâne de bison, on ornait les cornes de noeuds rouges, touche de modernité qui combinait coutumes anciennes et nouveaux matériaux.

En voyant les merveilleux objets rapportés par la famille d'Arc-en-Ciel, de nombreuses familles du village du Fantôme Blanc, qui s'étaient toujours contentées de rester dans leur région, prévoyaient maintenant de faire des voyages vers la contrée des Eaux Roulantes où, comme l'avaient dit Arc-en-Ciel et ceux qui y étaient allés, les magasins des Blancs regorgeaient des trésors apportés par les bateaux qui sillonnaient le grand fleuve. En peu de temps, les Indiens s'y procurèrent des couteaux, des haches et plusieurs autres objets de métal, sans compter les armes à feu qui devinrent bientôt des objets familiers.

Pourtant, toutes les merveilles venues du monde de l'homme blanc ne suffisaient pas à masquer le scandale qui avait bouleversé le campement. Une jeune fille de bonne famille s'était évadée avec un jeune homme entreprenant qui l'avait retenue dans les collines pendant plusieurs jours et l'avait laissée rentrer seule chez elle. Pour elle, c'était une véritable tragédie, car sa réputation en serait ternie à jamais. Personne ne pouvait pardonner une telle erreur.

Oiseau Bleu, qui espérait bien que sa fille ne commettrait jamais une telle bévue, profita de l'incident pour lui faire la leçon. Un jour qu'elles allaient toutes deux se laver à la rivière, elle lui dit: « Ma fille, tu deviens une bien jolie personne. J'espère que tu te rends compte de ce qui arrive aux jeunes filles imprudentes. Elle n'a pas réfléchi avant d'agir, et maintenant elle doit payer pour sa conduite. Si jamais un homme te parle, ne t'engage pas tout de suite. Ne te hâte pas de donner ta promesse, même si tu le trouves charmant. Pour lui, cela risque de n'être qu'un jeu. Il y en a beaucoup qui feraient tout pour conquérir une femme. Si elle est trop facile, ils n'en veulent pas pour la vie, car ils savent qu'on ne peut pas lui faire confiance.

« Et surtout, n'oublie jamais que c'est lui qui doit s'intéresser à toi, et non l'inverse. Si, par tes actes, tu l'obliges à te remarquer, c'est toi qui prends des risques. Un intérêt forcé ne dure jamais et il t'en voudra de l'avoir piégé. Même si un homme t'attire, ne fais jamais le premier pas. Ça, c'est le rôle de l'homme; la femme, elle, doit se laisser courtiser. »

Heureusement que le crépuscule tombait. Nénuphar avait les joues rouges et enflammées de honte et n'osait pas parler de peur que sa voix trahisse sa gêne. Peut-être avait-elle essayé d'attirer l'attention de ce chanteur de la fête omaha. Peut-être ne l'aurait-il jamais remarquée si elle ne s'était pas intéressée à lui la première. Peut-être l'avait-il vue le regarder du coin de l'oeil.

« Laisse les hommes te prouver qu'ils ont envie de te connaître, continua sa mère. Ne te mets pas en travers de leur chemin, cela ne se fait pas et c'est dangereux. Si tu prends des risques, tu le paieras chèrement plus tard. » Oiseau Bleu ne cessait de se répéter, mais c'était inutile. Nénuphar était déjà bien consciente du problème. N'avait-elle pas offert de l'eau en secret à un jeune homme dont elle avait presque déjà oublié le visage? Si jamais sa mère l'apprenait!

Celle-ci lui dit encore: « Ne laisse jamais un homme t'emmener seule quelque part, qu'il essaie de te persuader avec des mots doux ou qu'il t'entraîne de force. Il y en a qui tenteront d'aller jusque-là, mais seulement si la fille est assez stupide pour se mettre dans leur chemin. N'oublie jamais ça. Ta pureté n'a pas de prix, conserve-la. Plus tard, ton mari sera heureux de penser: « J'ai beaucoup de chance, car j'ai épousé une jeune fille vierge. » Les hommes n'aiment pas plus les femmes usées que toi les vieilles robes. »

Oiseau Bleu parlait en toute sincérité, car elle se souvenait de sa propre stupidité quand elle avait eu l'imprudence de s'évader très jeune avec Elan Etoilé. Ce n'était que parce qu'il l'avait épousée ensuite qu'elle avait échappé à la honte et à la réprobation. C'était la seule chose qui lui permettait d'éprouver une certaine gentillesse envers lui, ou du moins une certaine reconnaissance.

Nénuphar n'arrivait pas à dormir tant elle repensait aux paroles de sa mère. Elle décida d'oublier totalement le jeune chanteur. Après tout, il n'avait pas essayé de la retrouver. Il aurait pu passer près de son tipi et essayer d'attirer son attention. Mais il avait disparu, bien que la famille d'Arc-en-Ciel soit restée avec Palani encore quelques jours après les festivités.

Enfin, elle examinait la situation rationnellement. Elle avait été idiote. Elle n'avait pas été franche avec sa mère qui la croyait docile et obéissante. A partir de demain, elle se conduirait comme sa mère le voulait. D'ailleurs, elle n'avait pas fait grand mal. Ce ne serait pas trop difficile de se conduire en vraie jeune fille. Jamais plus elle ne se laisserait ainsi séduire, par personne.

Elle ne se marierait sans doute jamais. Les plus beaux hommes de la tribu faisaient déjà partie de sa famille. Elle resterait vierge, toujours, comme Aube Blanche et ne deviendrait pas une femme de mauvaise vie comme Oiseau de Nuit.

Quand elle serait vieille, tout le monde la respecterait. Elle savait très bien ce que les gens disaient d'Oiseau de Nuit dès que la jeune femme avait le dos tourné.

Nénuphar avait toujours admiré Aube Blanche. Bien qu'elle ne soit plus très jeune, elle était toujours restée belle et imposante. Contrairement à Oiseau de Nuit qui proclamait qu'elle était encore vierge à la cantonade, Aube Blanche n'avait pas besoin de clamer son statut. Dans sa famille, nombreuse et respectée, c'était elle la figure centrale. On la vénérait presque et tout le monde recherchait son opinion quand il y avait un problème délicat à résoudre. Un jour Arc-en-Ciel avait dit: « C'est une vraie femme, une femme qu'aucun homme ne peut noircir avec de fausses accusations. Que personne ne s'y avise, d'ailleurs! » Elle était heureuse, équilibrée et gentille. Nombre d'hommes l'avaient déjà demandée en mariage, mais elle avait choisi une autre vie. C'était sa vocation et elle s'en réjouissait.

Nénuphar saurait-elle se montrer digne d'une telle situation? Oui, après tout, quel crime avait-elle commis à part donner de l'eau à un homme qui mourait de soif? Elle aussi pouvait être une vierge perpétuelle et participer au grand Feu de la vierge où les femmes proclamaient publiquement leur pureté, défiant ainsi les hommes qui auraient pu se poser en accusateurs. Ainsi, on viendrait la chercher pour porter la pipe sacrée pendant les cérémonies et les processions religieuses, car sa pureté serait une bénédiction supplémentaire pour les hommes. Elle se déplacerait avec sérénité et regarderait les hommes sans sourciller. Oui, cette voie lui était toujours ouverte. Pendant toute sa vie, elle porterait la pipe sacrée et une robe immaculée...

Finalement, ce fut sa cousine, Faon Agile, qui devint vierge perpétuelle. Depuis son enfance, la jeune fille était sérieuse et fiable. Elle était trop méfiante pour se laisser aller ne serait-ce qu'à une simple conversation avec un prétendant potentiel, de peur qu'il ne comprenne mal ses paroles et les interprète comme un consentement tacite. Si une fille répondait malencontreusement par l'affirmative à une question innocente, certains hommes y voyaient une promesse de mariage.

Pourtant, la plupart des prétendants comprenaient bien si une fille essayait simplement de paraître difficile à conquérir ou si elle avait vraiment envie qu'on la laisse tranquille. Comme c'était le cas de Faon Agile, elle refusait de s'engager dans des excuses plus ou moins plausibles pour refuser un homme et préférait éviter ceux qui auraient pu la courtiser. Par bien des aspects, elle avait les qualités d'une vierge à vie.

Elle reçut donc un coup sévère lorsqu'un adolescent écervelé, qui avait confondu Faon Agile et une autre jeune fille parce qu'elles portaient des manteaux semblables, se vanta que la nièce d'Arc-en-Ciel lui avait promis sa main. L'histoire se répandit sur toutes les lèvres. Certaines femmes qui admiraient les qualités et la gentillesse de Faon Agile furent navrées d'entendre ce ragot. D'autres, au contraire, se réjouirent en pensant à leurs propres filles, plus coquettes: «Après tout, ce n'est qu'une femme, et les femmes sont des êtres faibles, pourquoi ferait-elle exception? A présent, elle ne pourra plus jouer les mijaurées. Il s'est sûrement passé quelque chose, il n'y a pas de fumée sans feu ».

Bouleversée, Faon Agile pleura en secret jusqu'à ce qu'Oiseau Bleu, en sa qualité de tante, propose d'organiser un Feu de la vierge pour elle, si tel était le désir de sa nièce.

— Oh, oui, ma tante! s'exclama Faon Agile, enthousiasmée par cette idée.

Faon Agile s'attristait énormément de la conduite de ses deux mères qui évitaient d'aborder le sujet, comme si elles croyaient à la rumeur du village. Pourtant, elles étaient simplement saisies d'un doute et leur silence avait une autre signification: « Il est possible que nous n'ayons pas assez bien prévenu notre fille, pensaient-elles, et que ce jeune homme dise la vérité. Les meilleures d'entre nous commettent des erreurs. Les mères peuvent simplement conseiller leur fille, elles ne peuvent pas les suivre partout. Il faut que Faon Agile nous parle la première ». Avaient-elles donc si peu confiance en leur fille? C'est ça qui blessait Faon Agile.

Pourtant, dès qu'Oiseau Bleu annonça la décision de sa nièce, elles passèrent à l'action, soulagées que leur fille s'engage dans une telle cérémonie pour blanchir son nom. On organisa donc une fête où seules des vierges furent invitées. Quand tout fut prêt, le vieux grand-père s'avança fièrement à l'intérieur du cercle, pour l'annonce publique. Un de ses petits-fils le guidait.

— Oyez! Oyez! Il va y avoir un Feu de la vierge, proclama-t-il. Ma petite-fille appelle ses pairs, toutes les vraies vierges, pour qu'elles festoient avec elle. N'écoutez pas les ragots des mauvaises langues, venez! Elle qu'on nomme Faon Agile va allumer le feu.

Le Feu de la vierge n'était pas une pratique religieuse mais plutôt un événement social qui se produisait quand le besoin s'en faisait sentir afin de protéger la réputation des jeunes filles contre des rumeurs non fondées. A part la présentation des symboles de pureté, qui ne durait que quelques instants, il n'y avait guère de formule établie.

Les invitées vinrent des quatre coins du village, revêtues de leurs plus beaux atours. La plupart étaient des filles et des jeunes femmes encore célibataires. Les femmes âgées étaient rares, car les vierges perpétuelles étaient l'exception, le mariage étant la règle. Elles se dirigèrent toutes vers le tipi de Faon Agile. Elles seules avaient le droit de participer à la cérémonie, mais on admettait aussi des couples, qui vinrent avec leurs enfants. Derrière eux, les jeunes gens en âge de se marier observaient de loin mais avec attention. Ils formaient un jury officieux attestant de la pureté des participantes.

Le feu, allumé par Faon Agile, comme il se devait, brûlait près d'un immense rocher peint en rouge. A côté, on avait planté un couteau et une flèche dans le sol, à la verticale. Les invitées plongeaient la main dans un trou creusé dans la terre et pinçaient légèrement la flèche à sa base entre le pouce et l'index, puis elles remontaient lentement le long de l'objet. Elles faisaient de même avec le couteau, tout en tenant la main gauche appuyée contre le rocher. Ensuite, elles se plaçaient en cercle et bavardaient en attendant l'apparition de Faon Agile. Toucher la flèche signifiait: « Si je ne suis pas digne de cet honneur, que cette flèche me transperce » et caresser le couteau: « Que l'homme qui m'accuse à tort soit immédiatement poignardé ». Le feu, le rocher et le trou dans le sol servaient de témoins à la scène.

Après avoir accompli les rites d'usage, Nénuphar et Fleur de Prairie attendaient en observant leurs compagnes. Il n'y avait rien de solennel ni de craintif dans leur attitude, bien qu'elles ne se fissent jamais remarquer en public. Elles chuchotaient et se bousculaient avec une déférence feinte: « Tu y vas la première. » « Non, toi d'abord! » « J'ai trop peur! » Malgré ce jeu, elles étaient sûres d'elles. Parmi l'assemblée se trouvait une très belle fille, grande et mince, encore mieux habillée que les autres mais qui semblait timide et nerveuse. Nénuphar la montra à sa cousine qui l'avait déjà remarquée.

Bientôt, toutes les jeunes filles s'assirent et les bavardages cessèrent. C'était le moment crucial. Faon Agile sortit de son tipi et se dirigea droit vers le feu. Elle se tint immobile pendant un long instant; tous les regards étaient tournés vers elle. Elle laissa tout le temps à celui qui avait proféré des accusations contre elle de venir la défier, mais il n'était même pas là, car il s'était rendu compte depuis longtemps de son erreur. Finalement, tel un roseau, Faon Agile se pencha sur les symboles de chasteté et toucha la lame du couteau et la flèche d'un mouvement presque caressant, tant elle était sûre d'elle.

Elle rejoignit ensuite les invitées, et, parmi un concert de rires et de bavardages, toutes prirent part au festin préparé pour elles. Soudain, le silence se fit et Nénuphar leva les yeux pour voir ce qui se passait. Un jeune homme attrapa la belle et étrange jeune fille et la fit sortir du cercle en disant: « Tu n'as pas le droit d'être ici. Viens-t'en! »

La confusion masqua le reste de la scène. Nénuphar avait peur de regarder mais quand elle osa de nouveau lever les yeux, la fille s'était couvert le visage de son châle en signe de honte et le jeune homme avait disparu. Les vierges reprirent leurs conversations mais ne firent pas allusion à la jeune fille tombée en disgrâce. Quand la fête fut terminée, elle se leva en même temps que les autres et essaya autant que possible de se noyer dans la foule.

— Pauvre fille, dit Nénuphar. Elle est si belle! J'ai du mal pour elle.

— Elle l'a bien cherché, répondit Fleur de Prairie, incapable de s'apitoyer sur le sort de sa camarade. Elle ne s'en remettra pas. Les gens parleront d'elle comme ils parlent d'Oiseau de Nuit.

Aube Blanche, l'invitée d'honneur, comme toujours, apporta force et dignité à l'ancienne coutume, mais Oiseau de Nuit était absente, car elle avait prétendu être invitée dans une autre tribu. Personne n'avait cru à son excuse et tout le monde avait levé les yeux au ciel en réprimant un sourire cynique.

Ce fut la seule participation de Nénuphar à un Feu de la vierge, car elle ne l'était plus quand l'occasion se représenta. Mais elle n'avait aucune honte à avoir, car elle était mariée, et le plus honorablement possible. Nénuphar avait été achetée.

Peu après que Faon Agile ait défendu son honneur, Gloku, la grand-mère bien-aimée, mourut après une brève maladie. Elle fut pleurée par tout le village. Elle avait toujours été un personnage d'importance, respectée pour son courage et ses actions qui lui avaient gagné le coeur de tous. Elle avait réconforté les malheureux sans tenir compte de leur statut, et nombreux étaient ceux qui étaient venus lui demander conseil. A présent qu'elle était morte, presque tous se souvenaient avoir bénéficié de son hospitalité un jour ou l'autre. Sa disparition laissait un vide. On n'allait donc pas simplement disposer de son corps, disperser ses possessions et donner quelques chevaux en son honneur, elle méritait beaucoup mieux. La famille n'allait pas laisser sa mémoire s'évanouir irrévocablement si rapidement. Il fallait la retenir plus longtemps sur terre, retenir son fantôme.

La Veille du fantôme était une cérémonie longue et laborieuse. Jusqu'à ce que la famille soit prête à redistribuer les biens du défunt et à offrir une fête en son nom, on devait garder le fantôme sans relâche, en respectant un rituel rigoureux. La moindre défaillance, et la Veille du fantôme devenait plus désastreuse encore que l'absence de cérémonie. Cela déshonorait le mort et discréditait la famille. C'est pourquoi, si aucune femme de la famille ne se sentait capable d'assumer ce difficile rôle de gardienne, mieux valait ne pas tenter l'expérience.

Pendant l'agonie de Gloku, les amis et la famille, et parfois même des étrangers qui avaient participé à ses nombreuses fêtes, vinrent attendre près du tipi, anxieux. Ils formaient de petits groupes silencieux, prêts à prendre part aux premiers rites de deuil pour honorer sa mémoire. La fin arriva à l'aube. Sans avoir repris connaissance, Gloku poussa son dernier soupir. Immédiatement, comme si on avait lancé un signal, une lamentation générale qui semblait n'en plus finir emplit l'air. Au moment où elle commençait à s'éteindre, d'autres gens arrivèrent pour prendre le relais. Personne n'était censé réprimer les manifestations de son chagrin. Qu'il s'agisse de mort ou d'autre chose, le contrôle de ses émotions n'était pas considéré comme une vertu.

Quand la situation s'apaisa enfin, les femmes habillèrent le corps et l'installèrent dans un tipi spécial, tandis que le mari aveugle appelait ses enfants. Il fuma en silence pendant qu'ils attendaient. Quand il fut enfin prêt, le vieux prit la parole en s'adressant à Arc-en-Ciel:

— Mon fils, tu sais à quel point ta mère t'aimait. Elle vous a toujours été dévouée, à toi et à tes deux femmes, et surtout à ton fils, et elle n'a épargné aucun effort pour qu'il soit bien élevé. Alors, si tu as des projets pour l'honorer, c'est le moment d'en parler...

Arc-en-Ciel resta assis un instant, comme s'il n'avait rien entendu. Il continua de fumer tranquillement pendant un moment avant de répondre enfin:

— Père, tu as raison, je me souviens très bien de tout ce que ma mère a fait pour moi. Effectivement, je ne veux pas qu'elle disparaisse brusquement en un jour. Elle doit rester encore un peu parmi nous, dans son propre tipi.

Le vieil homme esquissa un sourire de satisfaction.

— *Haye*! *Haye*! Merci à toi, merci à toi d'avoir parlé ainsi. C'est ce que j'espérais. Ta mère ne mérite rien de moins.

Il se tourna ensuite vers les soeurs d'Arc-en-Ciel.

— Mes filles, dit-il, il est facile de distribuer les biens, les choses vont et viennent et cela n'a pas d'importance, car les biens matériels ne durent jamais, même si l'on s'y accroche à deux mains. Et puis leur valeur n'est pas comparable à celle d'un membre de la famille. Je sais que vous êtes capables de renoncer à vos biens en l'honneur de votre mère. Mais une Veille du fantôme exigera encore plus de vous.

« Laquelle d'entre vous acceptera d'assurer la Veille du fantôme? Réfléchissez bien, mes filles. Pouvez-vous assumer ce rôle en plus de vos obligations quotidiennes? Car mieux vaut ne pas garder un fantôme plutôt que mal le garder. »

Mais avant que les femmes n'eussent le temps de répondre, Faon Agile intervint.

— Grand-père, je sais que certains me trouveront trop jeune. Mais je veux assurer la garde de ma grand-mère. Je veux veiller son fantôme et le protéger de toute profanation, nuit et jour, jusqu'à ce qu'il nous quitte pour toujours.

Si une jeune fille pouvait formuler cette promesse, c'était bien Faon Agile. Pourtant, elle était alors en âge de se marier. La charge de veiller un fantôme revenait à une femme établie. Après tout, il était bien naturel qu'une jeune fille songe à prendre époux. Au cours de l'année, Faon Agile risquait de tomber amoureuse et de se laisser distraire de son devoir. Alors, les gens se moqueraient de la famille: « Quels idiots de confier le rôle d'une adulte à une enfant! Maintenant, ils ont tout gâché! » Effectivement, si la cérémonie tournait à la mascarade, ce serait les adultes qu'on blâmerait, et non Faon Agile.

Pourtant, elle avait parlé à voix haute. Le Grand Esprit l'avait entendue. Consciente de ce fait, Femme de Rêve prit la parole.

— Si tel est son désir, laisse-la faire, je serai à ses côtés pour l'aider, tout comme sa tante, car elle savait qu'Oiseau Bleu ne faillirait pas à ses devoirs.

Immédiatement, on s'enquérit de Main Blanche, l'homme saint, le rêveur de fantômes, afin qu'il coupe une mèche de cheveux à la défunte. Ce rite solennel devait s'effectuer en présence des proches seulement.

Sous le tipi, les femmes occupaient la partie droite, et les hommes, la gauche. Le corps gisait entre les deux groupes, les pieds dirigés vers l'entrée. Pendant que l'assemblée attendait, le veuf restait dehors, à gémir et à chanter un chant funèbre. Pendant ce temps, les enfants entraient et sortaient constamment, mais personne ne les en empêchait.

— Pourquoi Grand-mère ne se réveille-t-elle pas? demanda un jeune enfant.

— Elle ne dort pas, elle est morte, lui chuchota sa mère à l'oreille.

— Ah bon, répondit l'enfant, apparemment satisfait de la réponse, car pour lui la mort n'avait encore aucune signification.

Enfin, l'aveugle entra avec le rêveur de fantômes qui s'approcha immédiatement de la tête de la défunte et s'assit. A tâtons, le vieux trouva les pieds de son épouse et s'assit lui aussi en les tenant dans ses mains. Elle portait des mocassins brodés sur toute leur surface, comme ceux d'une future mariée ou d'un enfant bien-aimé.

Le veuf s'adressa à la morte: « Mon amie, ma véritable amie, écoute! Tu as quitté ton fils unique, tes deux filles, tes petits-enfants et moi, ton mari. Pourtant, nous ne pouvons pas te laisser partir tout de suite. Nous voulons te garder encore un peu avec nous. Ta petite-fille, qui n'est qu'une enfant, a pris une lourde charge sur ses épaules en ton honneur. Elle fournira de la nourriture au nom de sa grand-mère. Prends pitié d'elle, car elle en est digne. » Par « pitié », il entendait plutôt compassion au sens familial.

— Ecoute! Dans notre entreprise, que le coeur de toute la tribu soit disposé favorablement envers nous. Qu'un cercle de sympathie se resserre tout autour de nous. Aie pitié de moi aussi, car je mérite ta pitié. » Il lâcha les pieds et ne retoucha plus le corps.

Le rêveur de fantômes sépara une mèche du reste de la chevelure et la coupa au ras du crâne avec un couteau aiguisé. Il l'emballa dans un morceau de peau peinte en bleu, sans serrer le paquet pour qu'on puisse encore la voir. Ensuite, il la suspendit sur le mât central, hors de portée des enfants. Ceux qui venaient rendre visite à la défunte baissaient la voix à un simple chuchotement, mais en voyant le « fantôme », leur attitude se faisait encore plus respectueuse. Quand on emporta le corps pour les funérailles, le rêveur de fantômes «enterra» le paquet de cheveux dans une peau plus grande qui contenait également certains objets essentiels à l'accomplissement du rite: quatre pipes, quatre couteaux, quatre poinçons, et quatre disques de coquillage qui ressemblaient à d'énormes boutons, comme ceux que portaient les hommes saints en pendentif autour du cou.

La nuit et les jours de mauvais temps, ce paquet restait suspendu sur un petit trépied à la place d'honneur du tipi, derrière l'autel. (L'autel était un carré de terre retournée marqué à chaque coin par des paquets de tabac suspendus à des piquets. Les jours de beau temps, on fixait la peau à un grand trépied devant le tipi. Ainsi, tout le monde savait que c'était la demeure d'un fantôme, et qu'on devait garder le silence en passant.

En fait, le fantôme était un résidant aussi bien qu'un hôte. Faon Agile, qui vivait dans le coin des femmes, et son grand-père, qui occupait celui des hommes, lui servaient de gardiens. Parfois Femme de Rêve ou Oiseau Bleu venaient dormir avec Faon Agile. Pendant la journée, sa soeur Fleur de Prairie ou sa cousine Nénuphar passaient un moment avec elle.

Chaque jour, Faon Agile devait remplir le bol de l'hospitalité des meilleurs mets et l'installer sous le trépied, qu'il soit à l'intérieur ou à l'extérieur du tipi. Tous ceux qui le désiraient pouvaient venir, manger tranquillement et repartir. Le bol ne devait jamais être vide. Cette responsabilité était à la charge de Faon Agile, mais elle n'avait pas besoin de cuire les mets, les femmes du tiyospaye s'en occupaient.

Parfois, des hommes venaient rendre visite au veuf. Ils fumaient avec lui et parlaient à voix basse de choses banales pour le distraire. Pourtant, dans la demeure d'un fantôme, l'étiquette était réglée par la présence du mort. Toutes les conversations, toutes les pensées devaient en tenir compte. Il ne fallait pas se laisser aller à la gaieté ou rire bruyamment, ni se mettre en colère ni dire du mal de quelqu'un. Il ne fallait manifester ni indifférence ni égoïsme. Tout le monde devait garder à l'esprit la présence du fantôme.

Bien sûr, il y avait aussi des règles qui déterminaient la façon dont on devait transporter le paquet de cheveux d'un endroit à l'autre, et ces règles étaient inviolables. Faon Agile les observait scrupuleusement de la première à la dernière, si bien que les sceptiques du début finirent par admirer sa constance.

Pourtant, ses devoirs ne s'arrêtaient pas là. Avec ses deux mères, sa tante Oiseau Bleu et les femmes de la famille, elle travaillait toute la journée à des ouvrages artistiques afin de préparer les présents pour la fête à venir. Ceux qui avaient déjà tenu une Veille de fantôme étaient autorisés à joindre leurs présents à ceux de la famille, si bien que la pile croissait rapidement.

En fait, il n'était interdit à personne d'apporter son aide. Tous ceux qui vénéraient la vieille femme venaient eux aussi ajouter leur présent à la pile.

— Voyez, mes enfants, dit un jour le vieil homme, c'est pour ça que j'ai prié. Pour que le coeur de la tribu soit disposé favorablement envers nous, pour qu'un cercle de sympathie se resserre autour de nous. Ma prière est exaucée, et j'en suis reconnaissant.

Très vite, cette cérémonie devint l'affaire de toute la tribu, car tous, un jour ou l'autre, avaient été touchés par la gentillesse de Gloku et voulaient la lui rendre. Souvent, ils ne se contentaient pas d'apporter un seul cadeau, mais en donnaient plusieurs, à des moments différents de la période de deuil. A en juger à la pile qui s'amoncelait, la redistribution des biens allait être absolument grandiose. Tout le monde attendait ce moment avec impatience.

Pourtant, si sacrée que fût la demeure du fantôme, la tribu devait voyager, et le fantôme voyageait lui aussi parmi les siens. Chaque fois qu'il fallait prendre la route, le plus beau cheval d'Aigle Noir transportait la demeure du fantôme et son contenu. Il était toujours guidé par Faon Agile ou une autre femme de la famille qui marchait en avant de la colonne. Quand la tribu atteignait le nouveau campement, la demeure du fantôme était montée avant tout autre tipi. On préparait un nouvel autel près du trépied et on déposait immédiatement un bol de nourriture.

Ceux qui venaient manger se conduisaient comme il se doit dans un lieu saint. Quand ils avaient terminé, ils se retiraient discrètement, pleins de bonnes pensées envers la femme dont la bonté se perpétuait même après sa mort. Ainsi, un sentiment de bienveillance se propageait dans toute la tribu. Mais même si de la nourriture était toujours offerte dans le tipi du fantôme, personne ne se jetait dessus. Une certaine retenue était de bon ton. La plupart du temps, les invités étaient des vieux à qui l'on pouvait faire confiance pour engloutir un bon repas. Même eux, pourtant, se contentaient de ne venir qu'une seule fois durant toute la période de veille, pensant que cela suffisait. C'était un festin sacré dont on ne devait pas abuser.

Le temps ne s'était pas arrêté dans le tiyospaye, la vie quotidienne continuait comme à l'ordinaire. Le contraire eût été inutile et impossible. Seule la demeure du fantôme en était exclue. La vie séculière se poursuivait tout autour, bien que le bruit ne soit toléré que s'il provenait de jeunes enfants. Il aurait été stupide de les refréner. Les familles proches et les visiteurs vaquaient à leurs propres occupations. Les membres de la famille du fantôme étaient autorisés à participer aux fêtes des autres tiyospayes mais, là aussi, de leur propre volonté, ils préféraient se limiter, ou mieux encore, ne pas y aller.

Malgré la vie qui se déroulait comme à l'habitude, le tiyospaye du fantôme ne perdait jamais de vue l'événement dont ils étaient tous responsables. Ils voulaient donner la fête la plus grandiose possible et distribuer présents et chevaux en abondance. Ainsi, ils honoreraient leur bien-aimée et pourraient la laisser enfin partir sans regrets à la fin de la période de deuil.

13.

Gloku était morte à la fin de l'été. Pendant tout l'hiver Faon Agile s'était attachée à sa tâche. Malgré son jeune âge, elle s'était conduite comme une femme en pleine maturité et s'était gagné l'admiration de tous. Maintenant, c'était le printemps, à moins d'une lune de la nouvelle Danse du soleil.

Comme les familles étaient prêtes pour la cérémonie de clôture de la Veille du fantôme, elles décidèrent de la tenir avant de se rendre au site sacré de la Danse du soleil pour les rites préliminaires pendant lesquels on accueillait les nouveaux venus. Cette décision fut prise à l'initiative d'Arc-en-Ciel qui, un jour, dit à son beau-frère Aigle Noir:

— Ce n'est pas juste que ma nièce assume des responsabilités d'adulte plus longtemps. Pourquoi ne pas abréger la période de deuil? Nous sommes prêts pour la cérémonie du fantôme et la redistribution des biens. Pourquoi prolonger cette épreuve?

Aigle Noir fut immédiatement d'accord.

— Tu as raison, nous sommes prêts. J'ai connu des familles

qui avaient eu besoin de deux longs hivers, heureusement, notre famille est nombreuse et tous nos parents nous ont beaucoup aidés. Et puis, nos amis aussi ont manifesté leur soutien.

Les deux hommes s'accordaient à penser que ces marques d'amitié n'étaient que la conséquence de la générosité de la vieille femme.

Les projets allaient bon train quand on s'aperçut soudain que les deux chevaux américains qu'Aigle Noir avait l'intention de donner en l'honneur de sa belle-mère étaient morts. Un jaloux ou un envieux les avait poignardés pendant la nuit.

Inutile de s'en prendre aux Corbeaux, aux Mandans ou aux ennemis habituels. Ils n'auraient jamais tué de chevaux dakotas qui ne les intéressaient que vivants. Cela ne pouvait être que l'oeuvre d'un homme de la tribu.

Aigle Noir regrettait amèrement cette perte. Ces deux animaux devaient être les présents d'honneur lors de la distribution, un véritable cadeau princier.

— Si seulement je connaissais le coupable, dit-il à un de ses amis. S'il ne s'agissait que d'un idiot, alors je me consolerais de ma perte. Ce ne serait guère plus grave qu'un accident, si le coupable ne savait pas ce qu'il faisait.

— Pourquoi ne pas consulter un devin, mon ami? suggéra quelqu'un.

Aigle Noir trouva l'idée intéressante; c'est peut-être ce qu'il ferait. Mais pour le moment, il lui fallait trouver deux chevaux aussi prestigieux, c'était le premier problème à régler. Donner deux chevaux au nom de sa belle-mère était pour lui une véritable obligation.

Pendant qu'il s'occupait de cette affaire, les femmes travaillaient à la préparation de la fête et le rêveur de fantômes, Main Blanche, jeûnait et se purifiait dans un bain de vapeur en préparation des rites finaux. Un jour pendant que se déroulaient ces préparatifs, à midi sonnant, on fit venir Nénuphar pour lui annoncer que quelqu'un voulait l'acheter.

Voici ce qui s'était passé. Deux femmes étrangères s'étaient approchées de l'autre côté du cercle du campement, conduisant chacune un magnifique cheval chargé de présents. Bien vêtues, elles marchèrent dignement, droit vers le tiyospaye d'Aigle Noir et attachèrent les chevaux devant le tipi d'Arc-en-Ciel avant de se retirer sans dire mot. Tout le monde avait immédiatement su ce que cela signifiait. Et il ne fallut pas longtemps pour apprendre qui elles étaient.

— Loin au sud, annonça à Arc-en-Ciel le messager que l'on avait envoyé aux nouvelles, la tribu du Soldat de l'Ours se déplace régulièrement dans la région des Collines Noires. De là, un homme connu sous le nom de Bon Chasseur est venu pour assister à notre fête de la Danse du soleil. Il a emmené deux de ses trois femmes. Et ce sont elles qui sont venues porter ces cadeaux que Bon Chasseur t'a offerts pour que ta fille devienne la femme de son fils, Cheval Sacré.

Il expliqua que Bon Chasseur était un homme excessivement mystérieux et excellent tireur. A cause de cela, il jouissait d'une grande influence et était très riche. Non seulement pouvait-il entretenir trois femmes et leurs familles, mais il entretenait aussi tout une suite de parents. Le fils, Cheval Sacré, était un enfant bien-aimé, et ses trois mères ne juraient que par lui et satisfaisaient tous ses caprices. Leur seul but dans la vie était de le rendre heureux. Si bien que lorsqu'il avait annoncé qu'il avait enfin vu la femme de sa vie le matin même, elles avaient immédiatement apporté des présents, dans l'espoir de la ramener avec elles lorsqu'elles repartiraient parmi les leurs.

Une telle offre était toujours considérée comme un honneur suprême.

— Moi aussi, j'ai été achetée, se souvenaient de vieilles femmes avec fierté.

Pourtant, Nénuphar restait abasourdie devant la rapidité et la soudaineté des événements. Elle n'avait pas envie de se marier, et elle ne s'imaginait pas que cela pouvait se passer ainsi, sans le moindre romantisme. Pis encore, elle ne savait pas du tout qui était Cheval Sacré. Peut-être était-il laid, avare, méchant, vieux ou stupide. Peut-être ne la voulait-il pas vraiment et ne faisait-il que plaisanter. Ses mères n'auraient jamais dû s'occuper de cela. Quand il s'apercevrait de ce qu'elles avaient fait, il ferait marche arrière et Nénuphar serait la risée du village.

Depuis longtemps, Nénuphar avait renoncé à ses rêves de devenir une vierge perpétuelle. Pour elle, la vie devenait de plus en plus intéressante. Quand, avec ses amies, elle allait au lieu de ramassage du bois à la tombée de la nuit pour le plaisir de se jouer des jeunes gens qui tentaient de leur faire la cour, c'était elle qui avait à esquiver le plus grand nombre de prétendants. La nuit précédente, par exemple, certains de ceux qui étaient venus lui parler étaient des étrangers venus pour la fête. Cheval Sacré était-il l'un d'entre eux? Que de questions sans réponse! Soudain, tous les regards lui semblaient fixés sur elle.

Quelque chose d'autre l'inquiétait aussi. Se devait-elle d'accepter pour que son frère bien-aimé, Petit Chef, bénéficie de ces magnifiques chevaux? Cela serait un bon moyen de lui témoigner sa tendresse et son admiration. « Oui, pour lui, je dois accepter », se disait-elle. Pourtant, elle aurait préféré lui offrir le même témoignage d'affection par un geste qui soit moins définitif et moins lourd de conséquences.

Elle resta à l'intérieur du tipi, tandis qu'à l'extérieur les chevaux attendaient sa réponse. Soudain, Fleur de Prairie apparut.

— Devine ce qu'a dit cousin Ohiya? Il veut que tu te maries pour avoir le cheval bai! Mais Petit Chef l'a entendu et l'a grondé. « Comment, nous sommes capables de gagner nos propres chevaux si nous sommes des hommes! Notre soeur n'a pas à se marier contre son voeu pour notre bien! » Si tu avais vu comme Ohiya avait honte!

Nénuphar sourit. Un problème venait de se régler, elle n'avait pas besoin de se marier pour faire plaisir à ses frères! Rassurée, elle retrouva sa voix et se mit à bavarder avec Fleur de Prairie.

Les chevaux étaient toujours au même endroit et personne n'y avait encore touché, mais plus tard dans l'après-midi, Nénuphar entendit une rumeur qui l'inquiéta de nouveau. Dans le tipi de Femme de Rêve, ses tantes parlaient.

— Regarde comme ils sont beaux, aussi beaux que ceux que nous avons perdus, observa Femme de Rêve.

— Oui, répondit sa soeur toujours franche, c'est dommage

que notre nièce n'ait pas l'air d'avoir envie d'épouser cet étranger. Ces deux chevaux nous auraient bien rendu service. Il a du mal à en retrouver d'aussi élégants. Il est très difficile, il ne veut que le meilleur.

Bien sûr, elle parlait de son mari, Aigle Noir. Les gens mariés parlaient habituellement ainsi l'un de l'autre, en utilisant la forme impersonnelle.

Nénuphar se sentit confuse. Jamais auparavant elle n'avait entendu ses tantes parler d'elle ou de sa mère. Pour elle, elles avaient toujours été la loyauté incarnée. Et à présent, elle s'apercevait qu'elles désiraient les chevaux avant tout.

— Nous ne savons pas encore ce que notre nièce va décider mais, si elle refuse, nous devrons accepter sa décision. Dans certaines familles, les biens comptent plus que les liens de sang, mais nous ne sommes pas comme ça. Dans notre famille, c'est ce que dit Père, aucune fille n'est obligée de se marier si elle n'en a pas envie et il a raison.

« Après tout, pourquoi pas? se dit Nénuphar, se souvenant de la gentillesse avec laquelle sa grand-mère l'avait toujours traitée. Elle m'a toujours considérée comme sa propre petite-fille. Elle a toujours été généreuse, bonne et compatissante. » Soudain, Nénuphar se sentit envahie par le besoin d'honorer sa grand-mère. Etait-ce vraiment une obligation familiale? Elle demanderait à sa mère si elle avait un devoir que toute la tribu s'attendait à la voir remplir. Oiseau Bleu était la mieux placée pour la conseiller, elle l'avait toujours fait objectivement et sans passion et, à chaque fois, il s'était avéré qu'elle avait raison.

Nénuphar entra dans le tipi de sa mère et s'effondra à côté

d'elle en poussant un profond soupir. Oiseau Bleu triait des mocassins et attachait les paires ensemble. C'étaient ceux qu'elle avait préparés avec les autres femmes sans toujours se soucier de faire correspondre les paires. Nénuphar commença à aider sa mère. Il fallait rassembler les souliers par tailles et par décorations. Longtemps, elles travaillèrent en silence.

Nénuphar aurait aimé que sa mère parle la première, mais elle se résolut enfin à rompre le silence.

— Mère, ma cousine m'a raconté qu'elle avait entendu mon frère dire qu'il ne voulait pas de ces chevaux... Il ne veut pas que je me marie si je n'en ai pas envie. Il préfère mon bonheur. Il dit que les hommes doivent gagner leurs propres chevaux et ne pas dépendre du mariage d'une *hakata*. (Nénuphar employa le terme désignant une personne respectée de sa propre génération).

— Cela lui ressemble bien, répondit Oiseau Bleu en souriant un peu tristement. Il a toujours été bon envers toi depuis le jour où il est venu te voir à notre tipi. Il n'aurait pu être plus dévoué s'il avait été ton propre frère.

Nénuphar raconta également comment Petit Chef avait réprimandé Ohiya qui convoitait le cheval bai. De nouveau, Oiseau Bleu sourit, mais on sentait que l'affaire ne pouvait pas être traitée à la légère.

— Mère, dit Nénuphar qui sentait qu'elle devait aller jusqu'au bout, réponds-moi franchement. Crois-tu que je devrais me marier pour que les chevaux puissent faire partie de la cérémonie de distribution des biens?

Elle retint sa respiration, espérant que sa mère allait lui dire: « Sûrement pas, nous ne voyons pas les choses ainsi dans ce tyospaye. Ne te marie pas si tu n'en as pas envie ». Pourtant, Oiseau Bleu garda longuement le silence. Lorsqu'elle parla enfin, elle choisit ses mots soigneusement.

« Ma fille, il est dans la nature des choses que les femmes se marient. Et parfois, les hommes qui paraissent séduisants avant le mariage tournent mal ensuite, et d'autres dont on ne voit pas les qualités avant se révèlent dignes d'amour. C'est un jeu de devinette, on ne connaît la réponse qu'après. »

Nénuphar travaillait rapidement avec une concentration disproportionnée par rapport à la simplicité de la tâche. Sa mère poursuivit:

« Comme si nous arrivions du domaine des morts, toi, moi et ta grand-mère Tuée-par-la-branche nous sommes revenues ici parce que c'était là que j'étais née. Notre parent Aigle Noir, qui est mon cousin et ton oncle, nous a mises tout de suite à l'aise. Il nous a prises en charge. Sa famille par alliance ne nous avait jamais vues, et pourtant ils n'ont pas été distants. Ils nous ont acceptées chaleureusement. Ta grand-mère t'a aimée comme si tu étais sa véritable petite-fille. Elle s'est occupée de toi et t'a rendue heureuse. Je suis contente de dire que tu as été élevée sur son dos. Pendant les cérémonies, elle a toujours donné ce qu'elle avait de mieux en ton honneur. Elle t'a apporté un énorme prestige social.

« Ton oncle se fait du souci car il n'arrive pas à trouver des chevaux, pas n'importe quels chevaux bien sûr, il veut ce qu'il y a de mieux, des chevaux dignes de sa belle-mère.

« Tu es une femme, et tu dois prendre un statut de femme. Tu n'es plus une enfant. Tu sais comment fonctionnent les règles de la famille. Si tu réfléchis par toi-même, tu verras quel genre de rôle tu veux jouer dans la famille... Mais c'est toi qui dois prendre la décision. »

Il en était donc ainsi. Oiseau Bleu avait résumé les obligations familiales qui liaient les différents membres d'un tiyospaye, impliquant les sacrifices que l'on devait faire l'un pour l'autre. Puis, elle s'était lavé les mains de toute cette histoire. C'était à Nénuphar de décider seule, en connaissance de cause.

Soudain, elle se sentit emportée par la noblesse du sens familial, si bien que plus rien d'autre ne semblait compter. Oui, elle épouserait cet étranger. Après tout, il fallait bien qu'elle se marie un jour ou l'autre. Ainsi, elle aiderait Aigle Noir à honorer sa belle-mère. Son oncle s'était toujours montré généreux envers Nénuphar et Oiseau Bleu. Et Gloku s'était occupée de sa petite-fille dès le début. Nénuphar faisait partie de cette histoire, elle ne pouvait s'esquiver. En offrant les chevaux à son oncle, elle rendrait la gentillesse que lui avaient manifestée Aigle Noir et Gloku. Elle devait se sacrifier, le réseau de la loyauté lui semblait sans fin, et cela lui faisait tourner la tête. Mais à présent, elle savait où elle en était et percevait clairement son devoir.

Elle se dirigea rapidement vers le tipi d'Aigle Noir et regarda à l'intérieur par la porte.

— Oncle, fait donner à boire aux chevaux... pour ma grand-mère.

Les hommes qui étaient assis près de lui manifestèrent leur approbation: «Oui, elle aimait vraiment sa grand-mère».

— Merci, ma nièce, mais est-ce vraiment ce que tu veux? se contenta de répondre Aigle Noir.

— Oui, mon oncle.

Première Femme sembla véritablement soulagée.

— C'est parfait, cela prouve le respect de ma nièce pour la mémoire de sa grand-mère.

En faisant cette remarque, elle ne savait pas qu'une simple réflexion entendue par Nénuphar avait déclenché le raisonnement qui avait abouti à cette décision.

L'affaire était donc réglée. Les hommes allèrent détacher les chevaux et les emmenèrent. Immédiatement ou presque, la nouvelle fut connue dans tout le village. Pourtant, Nénuphar posa une condition: « Je ne me marierai qu'après la cérémonie de la Veille du fantôme », dit-elle.

La famille de Cheval Sacré trouva acceptable cette condition. Après tout, ils ne partiraient pas avant la fin de la Danse du soleil, et ensuite ils auraient une nouvelle et jolie belle-fille avec eux. L'attente ne les dérangeait pas.

Bientôt, pleines de curiosité et de romantisme, les amies de Nénuphar vinrent la voir pour lui demander quelle impression cela faisait d'être achetée. Est-ce qu'elle était contente? Sinon, quelle dommage d'être obligée d'accepter! C'était un honneur d'être achetée, les vieilles s'en vantaient toujours après coup, mais les jeunes n'étaient pas sûres d'en avoir vraiment envie.

— Mais tu ne l'as jamais vu? Même de loin? demanda Alila, la plus curieuse de toutes, avide d'apprendre le moindre détail.

— Non, c'est ce qui m'ennuyait le plus au début, mais à présent je trouve que cela n'a pas d'importance. Je ne suis pas la seule femme à avoir été achetée par un étranger. Tout ce que je veux c'est que ma grand-mère soit correctement honorée pendant la distribution des biens. Ma petite personne n'a pas beaucoup d'importance.

Nénuphar s'exprimait sur un ton un peu tragique, se réjouissant de son sacrifice dans un esprit de zèle particulier aux jeunes.

— Tu dois quand même être inquiète, non? Et si ton mari ne te plaisait pas? demanda une fille d'un ton sincère.

Alila qui prenait toujours les choses à la légère envisagea une solution.

— Vous savez, il y a toujours un moyen! Tu n'as pas besoin d'aller jusqu'au bout. Va dans sa famille, fais comme si tu étais contente et, au moment d'aller te coucher, sauve-toi! S'il ne te plaît pas, personne n'osera te le reprocher. Un jour, j'ai connu une fille qui...

Il est vrai qu'on avait déjà entendu parler de telles pratiques dans ce type de mariage. Bien sûr, il n'était pas dans la tradition de revenir sur une promesse, mais c'était pardonné dans certaines circonstances. Si une fille avait été incitée à accepter contre son voeu parce que sa famille voulait le cheval et qu'elle se sauvait avant que le mariage soit consommé, il était annulé. Dans ce cas, les chevaux étaient rendus ou non, selon le tempérament du mari déçu, qui n'était pas forcément fier de les récupérer.

Pourtant, la solution d'Alila ne convenait pas à Nénuphar. Les cadeaux avaient été acceptés publiquement, car elle avait donné sa parole, il ne serait pas juste de revenir dessus. « Une femme qui donne sa promesse et qui ne la tient pas n'est pas digne de confiance », lui avait dit un jour Oiseau

Bleu, tout comme la vieille grand-mère l'avait elle-même dit à sa petite-fille. C'était le genre de propos qu'on tenait souvent aux jeunes filles en âge de se marier.

Le jour de la cérémonie du fantôme arriva enfin. Il y eut d'abord la fête symbolique, en privé, avec seulement quatre jeunes filles qui se séparaient du « dernier pied » de la défunte. Elles avaient été choisies par le veuf en personne: Faon Agile, Nénuphar, Fleur de Prairie et Joli Sourire. Pourtant, ce matin-là, Joli Sourire ne se sentait pas bien et Brise Légère, une autre petite-fille de Gloku, prit sa place, bien qu'elle n'eût que six ans.

Quand Femme de Rêve et Oiseau Bleu eurent fini d'habiller les filles, ce fut Première Femme qui, avec une gentillesse inhabituelle, leur badigeonna le visage de rouge. Ensuite, elle donna à Faon Agile et à Nénuphar leurs attributs d'enfants bien-aimés. C'était la troisième fois que Nénuphar les portait.

Dès que Faon Agile fut prête, elle fut appelée pour s'occuper du paquet de la défunte. Elle alla le chercher dans le tipi du fantôme et l'apporta à l'homme qui attendait à l'extérieur. Il était si lourd à présent qu'elle pouvait à peine le soulever, malgré la large bandoulière qui soulageait un peu ses bras. Tout au cours de l'année, chaque fois qu'un ami avait apporté un objet rare et beau, on l'avait placé dans ce paquet, si bien qu'à présent il était aussi gros que deux énormes oreillers. En remettant le paquet, Faon Agile était enfin libérée de sa tâche. En aucun moment, elle n'avait relâché sa veille ni négligé son devoir et maintenant qu'elle était dégagée de toute responsabilité, elle se sentait un peu triste. Déjà la demeure de la défunte, sans son habitant invisible, lui semblait bien vide.

Au moment voulu, une femme, qui avait elle-même tenu autrefois une Veille du fantôme, s'approcha des filles, un bol d'encens à la main. Elles la suivirent et s'arrêtèrent au bout du « Chemin de la Beauté », à une vingtaine de pas du tipi cérémonial. Auparavant, on l'avait recouvert sur toute sa longueur de peaux de cerf et de veau blanches décorées de peintures symboliques. Tout du long, on avait disposé des calumets, des couteaux, des poinçons, des blagues à tabac et des mocassins décorés de piquants de porc-épic aux couleurs vives qui rappelaient ceux du tapis pour le plus grand plaisir des yeux. Le Chemin de la Beauté paraissait flambant neuf et chatoyant.

Tandis que les jeunes filles attendaient le signal, la foule se rassemblait pour les observer. Vêtues de longues robes de daim qui balayaient le sol, elles paraissaient très grandes et minces. Leur chevelure noire était tressée en deux nattes, ce qui les grandissait plus encore. Leur taille était enserrée dans de lourdes décorations qui s'étendaient jusqu'aux manches ouvertes bordées de franges. Tous les accessoires étaient d'une harmonie parfaite, travail de Femme de Rêve. « Les invitées doivent porter ce qu'elles ont de plus beau pour honorer leur hôtesse. » Là, le principe avait été observé sans rien épargner.

A l'écart de la foule, les jeunes filles avancèrent lentement le long du Chemin de la Beauté, précédées de la femme qui les escortait et parsemait le sentier d'encens. De temps à autre, à voix basse, des femmes admiraient leur splendeur. Les marques particulières qui ornaient le visage de Faon Agile et de Nénuphar ne leur échappèrent pas non plus.

— Il y a de jolies filles, dans ce tiyospaye!

— Je n'ai jamais vu de robes si admirables.

— Regardez, les deux plus grandes sont des enfants bien-aimés. Elles portent les décorations des hunkas.

Pourtant, la famille était encore en deuil. La foule était venue assister à la seconde mort de la vieille femme. L'heure n'était pas aux réjouissances. Malgré tout, il semblait difficile de s'empêcher de rire en voyant Brise Légère. Elle prenait si à coeur l'ordre de marcher lentement que, parfois, elle restait presque immobile. Sa dignité exceptionnelle avait une allure un peu comique bien qu'elle dût y renoncer de temps à autre pour combler l'écart qui la séparait de Fleur de Prairie. Alors, dans un petit saut, elle avançait, trébuchant un peu dans sa robe trop longue, destinée à l'origine à Joli Sourire. Elle réussit pourtant à entrer dans le tipi cérémonial sans tomber.

A l'intérieur, Main Blanche, le rêveur de fantômes, devenait maître des lieux. Il fit asseoir les quatre jeunes filles à la place d'honneur derrière l'autel, tout décoré de duvets rouges. Le mouvement incessant des plumes légères incarnait l'esprit de la vie. Les jeunes filles tenaient par les coins une grande peau de daim bleu qui contenait un repas sacré, un gâteau de pemmican.

Les seuls spectateurs étaient les parents des jeunes filles, le grand-père qui ne pouvait que les entendre et quelques autres personnes qui avaient elles-mêmes tenu des Veilles de fantôme, ce qui leur donnait le droit d'assister à la cérémonie.

Main Blanche présenta le calumet et, au moment où les filles pénétrèrent à l'intérieur, il déballa le fantôme de son paquet et le suspendit au mât principal. Là, comme au début, il se dressait, seul et pitoyable, séparé des nombreux objets qui s'étaient accumulés au cours de l'année pour être distribués ce jour-là. « Soyez généreux, car on n'emporte pas les objets matériels dans la tombe. »

Main Blanche invoqua la Terre, la Mère universelle, la source de vie et de nourriture, et par là-même l'incarnation du sens de l'hospitalité, dans une prière:

« Toi, Terre notre Mère, respectée de toute l'humanité,
Toi, Terre notre Mère compatissante envers tout ce qui vit,
En ce jour, ce jour parfait et sans nuage,
En ce jour, tu as pris pitié de moi,
Afin que je mène longue et heureuse vie.
Je crois en toi et je te fais confiance,
Et pour toi, j'accomplis ce rite.
Toi, Terre, notre Mère, respectée de toute l'humanité,
Toi, Terre, notre Mère, respectée par le soleil. »

Il déclama cette prière en l'honneur des quatre invitées. Ensuite, il prit le gâteau de pemmican, composé d'ingrédients déterminés par la coutume et en brisa un morceau. Il le tendit au-dessus du feu pour le parfumer d'encens et le déposa ensuite sur la langue de Faon Agile en disant:

— Par cette nourriture, je te délivre. Garde le parfum d'encens dans ta bouche et, désormais, celui qui entrera dans ton tipi sera à ta charge. Pour lui, tu devras partager en deux ce que tu aurais mangé seule.

Il donna également un morceau de gâteau aux autres en répétant les mêmes mots. La cérémonie du fantôme était conçue de manière à impressionner les jeunes filles sensibles. Ecrasées par les lamentations sourdes de leurs aînés et la solennité des paroles prononcées, comme si c'était les mots d'adieu du fantôme de la grand-mère, il leur semblait que rien ne comptait plus à présent que d'assurer la continuité de l'esprit d'hospitalité de Gloku. A présent, cette charge leur revenait. La générosité de la grand-mère mourrait-elle avec elle? Non, jamais, si elles pouvaient l'empêcher.

Le rituel était terminé. Dehors, on servit aux spectateurs assis par terre un festin de mets délicats et abondants. Les femmes avaient préparé des sacs pour remporter la nourriture qui ne serait pas consommée sur place. Il était impoli de laisser des restes, les invités devaient les emporter pour les manger plus tard.

Ensuite vint l'heure de la redistribution. Les invités ordinaires reçurent tous des cadeaux, parfois seulement un étui à couteau ou une paire de mocassins, mais Main Blanche reçut les deux chevaux gagnés grâce à Nénuphar, en remerciement de ses services.

Les plus beaux objets furent destinés aux invités qui avaient eux-mêmes un jour organisé une Veille du fantôme. Et les cadeaux plus symboliques revinrent à ceux qui avaient joué un rôle dans la préparation de la cérémonie. Les quatre couteaux furent attribués aux femmes qui avaient installé le Chemin de la Beauté et les poinçons, aux quatre filles qui avaient mangé le gâteau parfumé d'encens, car ils incarnaient la féminité.

Main Blanche et trois hommes choisis par lui emporteraient les calumets; les disques de coquillage, connus sous le nom de « propriété des hommes sacrés », reviendraient à des « rêveurs » qui, seuls, avaient le droit de les porter.

Pendant le jour, à l'insu de tous, les hommes saints emmèneraient le fantôme qu'ils enterreraient en secret. Il leur était interdit de révéler la manière et le lieu de l'inhumation.

Contrairement aux cérémonies du don, toujours bruyantes et joyeuses, une redistribution se déroulait dans le silence et la solennité. En un sens, ces fêtes n'étaient pas de nature différente, mais, dans la Veille d'un fantôme, l'acte du don se magnifiait. La joie ne consistait pas tant à donner ou à recevoir qu'à incarner le sens même de la générosité.

Ce soir-là, après le départ des invités, les membres de la famille se rassemblèrent autour d'un feu de camp, épuisés mais de nouveau heureux. Ils se sentaient reconnaissants envers leurs amis qui les avaient aidés et satisfaits d'avoir fait de leur mieux. Ils gardèrent le silence jusqu'à ce que le vieil homme prononce les paroles qui allaient mettre fin à une année d'efforts.

« Maintenant, nous en avons fait assez, maintenant nous pouvons être heureux. Laissons son esprit aller librement au royaume des esprits.

« Nous l'avons gardée avec nous pendant quelques saisons, pour l'honorer et la vénérer.

« Nous avons prolongé sa vie et son sens de l'hospitalité qui faisait son plus grand bonheur.

« Elle a donné son dernier exemple de générosité, laissons-la partir en paix. »

Le grand campement de la Danse du soleil, spectacle si

impressionnant et si plein de vie, laissait toujours le village sens dessus dessous. Au fur et à mesure que les gens partaient, de grands espaces vides se creusaient dans le village, un village squelette où il ne restait que des mâts, des poteaux, et les barrières de saules destinées à protéger des inondations, le tout dans un désordre effrayant. A la place des feux de camp, il n'y avait plus qu'un cercle continu de cendres grises.

Le soir de la cérémonie, il ne restait guère plus intact que le grand cercle du Fantôme Blanc. C'était le campement des hôtes, le centre de leur territoire. Quand bon leur semblerait, ils prendraient la route, mais pas avant le départ du dernier invité. Le dernier groupe à partir fut celui qui se dirigeait vers les Collines Noires. Ils emmenèrent Nénuphar avec eux.

Malgré ses sentiments d'inquiétude, elle se préparait calmement au départ lorsque les deux mères de Cheval Sacré vinrent la chercher. Les femmes de la tribu l'embrassèrent tendrement, tandis que les hommes lui serrèrent la main en signe d'adieu. Oiseau Bleu serra sa fille contre elle pendant un moment et l'embrassa, mais sans pleurer. On se devait de contrôler ses larmes, sauf en cas de deuil. C'était mauvais signe si quelqu'un pleurait pour une simple séparation. Cela signifiait que l'une des personnes mourrait avant qu'elles puissent de nouveau se rencontrer.

En chemin, Cheval Sacré remonta la colonne et prit la bride par laquelle ses mères conduisaient le poney que montait Nénuphar. Ce ne fut qu'à ce moment que Nénuphar le reconnut. Elle l'avait déjà vu, bien sûr! C'était le jeune homme si élégamment vêtu qu'elle avait aperçu à l'heure des rencontres la veille du jour où les acheteurs étaient venus avec leurs présents.

— Regarde cet étranger! s'était exclamée Alila. Si seulement il s'approchait de moi!

— Tu ne devrais pas dire des choses pareilles, lui avaient répondu les autres filles, ce n'est pas correct.

Pourtant, elles nourrissaient peut-être toutes le même espoir secret. Finalement, il s'était approché de Nénuphar en souriant silencieusement mais elle l'avait évité, comme une jeune fille dakota bien élevée qui écoutait les conseils de ses aînées: « S'il t'aime vraiment, il reviendra, cela sera la preuve de son amour, ne dis pas oui tout de suite ».

Il aurait peut-être réessayé, mais ses mères indulgentes l'avaient devancé. Peu importait, il chevauchait aux côtés de Nénuphar. Elle ne dit mot, et il ne tenta pas de la faire parler. Ils voyagèrent ainsi à une allure si lente que bientôt ils perdirent les autres de vue. On aurait dit qu'ils étaient seuls au monde, dans le paysage vaste et désert. Ils resteraient seuls pendant toute la fin du voyage. En pensant à son peuple, Nénuphar eut le mal du pays, elle se couvrit le visage de son châle et pleura doucement. Après tout, elle n'avait que dix-huit ans et ne s'était jamais retrouvée seule avec un inconnu auparavant. Elle ne pouvait guère s'adapter à cette nouvelle situation sans quelques larmes. Pourtant, Cheval Sacré ne devait pas les voir. Il fallait lui faire croire qu'elle était simplement timide envers lui.

— Tiens, prends-les, dit-il soudain en lui donnant les rênes des deux chevaux.

Nénuphar fut si surprise qu'elle en laissa tomber son châle, mais elle le rattrapa rapidement et le remit sur sa tête.

Déjà, il s'en allait en courant , son arc prêt à tirer. Près d'un bosquet de pruniers sauvages au bord du ravin, il mit un genou en terre et tira une flèche. Un instant plus tard, il revint avec un jeune cerf jeté sur son épaule qu'il attacha immédiatement sur sa monture.

— Voilà, nous aurons de la viande fraîche pour notre première soirée, dit-il d'un ton léger.

Nénuphar ne répondit pas, mais elle ne pleurait plus. Elle ne se sentait même plus seule tant elle admirait l'habileté avec laquelle il avait tué le cerf. Pourtant, elle continuait à dissimuler son visage, pour ne pas qu'il voie les traces de larmes.

De nouveau, ils chevauchèrent en silence. Ils escaladèrent la crête et atteignaient le plateau quand Cheval Sacré dit enfin, comme s'il parlait d'elle à une tierce personne:

— Tu sais, elle doit appartenir à la famille du cerf, car elle a pleuré quand je l'ai tué.

C'était un compliment indirect, car, dans les mythes et les croyances, le cerf incarnait la féminité.

Nénuphar se mit à rire et Cheval Sacré rit avec elle. Il lui semblait que tout irait bien. Il s'était montré attentionné, gentil et très patient. Elle n'aurait pas de mal à l'aimer.

14.

Pour une jeune mariée dakota, le problème majeur n'était pas de s'adapter à son nouveau statut de femme, ce qui était privé et personnel, mais plutôt de maîtriser les relations avec sa belle-famille. En tant que membre extérieur à la communauté, Nénuphar devait s'intégrer au tiyospaye dirigé par son beau-père, Bon Chasseur. Cette intégration devait se passer selon les règles et sans heurt, sinon sa position au sein de la famille serait remise en question. Chez les Dakotas, les règles régissant les liens de parenté, surtout ceux découlant d'un mariage, étaient très précises et exigeantes. Tout d'abord, en observant discrètement, Nénuphar devait apprendre qui était qui et ce que les gens représentaient pour elle afin de modeler sa conduite selon chaque cas. Finalement, ce ne fut pas une tâche trop compliquée. Il suffisait d'être doté d'une intelligence moyenne et d'avoir été élevé au sein de ce système pour en comprendre les ramifications. Néanmoins, il fallait rester sans cesse sur ses gardes, surtout au début.

Avec ce problème constamment à l'esprit, Nénuphar n'avait

pas le temps de s'ennuyer, sa nouvelle vie lui demandait une vigilance permanente. Et puis, elle savait que ses parents viendraient bientôt la voir. Avant le départ, la véritable mère de son mari les avait invités et ils avaient promis de venir avec le premier convoi se dirigeant vers le sud. A ce moment-là, elle aurait eu le temps de faire ample connaissance avec sa nouvelle et nombreuse famille et tous sauraient qu'elle était bien élevée et que sa tribu lui avait appris l'essentiel: comment observer ses devoirs envers les siens. Elle avait donc la responsabilité de représenter sa tribu et préférait rester silencieuse et observatrice, même si elle devait s'effacer un peu. Cela valait mieux que de se montrer trop enthousiaste et de commettre des erreurs.

Pour la première fois, elle comprenait l'attitude de son oncle, le mari de Femme de Rêve et père de Faon Agile et de Fleur de Prairie, homme toujours discret. Bien qu'il se montre serviable et agréable et que tout le monde l'apprécie, il restait toujours en retrait, simplement parce que c'était un étranger. Dans le tiyospaye d'Aigle Noir, tous étaient pour lui des parents par alliance: il devait se conduire comme un invité permanent. Il ne se détendait jamais comme il l'aurait fait parmi les siens. Pour le moment, Nénuphar adoptait les mêmes comportements que lui.

Elle se trouvait dans le plus vaste tiyospaye qu'elle ait jamais connu. Bon Chasseur entretenait une suite de nombre de ses propres parents et ses femmes avaient également la leur, quoique moins grande. A eux tous, ils formaient presque une petite tribu. Il ne serait pas facile de connaître rapidement la place respective de chacun. Mais une fois qu'elle s'y serait habituée, elle se sentirait plus à l'aise, du moins l'espérait-elle.

C'était sans doute pour aider la jeune mariée que sa belle-famille laissait le nouveau couple seul le plus souvent. Cette coutume permettait à la nouvelle venue de s'adapter à son environnement ce que Nénuphar appréciait beaucoup. Sa famille ne formulait aucune exigence à son égard et évitait de la rendre mal à l'aise en portant l'attention sur elle ou en l'obligeant à parler quand elle n'en avait pas envie. Leur délicatesse la réconfortait.

Peu à peu, en se fondant sur l'attitude des autres envers elle, elle pouvait ajuster son comportement. Le lendemain matin de son arrivée, par exemple, tandis qu'elle était sortie pour mieux fixer les peaux de son tipi en prévision du vent qui se levait, elle entendit des rires et des chuchotements lui parvenir aux oreilles.

— Hé, faites attention, il y a une corde sur le chemin. Ne trébuchez pas sur la souche! Attention au poteau!

Elle fit semblant de ne rien entendre mais, du coin des yeux, elle aperçut trois adolescents qui l'observaient et souriaient chaleureusement. Ils étaient allongés dans le tipi voisin dont la porte était levée pour aérer la tente. Personne n'eut besoin de lui expliquer qui ils étaient. C'étaient sans doute des frères ou des cousins de son mari qui essayaient de plaisanter avec elle. Leur attitude aurait pu être jugée impolie s'ils avaient été des étrangers, mais c'était leur privilège de chahuter ainsi avec la femme d'un frère ou d'un cousin pour lui donner la chance de répondre sur le même ton enjoué si elle en avait envie. Une certaine insolence leur était permise. « Dommage, semblaient-ils vouloir dire, notre frère (ou cousin) a épousé une lève-tard qui se promène à moitié endormie. Il faut la prévenir du danger! »

Ils espéraient que Nénuphar répondrait à leurs plaisanteries quand elle saurait qui ils étaient. Pour eux, c'était une façon de se présenter et de découvrir si elle était ou non d'humeur joyeuse. Ils ne cherchaient qu'à s'amuser et à la faire rire, si possible.

Par une chaude soirée, Nénuphar découvrit un autre de ses beaux-frères. Elle était assise près de son tipi quand un enfant de deux ans s'approcha d'elle, en lui tendant un présent, un morceau de feuille. En le lui donnant, il trébucha et tomba à ses pieds. Nénuphar le releva et l'installa sur ses genoux. Une de ses belles-mères, qui préparait le repas sur un feu de camp, appela l'enfant:

— C'est bien, maintenant, fais-lui un câlin. Quand tu seras grand, elle quittera peut-être Cheval Sacré pour t'épouser. Elle est beaucoup trop belle pour lui de toute façon.

Ce fut ainsi que Nénuphar découvrit son petit beau-frère.

Avant qu'une lune complète se fût écoulée, elle avait une bonne notion de ses devoirs envers sa nouvelle famille. A part ceux qui avaient le droit de plaisanter avec elle, les autres gardaient une relation polie, comme son beau-père et ses trois femmes, par exemple. Ils devaient rester distants et serviables, et leurs marques de respect se manifestaient en ne formulant pas d'exigence et en ne requérant jamais inutilement son attention. Nénuphar remplissait le même rôle envers eux.

Malgré les règles qui régissaient les comportements de la

belle-famille, Taluta, la première femme de Bon Chasseur et véritable mère de Cheval Sacré, transgressait parfois la loi en s'adressant directement à Nénuphar sur un ton amical, à la grande surprise de la jeune femme qui n'avait jamais vu personne se jouer ainsi des tabous. Effectivement, Taluta était souvent critiquée pour cette attitude.

— Tu prends trop de libertés, à parler si librement à la femme de ton fils.

— Et alors? Pourquoi s'embarrasser des règles? Après tout, ce n'est qu'une enfant, et elle est loin de son peuple. Elle doit se sentir bien seule parfois. Si je peux la distraire, je ne vois pas le mal à ça.

Souvent les deux femmes bavardaient ensemble de choses et d'autres, la plus âgée prenant le plus souvent la parole et se conduisant plus comme une véritable mère que comme une belle-mère. Cette relation se poursuivit jusqu'à ce que Nénuphar se sente plus à l'aise. Un jour, elle s'extasia devant l'énormité du tipi de Bon Chasseur. Effectivement, il avait besoin d'une très grande tente pour abriter ses trois familles, bien qu'à présent deux de ses enfants, Cheval Sacré et sa soeur, Echo, fussent mariés et eussent leur propre tipi tout près de là.

— Oui, il est très grand, répondit la belle-mère. Il a fallu trente-six immenses peaux de bison pour le réaliser. Et il en a fallu des heures et des heures de travail pour les coudre ensemble! Des femmes sont venues nous aider et nous avons organisé chaque jour des fêtes en leur honneur. Ton beau-père est allé choisir les mâts dans les Collines Noires, et ce sont ses fils et ses neveux qui sont allés les couper. Le vieil oncle, qui est un expert dans ce genre de travail, a enlevé l'écorce et les a taillés. Il a fait sécher le bois pendant très longtemps avant qu'on puisse l'utiliser.

— Le nôtre avait dix-neuf mâts, rétorqua Nénuphar, et celui de mon oncle, vingt-trois. Il était plus grand, car il avait toujours beaucoup d'invités en tant que chef du tiyospaye.

La belle-mère poursuivit en racontant que le tipi de Bon Chasseur nécessitait trente-quatre mâts, sans compter les deux poteaux extérieurs qui soutenaient l'auvent, et que seuls des hommes pouvaient monter la tente. Des femmes n'auraient jamais été capables d'ériger un tipi aussi gigantesque.

Dès le début, Nénuphar avait été étonnée de voir qu'à l'arrière, ainsi qu'à l'avant, au-dessus de l'auvent, ce tipi semblait composé de deux moitiés montées séparément et reliées par des attaches de bois. Le mât de soutien se serait brisé s'il avait dû supporter à lui seul un tel poids. L'intérieur semblait excessivement spacieux. Un jour qu'il n'y avait personne, Nénuphar y était entrée et l'avait arpenté: le tipi faisait plus de seize pas de large!

Chaque épouse possédait son propre compartiment qu'elle partageait avec les enfants en bas âge, tandis que la première épouse occupait la place de l'hôtesse, tout de suite à la droite de l'entrée. Bon Chasseur avait son propre espace, ainsi que les aînés des enfants. Trois jeunes fils de la seconde femme partageaient une chambre, et les six filles, l'une d'elles étant une cousine hébergée par la famille, se répartissaient dans deux chambres séparées. Il y avait aussi un ou deux grands-parents et, en général, un oncle et sa femme, ou un couple de la famille élargie qui vivaient aussi au tipi. Il y avait de la place pour tous. Parfois aussi, un voyageur étranger cherchait un abri pour la nuit. Cela faisait la fierté de Bon Chasseur de ne jamais renvoyer personne sans lui avoir offert au moins un repas.

La place d'honneur, toujours bien rangée, était décorée d'un rideau qui courait sur tout l'arrière, et des sacs et des objets relevaient encore le décor. Chacun se tenait à sa place, et calme et dignité régnaient dans le tipi, bien qu'il fourmille toujours de monde.

Les femmes, deux soeurs et leur cousine, se partageaient la responsabilité des repas. Celle qui n'avait rien de précis à faire se mettait naturellement à la cuisine. Elles se partageaient également l'éducation des enfants, car elles étaient toutes leurs mères. En fait, si on ne les connaissait pas bien, personne ne pouvait dire qui était le fils naturel de qui, sauf pour les nourrissons.

Bien sûr, Nénuphar avait déjà entendu parler de polygamie, mais cela n'existait pas dans le tiyospaye de son oncle. C'était la première fois qu'elle rencontrait une telle situation dans son entourage immédiat, et elle trouvait que cela formait une famille harmonieuse. Les femmes partageaient les corvées familiales, elles se relayaient dans l'affection de leur mari et si, par moment, il semblait favoriser l'une d'entre elles, les deux autres en plaisantaient et laissaient passer ce mauvais moment.

Mais bien que les femmes vivent sur un plan d'égalité en un sens, c'était la première femme, Taluta, qui avait la préséance. Un jour, sûre d'elle, elle confia à Nénuphar qu'elle avait été achetée. Plus tard, les parents avaient offert la plus jeune soeur pour qu'elle puisse rester près de son aînée et bénéficier de sa protection. C'était une coutume fréquente, surtout si la jeune fille était orpheline de mère et avait besoin des conseils et de la protection d'une aînée. Plus tard, une jeune cousine était venue rejoindre la famille sur les mêmes motifs.

Nénuphar avait connu des hommes importants, comme des chefs, des sorciers, des chasseurs, qui pouvaient répondre aux besoins de plus d'une femme et d'une famille au même moment. Elle avait même entendu parler d'un homme saint chez les Santees dans l'est lointain, qui avait neuf femmes! Arc-en-Ciel l'avait rencontré un jour. Sans cela, Nénuphar aurait cru que ce n'était qu'une légende. A présent, son propre beau-père avait trois femmes, trois familles et tout se passait bien. Elle le signala, aussi poliment que possible.

— Si tu étais arrivée quelques années plus tôt, répondit la première femme en riant, tu aurais trouvé quatre femmes.

Elle expliqua que la quatrième, une totale étrangère, était si capricieuse que Bon Chasseur l'avait renvoyée dans sa famille.

Taluta, la première épouse et femme achetée, était si sûre d'elle qu'elle en devenait parfois un peu tyrannique. Pourtant, elle était gentille et maternait tout le monde à sa manière un peu rude. D'une corpulence et d'un coeur généreux, elle s'occupait impartialement du bien-être de son mari, de ses femmes, et de leurs enfants, aussi bien que des siens propres. Jamais mesquine, elle était toujours juste et bonne et gérait bien son monde.

Pleinement maîtresse de la situation, au moment de donner

une fête en l'honneur du mariage de Nénuphar et Cheval Sacré, Taluta fit preuve d'une générosité comme on avait rarement eu l'occasion d'en voir dans le cercle du village. « Venez prendre la main de ma belle-fille », disait-elle aux invités à qui elle offrait de somptueux présents en l'honneur de Nénuphar.

Un jour, Bon Chasseur décida de construire une cache pour les réserves de nourriture, afin de ne pas être dans le besoin au temps des vaches maigres qui ne manquait jamais d'arriver. Ce fut à cette occasion que la première épouse put déployer toutes ses facultés d'organisation qui impressionnèrent beaucoup Nénuphar. Grâce à elle, tous les membres de la famille savaient ce qu'ils devaient faire.

C'était surtout par peur que Bon Chasseur voulait emmagasiner des provisions. Contrairement au peuple de Nénuphar, qui vivait en paix dans une contrée éloignée, le village baignait dans l'inquiétude permanente. Tout le monde parlait de l'homme blanc et des conséquences de sa présence sur les réserves de nourriture. « Ils sont de plus en plus nombreux et ils menacent nos troupeaux. Ils massacrent nos amis (les bisons) impitoyablement et les laissent pourrir dans les plaines. Pour qui se prennent-ils, à faire un tel gâchis? Ce ne sont plus des enfants, pourtant! Ils ont perdu la tête! Si cela continue, nous finirons tous par mourir de faim! » Ainsi s'exprimaient les hommes de la tribu, tenant les mêmes propos plus ou moins virulents. Pour les plus optimistes, il semblait impossible que les immenses troupeaux qui parcouraient les plaines disparaissent ainsi, et ils n'arrivaient pas à croire qu'on massacre des animaux pour le simple plaisir, pourtant le conseil du campement était rongé par la crainte.

Bon Chasseur qui redoutait le pire convoqua son tiyospaye.

— Ma famille, tout ce que nous entendons ne me dit rien de bon, mais un sage sait se défendre, ou du moins il essaie. S'il échoue, il aura au moins la consolation d'avoir fait des efforts. J'ai l'intention de préparer une cache à l'ancienne mode et d'y conserver le plus de viande possible. Je vous conseille de vous joindre à moi dans cet effort. Apportez aussi d'autres nourritures et des fruits de la terre. Ainsi, pour un moment, pourrons-nous encore manger, avant de mourir.

Il se tourna vers les femmes qui se tenaient toutes ensemble à cette réunion publique, y compris ses femmes et ses belles-filles, et poursuivit:

— Les hommes amasseront le plus de provisions possible, et leurs femmes les prépareront en plus de leurs tâches quotidiennes, elles découperont la viande et la feront sécher. Quand tout sera prêt, nous dissimulerons les réserves dans autant de caches qu'il faudra. Il y aura de la place pour chaque famille. Les provisions seront rangées et porteront les marques distinctives de chaque femme. Quand les temps seront difficiles, il faudra bien continuer à se nourrir et à offrir l'hospitalité aux visiteurs.

Aussitôt, les chasseurs partirent pour aller chercher autant de gibier que possible, et les femmes travaillèrent chaque jour jusqu'à la tombée de la nuit pour découper la viande à la forme adéquate. Pendant ce temps, les vieux, qui connaissaient bien cet art, allèrent à la recherche d'un endroit isolé pour préparer la cache. Ils creusèrent un trou rond de la profondeur d'un bras, assez large pour laisser passer un homme. A partir de là, ils l'élargirent progressivement, tout en continuant à creuser. Ceux qui travaillaient au fond mettaient la terre dans des peaux, et ceux qui restaient en surface allaient la disperser sous les buissons afin que personne ne puisse soupçonner la présence de la cachette. Quand ils eurent fini, il n'y avait plus qu'une chambre souterraine parfaitement propre qui ressemblait à une immense jarre enfoncée dans le sol.

Les femmes travaillaient rapidement à préparer la viande. Après l'avoir coupée en lamelles, elles la suspendaient sur des perches horizontales et la laissaient sécher toute une journée au soleil et dans le vent. Ensuite, on pouvait la fouler. On étendait un tapis de feuilles vertes sur l'herbe sur lequel on déposait les lamelles à plat. On recouvrait la viande avec d'autres feuilles et on abritait le tout sous une peau. L'opération pouvait maintenant commencer.

De jeunes garçons, de quinze ou seize ans, prirent un bain de vapeur et chaussèrent des mocassins neufs. Toute la journée, ils piétinaient la viande protégée par la peau. Parfois, ils travaillaient ensemble et marchaient en cadence, parfois, ils se relayaient et s'arrêtaient de temps en temps pour manger et se reposer. Pourtant, le piétinement ne devait jamais cesser et, quand ils ralentissaient le rythme, les grands-pères, qui n'avaient plus d'autres forces que celle de la parole, les encourageaient ou se moquaient d'eux joyeusement.

— *Ecaaa*! Nous, quand nous battions la viande..., disaient-ils en vantant l'énergie inépuisable de leur enfance. Quand j'avais votre âge... Ah, la jeunesse d'aujourd'hui n'a rien dans le ventre...

Pour défendre leur génération, les garçons piétinaient avec plus de vigueur pour ne plus s'entendre dire que les jeunes n'étaient plus ce qu'ils avaient été. Quand les vieux jugeaient que cela suffisait, les adolescents se sentaient vraiment soulagés. C'était un dur labeur en plein soleil.

Cette opération se répétait quotidiennement. Battre la viande avait deux fonctions: cela aplatissait les lamelles et cela faisait sortir les restes d'humidité qui persistait malgré le séchage au soleil. Ensuite, on suspendait de nouveau la viande pour qu'elle finisse de sécher. Jour après jour, on la laissait dehors jusqu'au coucher du soleil.

On pratiquait ainsi avec chaque nouvelle ration de viande jusqu'à ce que la première femme la déclare prête à être stockée. A ce moment, sa couleur brune à l'origine s'était transformée en une teinte grisâtre. Les milliers de pas avaient totalement brisé les fibres et les avaient rendues douces et souples, ce qui n'était pas le cas au départ. Ainsi attendrie, la viande se mangerait plus facilement après la cuisson. Pourtant, toute cette entreprise était une lourde tâche dont on n'apprécierait les bénéfices que dans un avenir lointain.

Les femmes emballaient leur viande dans des enveloppes de peau, dont elles liaient les quatre côtés en lui donnant une forme oblongue, de la taille d'un bras de femme. Les côtés étaient peints de couleurs vives avec un motif distinctif, qui, une fois l'enveloppe fermée, donnait un dessin harmonieux. Ces enveloppes allaient par paires parfaitement identiques qu'on attachait ensemble. Si une femme avait plus d'une paire d'enveloppes, elle les décorait toutes du même dessin, afin de pouvoir les identifier. Ainsi, chaque famille retrouverait facilement ses provisions. Dans la cache, les paquets étaient disposés de façon qu'on puisse en prendre un sans déranger les autres.

Pour ranger les paquets, un homme entrait dans la cache en descendant le long d'un poteau. Il les recevait et les disposait soigneusement tout autour de la paroi en formant une spirale et en laissant un espace entre chaque paire, si bien que si une famille devait avoir recours à ses réserves avant les autres, elle pourrait se servir facilement, le reste retombant immédiatement en place. Quand l'homme avait terminé, on l'aidait à sortir du trou.

Au-dessus de la cache, on avait enlevé la tourbe par grandes plaques laissées intactes. Après avoir suffisamment étayé la cache en dessous, les hommes la remettaient en place, en colmatant les sutures avec de la terre, de l'herbe et des graviers, si bien qu'un homme non averti aurait eu du mal à comprendre ce qui lui arrivait s'il marchait à cet endroit précis. Malgré tout, même dans un endroit aussi isolé, cela pouvait se produire: c'était un risque à courir.

Pendant tout ce travail, les femmes restaient ensemble, à l'écart des hommes. Nénuphar apercevait son mari au loin, et parfois ils échangeaient quelques mots s'ils devaient s'atteler ensemble à une tâche. Pourtant, la coutume voulait que les hommes et les femmes ne se mêlent pas en public. Les époux n'exigeaient pas l'attention exclusive de leur partenaire. Sans cesse conscients de la présence des autres, ils s'adaptaient à la vie commune. Nénuphar ne demandait pas plus d'attention de la part de son mari que les autres femmes des leurs; d'ailleurs, elle n'avait pas envie d'effusions en public, cela l'aurait gênée plus qu'autre chose.

Ce n'était qu'à l'intérieur de leur tipi qu'ils se retrouvaient. Là, ils partageaient les repas et dormaient. Mais même dans l'intimité, ils ne parlaient pas librement. Nénuphar gardait le silence à moins que son mari ne lui adresse la parole le premier. Parfois, il s'inquiétait... Il n'aurait peut-être pas dû l'amener ici. Peut-être le coeur de sa femme était-il ailleurs...

Pourtant, elle partageait sa vie sans émettre d'objections. Elle était travailleuse et son petit tipi, que ses belles-mères avaient installé pour elle à son arrivée, était toujours bien rangé. Il était très harmonieux, avec ses décorations de peaux blanches, bien proportionné, et donc très stable. Quand la forme était bien choisie, le tipi était solide et s'ancrait également dans le sol, sinon il laissait prise au vent et aux orages. Le tipi de la jeune mariée était décoré de cordes tressées somptueuses et d'autres ornements. Il y faisait très clair. Nénuphar redoutait l'approche de l'hiver, car il faudrait faire du feu et les fumées finiraient par noircir le sommet du tipi dont la clarté sous le soleil faisait sa fierté. Pour le moment, elle n'avait presque jamais été obligée de faire de feu, pas même dehors pour la cuisine, car, à l'heure des repas, tandis qu'elle travaillait toujours, on lui apportait des mets cuisinés pour elle et son mari. C'étaient les membres de sa belle-famille qui s'en chargeaient, afin de lui manifester leur politesse. En fait, c'était aussi bien comme ça, car Nénuphar était toujours fatiguée après une journée de dur labeur.

Agréable conséquence d'avoir un bon chasseur pour époux,

la préparation de la viande semblait être une tâche sans fin. Pourtant, il était hors de question de la négliger. Souvent, sa mère lui avait parlé du travail et s'était moquée des épouses paresseuses. Comme Nénuphar se consacrait à ses tâches domestiques sans regimber, la famille de son mari vantait ses louanges auprès de leurs amis. « Ma belle-fille est travailleuse et elle a beaucoup de talent pour les travaux féminins. C'est elle qui m'a fait ça », disait la première femme de Bon Chasseur en montrant son pied joliment chaussé dans un mocassin aux fines décorations. Mais elle n'en parlait jamais qu'en l'absence de Nénuphar.

En sa présence, on ne faisait que très rarement allusion à ses talents, sauf pour lui dire qu'elle en faisait trop et devrait se reposer. C'était un moyen de lui faire des compliments indirects, sans manifester ni surprise ni reconnaissance. Tout autre attitude aurait impliqué qu'ils ne croyaient pas le tiyospaye de Nénuphar capable de donner une fille aussi douée.

Toujours occupée et bien traitée, Nénuphar s'habituait à son nouvel environnement, mais soudain elle fut frappée par le mal du pays. Tout commença le jour où elle vit son beau-père natter tour à tour la chevelure de ses trois femmes. Assis à côté de sa deuxième femme, il défit sa natte, coiffa gentiment les cheveux, les huila, et les natta de nouveau. Toutes ses femmes avaient des cheveux très longs. Il en était fier, car c'était un signe de beauté. Pendant tout ce temps, il plaisantait agréablement avec elles.

Cette semi-intimité traduisait des relations idéales entre époux. Nénuphar se souvint qu'Arc-en-Ciel lui aussi tressait ainsi les nattes d'Oiseau Bleu. Tout cela lui paraissait très loin, dans son enfance lointaine. C'était une marque d'affection, la seule démonstration de tendresse entre mari et femme qu'un étranger fût autorisé à voir, car les baisers ou les enlacements n'étaient pas tolérés en public.

Ce genre de scène se produisait rarement. Elle était toujours accomplie de manière calme et détendue, pourtant, cela ne faisait pas partie d'une routine. Aucune marque d'affection n'était jamais exigée ni considérée comme acquise. Une épouse ne s'offusquait jamais si un mari négligeait de lui tresser les cheveux ou de prêter attention à elle. Parfois, les hommes étaient trop occupés ou trop soucieux pour apprécier ces gestes. Ces manifestations de tendresse ne devaient jamais devenir une corvée journalière. Ni la femme ni l'homme n'en aurait plus tiré aucune satisfaction.

En assistant à la scène de loin, Nénuphar se sentit envahie par une profonde nostalgie. A la place de son beau-père, il lui semblait voir Arc-en-Ciel bavardant tranquillement avec Oiseau Bleu, tout en la coiffant et en passant ses doigts dans les longues mèches. « Mon mari me coiffera-t-il un jour? » songea-t-elle. Elle savait que certains hommes ne s'occupaient jamais des cheveux de leur femme, même s'ils l'estimaient beaucoup.

Elle était sûre de ne pas en avoir envie, pas avant d'être très vieille, du moins. Pour le moment, il serait insensé qu'il prenne une telle initiative, ce serait si ridicule qu'elle en mourrait! Les jeunes mariés ne se laissaient pas aller à de telles démonstrations. Ils se traitaient avec respect et déférence, en public comme en privé.

Non, ce n'était pas de se faire coiffer que Nénuphar avait

envie mais de retourner chez elle! Cela faisait trois lunes qu'elle vivait ici, et elle n'avait aucune nouvelle de sa famille. Elle était impatiente de les revoir mais, en même temps, elle avait peur de leur faire traverser seuls le gigantesque désert qui séparait son ancien village du nouveau campement. Si jamais ils montaient leur tipi en chemin et que... Non! Il ne fallait pas qu'elle laisse déborder son imagination. Elle savait ce qu'était une attaque. Sa mère avait perdu ses parents ainsi, et elle-même un jour y avait échappé de justesse, grâce à la présence d'esprit d'Arc-en-Ciel, le jour où Petit Chef avait réussi son premier coup.

Alors que son inquiétude secrète atteignait son paroxysme, des voyageurs vinrent annoncer qu'Arc-en-Ciel avait dû retarder sa visite car son vieux père agonisait. Nénuphar savait quelle douleur son père devait éprouver, elle aussi chérissait son grand-père. Comme elle aurait voulu être près de lui, pour le soutenir! Elle ne supportait pas de le savoir mourir si loin d'elle. Des larmes se mirent à couler sur son ouvrage délicat.

— Ne pleure pas, ma soeur, dit la femme du cousin de son mari. (Les femmes des frères ou des cousins étaient considérées comme des soeurs dans les relations sociales.) Ne pleure pas, je sais que les mauvaises nouvelles sur la santé de ton grand-père t'affligent beaucoup, mais il n'y a que les morts qui méritent qu'on verse des larmes, car la mort est définitive. Ton grand-père guérira peut-être. Réjouis-toi, personne n'est mort.

Elle poursuivit après une pause:

— C'est peut-être un mauvais pressentiment qui te rend si

anxieuse, quelque chose qui trouble ton esprit, distord ton visage et fait couler les larmes sur tes joues. A moins que tout ton corps ne tremble comme si des mains invisibles voulaient te toucher? Tu as entendu quelque chose tinter à tes oreilles?

Nénuphar se souvint que, la nuit précédente, alors qu'elle était seule, l'oreille gauche tendue en direction de son ancien village, elle avait entendu une sonnerie retentir au loin. Il lui semblait que le son transperçait son corps.

— Oui, c'est *ça*, ce sont les mauvaises nouvelles que tu viens d'apprendre, s'écria la soeur, enthousiasmée par la justesse de son diagnostic. Tu ne comprends donc pas? Tes lèvres n'ont pas tremblé là où ta mère t'a embrassée, les bras dans lesquels tu as porté ton petit frère et ta petite soeur ne se sont pas contractés, ni les épaules par lesquelles ta famille t'a enlacée, même tes yeux ne pleurent plus! Tu vois! s'exclama-t-elle parfaitement convaincue avant de se lancer dans une explication plus rationnelle. Même si ton grand-père doit mourir, pour lui, c'est mieux comme ça. Il est vieux et aveugle. Il attend sûrement la mort avec impatience. Tu ne dois pas être triste. Nous mourrons tous un jour...

Pourtant, pour Nénuphar, cet incident marqua un tournant. Auparavant, elle s'était totalement consacrée aux relations avec les membres de sa grande belle-famille. Elle avait réussi, et pourtant elle ne se sentait pas heureuse, bien que tout le monde se montre respectueux et amical avec elle. Quelque chose n'allait pas. Ce n'était pas la faute de Cheval Sacré. Ils ne se connaissaient toujours pas très bien, mais il était doux et gentil avec elle et parait à tous ses besoins. Elle avait tout ce qu'une femme aurait pu souhaiter. Qu'est-ce qui la tourmentait?

Soudain, elle trouva la réponse. Ses parents lui manquaient, les gens auxquels elle était liée par le sang. Ici, elle ne s'était créé des liens que par l'intermédiaire du mariage. Son mari, lui, était chez lui, il était libre de se montrer lui-même en présence des autres, mais pas elle. Bien sûr, c'était parfaitement normal. Toute sa vie, elle avait connu ces relations de discrétion et de politesse, mais à présent qu'elle-même se trouvait placée dans cette situation, elle la trouvait difficile à vivre, surtout si loin des siens.

Elle avait besoin des relations familiales dont Cheval Sacré jouissait dans son tiyospaye, elle avait besoin d'une affection parentale qui lui permettrait de se laisser aller à ses humeurs sans contraintes. Les parents, les oncles, les tantes, les grands-parents étaient toujours là pour vous consoler, voire même vous gâter un peu. Avec eux, on pouvait parler franchement, insolemment même, dire des bêtises aussi, on était sûr d'être compris. Nénuphar regrettait aussi l'absence de ses frères, de ses cousins, toujours prêts à la protéger et à lui conférer un statut social. Sans eux, elle se sentait en danger vis-à-vis de... elle ne savait pas quoi, mais elle était seule et vulnérable.

Peu de gens faisaient preuve d'assez de caractère pour transgresser les règles familiales comme le faisait la première femme pour que sa bru se sente à l'aise. Nénuphar lui en était reconnaissante, mais cela ne suffisait pas. Vis-à-vis de son aînée, elle n'osait pas briser les règles et se conduire comme une enfant insouciante auprès de la mère de son mari.

Si détendue que Taluta se montre avec sa belle-fille, la femme de son fils n'était que sa bru. « Si seulement il y avait un seul membre de ma famille dans le village, un seul avec lequel je puisse être moi-même! Un seul parmi eux! » songeait Nénuphar.

Un jour, telle une réponse à sa prière intérieure, un homme et une femme vinrent la voir et l'appelèrent « ma fille ». La femme l'embrassa avec une affection maternelle.

— Ma fille, expliqua-t-elle, en rentrant chez nous hier soir, nous avons appris que tu étais devenue la femme de Cheval Sacré. Tu es entre bonnes mains, ma fille, car tu es entrée dans une famille valeureuse et juste et tu seras toujours bien traitée. Et ils seront fiers de toi, je suis sûre qu'ils le sont déjà. C'est ton frère, Feuille Rouge, qui nous a appris la nouvelle, ajouta-t-elle en offrant des présents et de la nourriture.

Feuille Rouge? Mon frère? Nénuphar se demanda où elle avait déjà entendu ce nom. Tout lui revint soudain. Bien sûr, Feuille Rouge était le petit garçon qu'Ohiya avait rencontré dans une réunion tribale, juste avant la visite au village de Palani. Les deux enfants s'étaient immédiatement pris d'affection l'un pour l'autre et Ohiya, toujours prêt à aller jusqu'au bout, avait conclu un pacte avec son camarade de jeu. Essoufflé et solennel, il était venu annoncer à la famille : «Nous sommes devenus des kolas!» Oiseau Bleu et Arc-en-Ciel, un peu dubitatifs, avaient accepté la nouvelle, et avaient rappelé qu'un tel lien était réservé aux adultes qui pouvaient faire face à toutes les obligations qu'il imposait. «Quand tu auras grandi, tu t'apercevras peut-être que tu as commis une erreur », avait répondu gentiment Oiseau Bleu.

Cela ne suffit pas à dissuader Ohiya. Ce n'était rien d'autre qu'un enfant qui essayait d'imiter les adultes, mais aujourd'hui, cette décision tournait à l'avantage de Nénuphar, car il y avait enfin quelqu'un qu'elle pouvait appeler « père » et «mère».

« On dirait que notre fils prend les choses sacrées à la légère », avait dit Arc-en-Ciel à Oiseau Bleu, mais les parents de Feuille Rouge avaient pris l'affaire au sérieux, si bien qu'il y avait même eu un échange de présents. Ensuite, les deux kolas s'étaient séparés, pour ne plus jamais se revoir semblait-il, du moins plus en tant que compagnons de jeu.

— Ma fille, poursuivit la femme, nous serions venus te voir plus tôt, mais nous sommes allés dans les Collines Noires où ton père a un homme blanc pour ami. On l'appelle Grand Maigre, et ce nom lui va bien, car il est grand, mince et paraît très faible. Mais il est si dynamique! C'est inimaginable comme il travaille dur. Chaque fois qu'il s'en va loin vers le lever du soleil, nous allons garder sa cabane. Quand il revient, il nous apporte des présents, comme ces merveilleux plats que je suis venue t'offrir.

Nénuphar avait du mal à imaginer qu'un Dakota et un homme blanc puissent être amis.

— Et mère, cet homme blanc, demanda-t-elle, vous êtes sûr qu'il est loyal envers mon père dans son coeur? Comment mon père peut-il le savoir, puisqu'il ne parle pas sa langue?

— Ah, mais si! dit la femme très fière d'elle. Allez, dis quelque chose pour elle, demanda-t-elle à son mari.

— Euh, répondit l'homme en s'éclaircissant la gorge. Moi, il m'appelle « injun », ça veut dire dakota, dans son langage.

Et puis, mon ami parle un peu notre langue et nous nous comprenons très bien. Oui, nous sommes de vrais amis.

— Il a offert de nombreux présents à ton père, reprit la femme. J'ai une couverture de laine rouge pour toi. Il lui a donné des couteaux et des cuillers, du tissu rouge et bleu, et même un métal sacré (fusil) pour tirer.

Quand ses nouveaux parents se préparèrent à partir, après avoir goûté les mets délicieux qu'elle leur avait préparés, la femme reprit la parole.

— Ma fille, nous habitons de l'autre côté du cercle, viens passer la journée en famille quand tu veux. Tu vois le plus grand tipi, celui qui est peint en bleu? Eh bien, ce n'est pas celui-là, mais celui juste à gauche, un tout petit peu plus petit.

C'était l'habitude de désigner les choses par élimination, pas celui-là, ni celui-ci, mais l'autre.

— Viens nous voir souvent, ajouta le père. Tes mères et tes tantes te prépareront tes plats préférés. Tu as des pères et des oncles, des frères et des soeurs, et surtout Feuille Rouge. Tu as des fils, des filles, des nièces et des neveux... et beaucoup de grands-parents. Ils sont tous impatients de te rencontrer.

Ils s'étaient déjà éloignés de quelques pas quand la femme se retourna:

— Ah, j'oubliais, tu as aussi une petite-fille. Le fils de ta soeur aînée est devenu papa d'une petite-fille hier, viens la voir très vite.

L'un derrière l'autre, l'homme devant, ils traversèrent la place. En les regardant aller chez eux, Nénuphar se sentit enfin soulagée. A partir de maintenant, tout serait plus facile.

Elle avait trouvé des gens avec lesquels elle pourrait être elle-même, sans plus se soucier de conserver sa dignité. La famille était constituée de deux types de liens, les liens du sang, et les liens du mariage. Dans le premier cas, on pouvait de temps à autre jouer l'enfant, dans l'autre, il fallait conserver sa position d'adulte, simple question de respect de soi-même, une fois qu'on avait accepté un tel rôle. Nénuphar avait été longtemps confinée dans un seul type de liens, à présent qu'elle avait retrouvé son complément naturel, tout se passerait bien. Mieux valait multiplier les contacts, et trouver un équilibre entre les deux modes de relations familiales.

Peu importait que ses nouveaux parents ne ressemblent en rien à ses parents naturels. Ils étaient plus âgés et beaucoup moins beaux qu'Oiseau Bleu et Arc-en-Ciel, mais elle n'avait pas envie de faire de comparaisons. C'est ce qu'ils symbolisaient et ce qu'ils offraient qui comptait. Etre une belle-fille respectée était un avantage, la déférence qu'on lui manifestait était un plaisir toujours renouvelé, et elle n'éprouvait aucune difficulté à la rendre. Elle avait été trop bien élevée pour commettre des erreurs. Mais à présent, elle pourrait de temps en temps oublier la politesse et devenir le véritable enfant de quelqu'un et elle en était heureuse. Si seulement Oiseau Bleu et Arc-en-Ciel venaient enfin et renouaient les liens avec cette nouvelle famille locale, cela serait parfait.

Soudain, elle se souvint de la raison qui les empêchait de venir et repensa à son grand-père malade, mais elle ne se sentit pas aussi triste qu'auparavant..

15.

La femme dakota ne se laissait pas aller aux confidences entre femmes et ne passait pas son temps à analyser les moindres faits et gestes de son couple. Elle ne partageait aucun secret intime, que ce soit sur des faits agréables ou désagréables. Elle vivait et mourait avec ses secrets. Son seul problème consistait à garder sa dignité. Elle ne devait pas risquer d'être la risée des autres femmes qui se seraient moquées de son manque de discrétion.

Que le mariage soit une réussite ou un échec, à l'extérieur, elle devait toujours se montrer calme, attitude qui empêchait qui que ce soit, y compris son mari, de deviner ses véritables sentiments. Si la vie de couple lui était odieuse, elle s'en allait simplement, sans un mot d'explication. Si on la pressait de questions, elle se contentait de répondre: « Il ne m'était pas agréable... C'est pour ça... » Ses motivations étaient assez claires. Pour elle, il n'y avait aucune nécessité économique pour endurer ses souffrances en silence. Elle savait que ses cousins et ses frères pouvaient s'occuper d'elle et que sa famille accepterait toujours de la reprendre en son sein. Elle n'avait pas besoin de rester pour se faire entretenir par son mari.

Il n'y avait non plus aucune raison de se vanter de son état de femme mariée. Il n'y avait aucun triomphe particulier à en tirer, car la formule consacrée disait bien: « L'homme conquiert, la femme succombe ». Ce n'était jamais elle qui choisissait, que l'homme se vante, lui, s'il y avait lieu de se vanter. Si la femme jouait les importantes parce qu'elle était mariée, elle s'attirait le ridicule plus que l'admiration ou l'envie. N'importe quelle femme arrivait toujours à épouser quelqu'un, et le mariage pour les femmes était la règle. Il n'y avait aucune distinction particulière dans ce fait.

Ce qui motivait cette réserve, c'était surtout la présence de la famille. Quelle que soit la personne à qui la femme fasse ses confidences, quoi qu'elle raconte sur la relation avec son mari, cela finirait toujours par parvenir aux oreilles de la famille de celui-ci, en particulier à ses soeurs et à ses cousines, et elles seraient choquées du manque de respect qu'impliquaient ces propos. Elles ne pardonneraient jamais à une femme qui ridiculisait un des leurs, ou pis encore. Il faisait partie de leur devoir de l'honorer et de le soutenir en toutes circonstances. Et comme toute femme avait un frère ou un cousin à défendre, elles avaient toutes la même attitude à ce sujet. Les liens du sang une fois encore étaient les plus forts et interdisaient tout propos sur l'intimité conjugale.

Ayant grandi dans un milieu où ces idées prévalaient, Nénuphar ne pouvait s'empêcher de les respecter dans son propre couple. Elle ne s'était pas contentée d'absorber inconsciemment l'attitude de son environnement. Sa mère lui avait fait cent fois la leçon, souvent de manière un peu trop forte. «Quand tu te marieras, ma fille, souviens-toi que tes enfants doivent toujours passer avant toi. Les nouvelles vies comptent plus que les anciennes. Ne l'oublie jamais.

« Tu dois aussi honorer et respecter ton mari et ne jamais parler de ta vie avec lui. Une femme qui parle de son mari est déloyale envers lui et devrait avoir honte. Il faudra que tu acceptes ta nouvelle vie comme une femme mature, il ne suffit pas d'être gentille et obéissante. Ne te conduis jamais comme une gamine avec ton mari. Tu dois être une aide pour lui, pas un fardeau.

« Prends garde à ton attitude envers la famille de ton mari. Si tu commets des erreurs, ils penseront que tu ne connais rien aux règles familiales et ils regretteront vite que leur fils t'ait épousée. Sois toujours respectueuse, honore ta belle-famille en restant à distance. Garde ta réserve. Manifeste ta sagesse. »

Nénuphar avait suivi les conseils de sa mère presque sans effort. Il faisait partie de son privilège et de son devoir d'être timide et prudente en s'ajustant à sa nouvelle situation de belle-fille. C'était l'attitude qu'on attendait d'une jeune mariée, même si dans ce cas il faudrait du temps pour qu'elle se sente à l'aise et sorte de son mutisme. Le mari qui comprenait ces choses attendait patiemment et n'essayait pas de faire sortir son épouse de sa réserve était considéré comme un sage.

Pourtant, Cheval Sacré commençait à penser que sa femme

était particulièrement lente et inerte. Il ne savait jamais à quoi elle pensait, même s'il ne pouvait en fait la juger que sur ses comportements. Il était assailli de craintes. Etait-elle mélancolique? Regrettait-elle de l'avoir épousé? Ne la satisfaisait-il pas comme elle le satisfaisait? Ne se sentirait-elle jamais à l'aise avec lui?

Finalement, il alla voir son cousin, un homme plus âgé et plus expérimenté que lui:

— Cousin, je suis dans l'embarras. Elle ne me parle jamais si je ne lui adresse pas la parole le premier. Elle répond aisément, mais ce qui m'ennuie, c'est qu'elle ne commence jamais la conversation et qu'elle termine toujours la première. On dirait qu'elle a peur de parler librement. Tu serais étonné de voir le silence dans lequel on vit. Si cela continue, je me demande comment nous pourrons être heureux un jour.

Avant de donner des conseils, les hommes avaient l'habitude de réfléchir un peu. Le cousin finit par répondre :

— C'est toujours plus difficile pour un couple de jeunes mariés de s'habituer l'un à l'autre dans le tiyospaye de l'homme. Tu as commis une erreur en ne passant pas un peu de temps dans sa famille, elle n'aurait eu à s'habituer qu'à toi. Quand elle t'aurait connu un peu mieux, cela aurait été moins difficile pour elle de se faire accepter par sa belle-famille. Au début, moi, j'ai vécu dans le tiyospaye de ma femme, c'est moi qui étais timide, pas elle. Je pouvais facilement rester à l'écart, elle était toujours entourée de sa propre famille. Cela a été plus facile de commencer notre vie ensemble. Cela ne lui a pas pris longtemps de s'habituer à moi, car j'étais le seul étranger.

« Ne t'inquiète pas de la trop grande réserve de ta femme. N'oublie pas qu'elle a été achetée. Une femme qui se précipite dans le mariage en s'évadant avec son futur époux doit tout quitter pour apprendre à connaître son mari. Elle aurait du mal à jouer les timides après un geste aussi audacieux. Celle qui se marie par accord mutuel n'a que la moitié du chemin à faire, mais si la femme est achetée, c'est le mari qui doit faire tout le chemin. Il doit lui faire la cour après le mariage.

« Rassure-toi, cousin. Tu es encore bien jeune et tu ne connais rien aux femmes. Quand tu auras un enfant, tout s'arrangera. Même les femmes les plus timides retrouvent vite leur langue dans ce cas. Quand elles ont dans leurs bras un enfant affamé qui crie et qui les regarde, elles s'oublient complètement, tant elles sont prises par le désir de le réconforter. Alors, elles lui murmurent un flot de douces paroles à l'oreille, et bientôt, elles apprennent à parler! Attends, tu verras ce que je te dis. »

Cheval Sacré n'avait pas exagéré la vérité en s'adressant à son cousin. Il pouvait compter sur les doigts les fois où Nénuphar lui avait parlé spontanément et un peu longuement. Et pourtant, pour lui, ces moments étaient précieux. Il se souvenait parfaitement du jour mémorable où il avait tué une antilope et l'avait ramenée toute dépecée au tipi. Il était rentré, avait mangé le repas que sa femme lui avait préparé et s'était allongé de son côté du tipi.

— Ah, cela fait du bien de s'allonger un peu, avait-il dit avec un grognement de satisfaction en la regardant du coin de l'oeil.

Elle esquissa un vague sourire et baissa les yeux sur son ouvrage sans rien dire.

— Ah, si quelqu'un m'enlevait mes mocassins humides, frottait mes pieds endoloris et me peignait les plantes en rouge de cérémonie, cela serait parfait. Etre fait bien-aimé après cette journée épuisante!

Nénuphar sourit, une étincelle d'intérêt dans les yeux, mais elle se mordit la langue et baissa la tête, femme silencieuse recluse dans le coin des femmes. Il ne voulait pas vraiment qu'elle lui peigne les pieds, pas encore. Car c'était une coutume réservée aux couples âgés qui avaient appris à s'estimer après une longue vie de gentillesses partagées. Ce n'était pas plus une nécessité de routine pour la femme que coiffer les cheveux de son épouse n'en était une pour le mari. Un homme ne demandait jamais qu'on honore et qu'on soigne ses pieds. C'était un signe d'affection spontané toujours apprécié.

Cheval Sacré savait bien qu'ils étaient trop jeunes tous les deux et mariés depuis trop peu de temps pour ça, il avait simplement plaisanté, tant ce geste lui paraissait incongru entre eux. Après une longue pause il finit par briser le silence.

— Je suppose que tu ne sais pas ce que cela veut dire. On le voit rarement faire, et seulement chez des couples beaucoup plus vieux que nous.

Il abandonna là la conversation et se tourna vers la paroi du tipi. Inutile, elle ne parlerait jamais!

Pour une fois, Nénuphar prit la parole et se souvint doucement:

— Si, je sais. Ma mère le faisait. Je me rappelle d'un jour

en particulier. La chasse était mauvaise, et tout le monde s'inquiétait. Nous avions faim. Joli Sourire et Ohiya pleuraient et ma mère était très malheureuse, mais elle nous a fait appeler et nous a dit: « Mes enfants, votre père reviendra sans doute de la chasse bredouille, aujourd'hui encore. On dirait que tous les animaux ont disparu d'un commun accord. Nous serons sans doute obligés de nous contenter de purée de tinpsila (navets sauvages). Il sera épuisé après avoir cherché à nous rapporter de la viande toute la journée. Que diriez-vous si on lui peignait les pieds et si on lui mettait des mocassins neufs? »

« Nous avons oublié notre faim et nous nous sommes mis au travail. Tout le monde a participé. Mère est allée chercher de l'eau et Ohiya a parcouru la prairie pour ramasser des plantes fraîches et odorantes, avec des feuilles tendres pour essuyer et sécher les pieds de mon père. J'ai pris la peinture suspendue au mât du tipi et j'ai fait très attention en l'ouvrant, car c'était de la poudre. Je l'ai étalée pour qu'on puisse s'en servir facilement. Ma petite soeur, Joli Sourire, n'avait que trois ans, mais elle tenait les mocassins neufs. Quand mon père est arrivé, elle les lui a apportés tout de suite d'un air si solennel qu'elle en était drôle! dit Nénuphar en riant, oubliant pour une fois sa réserve.

« Mon père chancelait, tant il manquait de sommeil. Il était presque inerte de fatigue. Quand nous lui avons peint les pieds, il n'a rien dit, il a simplement gémi un peu. Mais on savait qu'il était heureux. Et en plus, il avait rapporté du gibier! Il était allé jusqu'aux grandes collines à l'horizon et avait porté un cerf sur son dos pendant tout le chemin du retour! Mais ce qui lui a fait le plus plaisir, c'est qu'on avait voulu faire de lui notre bien-aimé avant même de savoir qu'il nous rapportait de la nourriture. Je me souviens...»

Mais Nénuphar s'arrêta là. Elle était si surprise d'avoir parlé aussi longtemps qu'elle fut incapable de continuer. Il n'y avait que dans les moments de nostalgie qu'elle s'exprimait ainsi librement, d'une manière charmante.

— Il faut que je m'occupe de la viande.

Après avoir murmuré cette excuse, elle se glissa hors du tipi. Cheval Sacré s'endormit en espérant de futurs progrès. Il ne se réveilla que lorsqu'elle revint pour demander:

— Qu'as-tu fait de la peau?

— Je l'ai laissée près des chênes jumeaux. Je pensais que pour une fois tu pouvais te reposer au lieu de préparer peau sur peau. Cela te donne trop de travail. On peut bien se permettre de perdre une peau de temps en temps.

— Tu n'aurais pas dû. Tu dois ramener tout ce qui risque de nous servir. Ce n'est pas si difficile de tanner une peau. Et puis, nous en avons toujours besoin pour les vêtements et les tipis.

C'étaient des mots de reproche, bien sûr, mais ils traduisaient également sa joie de voir que son mari avait voulu lui épargner du travail. Néanmoins, elle ne se résignait pas à abandonner la précieuse peau en pleine nature. Pendant qu'il dormait, elle harnacha son poney et chevaucha rapidement sans parler de ses intentions à personne. Quand Cheval Sacré se leva et remarqua son absence, il se précipita vers les deux chênes, devinant qu'elle y était.

Elle avait déjà retiré la peau luisante de la haute fourchette formée par les troncs des arbres jumeaux où Cheval Sacré l'avait laissée, mais elle avait du mal à la faire tenir en place pour l'attacher sur son poney. Les peaux fraîches sont toujours un énorme poids mort et glissant. Dès que Nénuphar la mettait en place, celle-ci glissait de l'autre côté et elle était prête à abandonner lorsque son mari vint à son secours.

Quand ils furent prêts à rentrer au village, le crépuscule tombait. Dans la fraîcheur du soir, le chemin du retour fut très agréable. Au bout d'un moment, ils firent galoper leurs chevaux. Au début, Cheval Sacré retint sa monture pour laisser de l'avance à sa femme afin qu'elle ne se retrouve pas trop loin derrière. C'était inutile. Bientôt, il eut du mal à la rattraper. Elle était excellente cavalière, talent qu'il ne soupçonnait pas. Ses longs cheveux, qui s'étaient déliés pendant sa lutte contre la peau, flottaient dans l'air. Quand il s'approcha, elle levait son jeune visage et riait, libre comme le vent.

Ils ralentirent l'allure et chevauchèrent au pas pendant le reste du chemin. Le crépuscule avait cédé la place à la nuit, à peine éclairée par quelques étoiles qui semblaient hors de portée. Nénuphar parlait beaucoup, essentiellement de sa famille et de son enfance. Elle parlait toujours plus facilement une fois le soir tombé. Sa compagnie était fort agréable.

Ce fut quelques jours plus tard que, lorsqu'il rentra, Cheval Sacré trouva sa femme prête à sortir. Les cheveux d'un noir luisant et soigneusement nattés, une fraîche ligne de vermillon marquant la raie, elle s'était mis du rouge sur le visage et portait une jolie robe, l'une de celles que sa tante artiste, Femme de Rêve, lui avait données. Devant le tipi, des mets cuisaient sur le feu de camp.

— Eh bien, à quoi sert tout cela? demanda gentiment Cheval Sacré en s'asseyant devant le tipi pour prendre son repas. Nous donnons une fête?

— Non, répondit Nénuphar, j'ai préparé à manger pour notre mère, de l'autre côté du cercle. Elle donne une fête en l'honneur de sa petite-fille qui doit avoir les oreilles percées demain. Je ne sais pas très bien comment transporter ces chaudrons, ajouta-t-elle. Est-ce que tu pourrais m'aider?

Il ne répondit pas, mais après avoir donné à boire aux chevaux, il revint avec une solide perche de frêne qu'il passa sous les anses. Quand Nénuphar fut prête, elle prit l'une des extrémités tandis que son mari tenait l'autre, partageant ainsi le poids également.

Bien qu'il y ait déjà abondance de nourriture apportée par les voisins et amis, la mère fut ravie, car les plats de Nénuphar étaient si délicats, si conformes aux lois sociales qu'elle fut fière de sa fille.

— *Hinun*! *Hinun*! *Hinun*! s'exclama-t-elle de la voix suraiguë avec laquelle les femmes expriment leur enthousiasme. Venez voir ce que ma fille a préparé en l'honneur de ma petite-fille qui doit recevoir son nom demain!

Ensuite elle se précipita vers le tipi où le bébé dormait et annonça, pour le bénéfice des adultes qui se trouvaient à portée d'oreille:

— Vois ce que ta grand-mère a préparé pour toi! Elle t'a apporté des mets délicieux. Tu as de la chance d'avoir une grand-mère aussi jeune et aussi belle qui tient tant à toi!

Tout le monde fut impressionné par le geste de Nénuphar.

— Elle sait vraiment respecter les lois de la famille, pour

une fille aussi jeune. L'homme qui a une telle épouse a vraiment de la chance!

Effectivement, un tel geste pour une femme aussi jeune était remarquable. Pourtant, Nénuphar n'avait jamais rien connu d'autre dans sa tribu et faisait simplement ce que sa mère aurait fait à sa place. Oiseau Bleu apportait sans cesse des présents de nourriture à un voisin ou un autre, par respect familial mais aussi par plaisir.

Nénuphar était souvent allée voir sa nouvelle famille depuis qu'elle avait rencontré ses parents. Par une coïncidence heureuse, ils appartenaient également, par liens sociaux, à la famille de Cheval Sacré, si bien que mari et femme étaient le fils et la fille des parents de Feuille Rouge. Ces relations permettaient de constituer un groupe convivial, débarrassé des formalités de la politesse. Nénuphar et Cheval Sacré pouvaient tous deux se montrer parfaitement naturels et détendus devant leurs parents, situation inhabituelle et bienvenue.

Dans cette atmosphère, Nénuphar se mit bientôt à plaisanter gaiement, en oubliant presque la présence de son mari, un étranger relatif, et sa réserve se dissipa. Cheval Sacré la regardait avec ravissement. Ainsi, telle était sa nature dans une ambiance décontractée! Elle était plus charmante que jamais. Elle se disputait même parfois avec lui et manifesta un geste de colère envers lui, comme une enfant gâtée. Elle avait de l'esprit, elle était humaine, comment avait-elle pu se montrer passive et presque trop polie pendant si longtemps? Si seulement elle renonçait à rentrer dans sa coquille comme une tortue quand ils se retrouveraient de nouveau seuls. Cheval Sacré pensa qu'il leur faudrait revenir souvent. Cela mettrait sans doute fin à sa timidité de jeune mariée. Après tout, il n'aurait peut-être pas à attendre la naissance d'un enfant pour qu'elle se libère...

Ce soir-là, inconscients de la sinistre menace qui planait sur le village et allait bientôt disperser le peuple aux quatre vents, ils étaient heureux. Ils restèrent à bavarder jusqu'à ce qu'un visiteur impromptu qui arriva plus tard leur donne un indice sur l'horreur qui allait s'abattre. Et pourtant, personne ne comprit vraiment.

Le chien aboya et un homme appela de l'extérieur:

— Il y a quelqu'un?

— Oui, nous sommes là, répondit le père de Feuille Rouge. (Les hommes répondaient aux hommes, et les femmes aux femmes.)

— Voyons, oui, dit la maîtresse du tipi, il reste encore du ragoût. Et puis, il n'a jamais grand-faim quand il vient tard le soir.

— C'est Yankton, le crieur du camp. C'est notre ami, il vient souvent nous voir le soir, annonça le mari.

Nénuphar et Cheval Sacré avaient été installés ensemble à la place d'honneur, mais à présent les hommes et les femmes formaient deux groupes distincts. Les gens avaient tendance à se rassembler ainsi sans s'en rendre compte. Nénuphar s'était approchée de la mère et Cheval Sacré du père. Yankton alla rejoindre les hommes sur la gauche du tipi.

La conversation était fort intéressante car Yankton était un merveilleux conteur qui se souvenait toujours de tous les détails avec une mémoire prodigieuse. Comme il revenait du conseil du village, il connaissait les dernières nouvelles.

Il parlait de magnifiques couvertures, tissées de fils colorés, que les deux fils de Bison Mâle avait rapportées de la région des Arapahos. Elles étaient très appréciées, surtout en été, car elles étaient beaucoup plus légères que les couvertures de peau, si bien que toutes les femmes du village les convoitaient.

Yankton expliqua que les éclaireurs arapahos en avaient trouvé de gros paquets abandonnés par un régiment qui traversait les territoires du sud-ouest.

— Quand ils les ont ramenées au village arapaho, ça a été la bagarre pour les avoir, vous imaginez bien. Pas étonnant, car ce sont de pures merveilles.

— Combien en avaient rapporté les fils de Bison Mâle? demanda la mère de Feuille Rouge.

— Oh, une bonne vingtaine. Ils auraient pu en prendre plus, d'après eux, mais une vilaine maladie faisait rage et hommes, femmes et enfants mouraient rapidement. Ils ne voulaient pas mourir là-bas, alors ils se sont pressés de rentrer.

— Ils avaient raison, commenta le père, c'est dans son village qu'il faut mourir, ou alors sur le champ de bataille.

— Quelle maladie? demanda la femme, en haussant les épaules en un geste de terreur et de crainte.

— La maladie des plaies (la variole). Une épidémie comme celle qui a tué des familles entières il y a une génération.

De nouveau, la femme tremblait.

— Il y a de plus en plus de maladies dans les camps, il y a une époque où l'on ne connaissait pas ça.

Pourtant, comme toutes les femmes, elle pensait surtout aux couvertures.

— Ah, si seulement ma petite-fille pouvait être emballée dans une de ces couvertures quand on lui percera les oreilles! Juste pour la fête, le temps qu'on lui donne un nom. Ensuite le bébé donnerait la couverture au vieil homme qui lui a percé les oreilles. Ce serait un merveilleux présent pour sa première cérémonie du don. Mes petits-enfants porteront tous des boucles d'oreilles, comme les enfants bien-aimés. Personne ne devrait traverser la vie avec des lobes lisses, comme un animal sauvage, sans que sa famille l'honore.

— Mais le vieil homme va vraiment percer un trou dans les oreilles du bébé? demanda Nénuphar. Pauvre petite, souffrir et saigner, je ne supporterai jamais de l'entendre pleurer, même si on lui fait un honneur.

— Ma fille a raison, commenta le père. Je ne le supporterai pas non plus. Le bain de sang est déjà assez douloureux pour les adultes, même lorsque c'est eux qui l'ont cherché. Non, on ne fera pas souffrir l'enfant. Elle ne pleurera pas. Le perceur d'oreilles approchera simplement la lame de ses lobes, pour le symbole. Plus tard, quand elle sera plus grande, nous serrerons de plus en plus le morceau de métal que mon ami Grand Maigre m'a donné avant que je le quitte.

Il voulait parler de plomb, un anneau de plomb aux extrémités effilées dont on se servait pour percer les oreilles.

A la mention de l'homme blanc, Nénuphar remarqua à voix basse à l'intention de sa mère:

— Je n'ai pas connu beaucoup d'hommes blancs. Là où j'habitais, il n'y en avait pas. J'en ai rencontré quelques-uns quand je suis allée au village du compagnon de mon père, Palani. Oh, comme leurs yeux bleus et froids me faisaient peur!

— Ma fille, répondit le père qui l'avait entendue, on ne peut pas en savoir plus sur les Blancs qu'on ne peut en savoir sur les Dakotas. De temps en temps, on rencontre un homme blanc très valeureux. Regarde Grand Maigre par exemple. Voilà quelqu'un qui pourrait être ton ami. Je n'ai jamais connu homme meilleur, même parmi les Dakotas, et cela signifie beaucoup, car les Dakotas sont ma famille.

— Ah parce que vous êtes des kolas, peut-être! interrompit sa femme. Je suis sûre que tu mourrais pour le sauver, mais lui, mourrait-il pour toi?

Le mari fit la sourde oreille. Les vieux couples échangeaient souvent ce genre de remarque, mais personne ne prenait l'autre trop au sérieux. Pourtant, cette habitude avait ses avantages, car elle permettait d'imposer des limites. Si le mari allait trop loin, sa femme intervenait pour le remettre dans un juste milieu et vice versa. Tout le monde comprenait cette vieille habitude et s'en amusait souvent.

Ils parlèrent ainsi agréablement de banalités et d'autres jusqu'à ce que l'on mentionne le meurtre qui avait eu lieu la veille. Les meurtres parmi les tribus dakotas étaient particulièrement redoutables. Quand il s'en produisait un, tout le campement était plongé dans un état de crainte et d'appréhension.

Le mobile du crime était assez compréhensible, pourtant personne ne pouvait dire qu'il en valait la peine. La bonne à rien du village, une jeune fille surnommée « Partout », avait promis le mariage à deux hommes, Lac Rouge et Cèdre.

Quand elle finit par épouser Lac Rouge, Cèdre fut si furieux qu'il se jura de les tuer tous les deux. Pourtant, il n'avait tué que le mari, et la femme se cachait toujours quelque part.

— Après avoir tué le mari, il s'est juré de tuer la femme aussi, poursuivit Yankton.

— J'espère qu'il la retrouvera bientôt, murmurèrent méchamment les femmes du tipi. Ce sont des filles comme ça qui sèment le trouble chez les hommes braves et qui donnent le mauvais exemple à nos filles.

Nénuphar se souvint d'Oiseau de Nuit, une fille du même genre dans son pays, objet des railleries qui faisaient le désespoir des femmes.

— Alors, Lac Rouge est mort, et tout cela à cause d'une femme volage! remarqua le père.

— Comment mon ami, s'étonna Yankton, vous ne connaissez pas la suite? Cèdre est mort lui aussi. Un cousin de Lac Rouge l'a assassiné par esprit de vengeance. Cela s'est passé aujourd'hui. Je croyais que tout le monde était au courant.

— C'est encore pire, commenta le père. Enfin, c'est terminé. Le score est à égalité. Cèdre a été puni pour avoir tué un homme. Quelle que soit la provocation, cela ne justifie jamais qu'un Dakota s'en prenne à la vie d'un autre Dakota. Comme il ne peut pas rendre ce qu'il a pris, il ne peut que donner la sienne en échange. Maintenant, voilà qui est fait.

— Oui, l'affaire est close, poursuivit Yankton, c'est ce qui a été dit au tipi du conseil.

Tout le monde garda le silence, trop surpris par la gravité des événements pour penser à les commenter. Puis, l'hôte soupira profondément et commença à bourrer sa pipe avec une dextérité due à l'habitude sans même regarder ce qu'il faisait. Mais seuls ses doigts étaient occupés, son esprit vagabondait au loin.

— C'est donc une affaire réglée. Qu'il en soit ainsi. Deux vies sont perdues. Essayons d'oublier cette vilaine histoire et de faire mieux la prochaine fois. Cela ne devrait jamais arriver parmi la grande famille des hommes. Pourvu que nous retrouvions la paix, une fois de plus!

Feuille Rouge était rentré discrètement au cours de la soirée et s'était installé derrière sa mère toujours compréhensive. Et tout en faisant semblant de n'avoir pas remarqué son arrivée, elle lui servit son repas et le laissa tranquille. Dans son ombre protectrice, le garçon mangea en silence. Les mères avaient une façon toute particulière de se conduire envers les adolescents. Elles n'attiraient jamais l'attention sur eux et ne les embarrassaient jamais. Quand Feuille Rouge eut terminé, il se dirigea vers le groupe des hommes et écouta, assis derrière son père.

— Oui, mais est-ce vraiment fini? dit-il enfin, l'air inquiet. Que se passerait-il si un cousin de Cèdre allait tuer le cousin de Lac Rouge? Et si un homme de la famille du cousin de Lac Rouge tuait le cousin de Cèdre? Euh... comme tout le monde a des cousins prêts à venger les siens, ils pourraient continuer à s'entre-tuer jusqu'à ce qu'il ne reste plus personne.

— Oh, mon fils, comment proférer des horreurs pareilles, s'écria la mère en feignant d'être sincèrement choquée.

— Oui, mais il y a de la vérité dans les paroles de ce garçon, dit Yankton. Bien sûr, cela n'irait jamais jusque-là. Par chance, il y a toujours des hommes plus tempérés qui n'arrivent jamais à se mettre en colère au point de tuer. On peut compter sur eux pour arrêter le massacre à un moment ou un autre. Mais une série de meurtres en chaîne n'est pas impossible. C'est sans doute pour prévenir une telle chose que nos ancêtres ont mis au point des épreuves pour juger les meurtriers. Ainsi, ils remettaient l'affaire au jugement du Grand Esprit. Et comme les hommes n'ont pas à remettre en cause le *Wakan* (sacré), le résultat de l'épreuve est toujours considéré comme un jugement définitif.

Les deux hommes rappelèrent deux types d'épreuves, l'une dans laquelle le coupable devait monter un cheval sauvage sans tomber, et une autre où il devait sauter par-dessus d'énormes sacs sans les renverser. Ces épreuves étaient choisies à la discrétion des sages. Ce n'était pas un procès pour déterminer la culpabilité, en général ce fait était admis et connu de tous. C'était plutôt un jugement sur la personne. S'il devait mourir, il échouait, et si par miracle il était destiné à vivre, il réussissait.

— Mes amis, il y a encore un autre moyen de traiter les criminels, remarqua Yankton. A mon avis, c'est le plus noble de tous, car il donne les meilleurs résultats. Est-ce que vous connaissez bien « l'accueil dans le sein de la famille »?

— Oui, mon ami, je le connais, pourtant, je ne l'ai jamais vu faire. J'ai entendu des gens en parler avec beaucoup de respect, répondit le père. Mais racontez plutôt ça aux enfants qui sont ici, je crois que notre peuple n'a jamais inventé quelque chose d'aussi noble.

Yankton raconta alors comment il avait vu un conflit réglé

par l'accueil dans le sein familial. Deux jeunes enragés parents de la victime débattaient sur les formes de punitions qu'ils infligeraient au meurtrier, toujours caché quelque part. Mais un homme plus âgé, de grande influence dans la tribu, vint s'asseoir près d'eux, comme s'il était en accord avec ce qui se disait. Quand les jeunes eurent terminé, il prit enfin la parole. Avec un talent étudié, il feignit d'être toujours d'accord avec les mesures de rétorsion.

— Mes cousins, mes frères, mes fils, mes neveux, aujourd'hui, nous avons pleuré sans honte, bien que nous soyons des hommes. Quelqu'un a osé nous blesser en tuant un membre de notre famille. On a insulté notre honneur et notre fierté. Celui qui est mort était jeune et chérissait la vie. Il n'était pas prêt à mourir et malgré tout il est mort. Comment ne pas souhaiter que son assassin meure lui aussi? Comment ne pas aller le tuer immédiatement? Alors, que faisons-nous ici à bavarder? Pourquoi ne pas donner tout de suite au meurtrier ce qu'il mérite?

Il fuma calmement, sûr de lui. En temps voulu, il reprit la parole, mais il avait changé de tactique:

— Et pourtant, et pourtant, il y a une meilleure solution. Pour que le feu de la haine ne brûle pas dans son coeur et dans le nôtre, nous devons choisir cette solution. Retournez chez vous. Regardez vos biens et rapportez ce que vous avez de plus précieux, un cheval, des armes, des couvertures. Les chemins faciles et les mots creux sont bons pour les autres. Nous sommes des hommes d'une autre trempe, choisissons le plus dur chemin, le meilleur moyen. Si peu sont capables d'emprunter cette route, soyons de ceux-là.

« Les présents que vous apporterez iront au meurtrier, ce sont les symboles de notre sincérité et de notre but. Comme il nous a blessés, il doit devenir quelque chose pour nous (un parent) à la place de celui que nous avons perdu. Le défunt était ton frère? Alors, cet homme sera ton frère. Ton oncle? Ton cousin? Pour moi, le défunt était mon neveu, son meurtrier sera donc mon neveu. A partir de maintenant, il deviendra l'un des nôtres. Nous le considérerons comme si notre cher défunt nous avait été rendu.

Yankton et son hôte fumèrent un moment, puis le crieur poursuivit:

— Mon ami, quelle proposition extraordinaire! Qu'en penses-tu?

— Effectivement, répondit son hôte. Et quelle influence ce vieil homme devait avoir pour oser suggérer une telle chose! Car il demandait à chacun de mener une bataille intérieure pour maîtriser son orgueil et sa colère. Ce n'est pas facile. D'après ce que j'ai compris, ils ont tous obéi?

— Oui, ils ont accepté ce qu'avait proposé leur aîné, car ils ont compris qu'il avait raison. C'est facile de combattre la violence par la violence. Un meurtre est le travail d'un seul instant. Mais accueillir le meurtrier au sein de la famille après ce qu'il a fait, jour après jour, jusqu'à la fin de sa vie, vivre avec lui en bonne entente, c'est autre chose. Vous pouvez facilement imaginer à quel point l'esprit du jeune assassiné devait être fier que les siens aient choisi la voie la plus difficile.

« Le jour convenu, le meurtrier fut amené au tipi du conseil. Il se montra courageux, il n'essaya pas de fuir. Il savait avoir tué un homme et était prêt à payer de sa vie. Mais comme il ne connaissait pas le sort qu'on lui réservait, il entra le regard inquiet, s'attendant au pire, mais sans être tenté de deviner la décision en lisant sur le visage des hommes. Il ne voulait pas qu'on le prenne en pitié et qu'on dise derrière lui: « Pauvre homme, on aurait dit un animal traqué, implorant la pitié dans le regard des sages ».

« Le chef du conseil lui a tendu le calumet de la paix en disant: « Fume avec les nouveaux membres de ta famille assis ici car ils ont décidé de te prendre avec eux à la place de celui qui est parti ». En entendant ces mots, l'homme perdit sa maîtrise de lui et se mit à trembler. « A partir de maintenant, tu peux aller parmi eux sans crainte. Par ces présents, ils te signifient que l'amour et la compassion qu'ils éprouvaient pour le défunt te sont désormais destinés, jusqu'à ta mort. » Quand il entendit ces mots, des larmes se mirent à couler sur les joues du meurtrier. Vous voyez, il était piégé par l'amour familial. Et vous pouvez être sûr qu'il s'est montré encore plus digne de sa tâche que ceux qui avaient des liens de sang, car il payait le prix de sa rédemption.

« Je connais bien cette histoire, ajouta Yankton, car j'étais l'un des jeunes cousins enragés du jeune homme. Mais j'ai appris qu'il n'y avait rien de plus puissant pour engendrer la bonne volonté et apaiser le feu de la haine que la force des liens familiaux. »

Nénuphar et Cheval Sacré gardèrent le silence après ce récit. Il n'y avait pas de mots pour traduire une impression aussi forte. Les hommes continuaient à fumer machinalement en silence et les femmes baissaient les yeux, attendant que quelqu'un prenne la parole en premier. Finalement, d'un geste banal qui brisa le charme, l'hôtesse jeta des branches sur les braises et, quand les flammes jaillirent et ranimèrent le feu, elle pencha le chaudron à trois pieds et dit:

— Voyons, il reste encore du ragoût, je vais le faire réchauffer. Par ces fraîches journées d'automne, cela fait du bien de manger avant d'aller se coucher.

Tandis qu'elle s'occupait de la nourriture, l'assemblée revenait peu à peu au monde réel. Ils mangèrent en parlant de choses et d'autres jusqu'à ce qu'on entende un cri de femme.

— Hélas, il y a une autre mort, dit Yankton avec des mots de mauvais augure. Cet après-midi, un bébé est mort de l'autre côté. Je me demande qui c'est cette fois.

Feuille Rouge, allongé sur le ventre, les coudes sous le menton apporta d'autres nouvelles:

— Toute une famille est malade, par là, dit-il en levant le nez pour indiquer la direction.

— Tant de maladies, tant de morts, soupira Nénuphar en songeant à son grand-père.

Il était bien après minuit quand, main dans la main avec Cheval Sacré, elle rentra au tipi. Tous deux étaient un peu attristés par l'atmosphère morose qui dominait le campement et les gémissements qui s'élevaient çà et là, au fur et à mesure que les nouvelles se propageaient. C'était un mauvais présage... Dès le lendemain, le pire pouvait arriver.

Nénuphar était en train de travailler sur un ouvrage délicat dans son tipi. Deux jours auparavant, son mari était allé porter des chevaux que son père avait promis à des membres de sa famille résidant dans un campement éloigné. Il était parti avant le lever du soleil le lendemain de la soirée chez les parents sociaux de Nénuphar. Sa soeur aînée, Echo, parlait dehors.

— Non, non, ma fille, tu ne peux pas m'accompagner. Reste avec ta tante, je reviens tout de suite. Belle-soeur, dit-elle en entrant, une femme de ma famille vient de mourir, est-ce que tu peux t'occuper de ta nièce, Rouge-Gorge, je ne veux pas l'emmener. Elle pleure toujours et elle crie aux enterrements pour essayer de me venir en aide.

— Bien sûr, répondit Nénuphar.

La petite Rouge-Gorge entra en faisant la moue pour retenir ses larmes. Soudain, ayant apparemment repris la maîtrise d'elle-même, elle se détendit et s'assit, toutes les articulations cédant simultanément. Elle se retrouva dans la position qui seyait à son sexe, les deux jambes sur le côté, prémisse de la jeune femme qu'elle deviendrait. A quatre ans, ce geste était déjà une habitude pour elle.

Avant que Nénuphar eût songé au moyen de la distraire, d'autres femmes vinrent lui amener leurs enfants. Elles aussi allaient veiller la morte.

— Ma soeur, la petite reste avec toi. Obéis bien à ta mère! Surtout, si elle n'est pas sage, n'hésite pas à me le dire quand je reviendrai.

— Cousine, je te laisse mon cadet. Il entend très bien. Dis-lui simplement de rester tranquille, il entendra.

Elle voulait dire par là que l'enfant était prompt à obéir.

Avant longtemps, Nénuphar se retrouva avec huit enfants. Elle n'eut aucun mal à les amuser. En fait, ils se débrouillèrent parfaitement tout seuls et jouèrent ensemble. Au début, par politesse, ils s'arrêtaient chaque fois qu'elle les regardait, pour lui expliquer leur jeu, mais bientôt ils l'oublièrent complètement et reprirent leurs activités sans plus la distraire de son travail.

A midi, elle leur servit leur repas devant le feu de camp et elle les emmena se promener pour l'après-midi. Ils trouvèrent des champignons en abondance qui poussaient sur les troncs d'arbres telles d'immenses oreilles, c'est pourquoi on les appelait « oreilles d'arbre ». Ceux qui croissaient sur les peupliers étaient particulièrement appréciés car leur goût se mariait parfaitement avec la viande de bison. Les enfants les arrachaient avec des bâtons et ils retombaient entiers dans la couverture que tenait Nénuphar.

Quand, tard dans la soirée, la petite compagnie revint au camp, les mères étaient de retour et préparaient le repas familial. Les yeux rouges et fatigués, elles soupiraient et reniflaient de temps en temps. Elles s'abtenaient de toute conversation inutile, car elles ne se sentaient guère d'humeur joyeuse.

Seule, Taluta parvenait encore à parler normalement.

— Que de morts ces derniers temps! Je dois pleurer et pleurer encore jusqu'à en avoir la vue qui baisse. Et j'ai très mal à la tête!

Elle se banda le crâne dans une peau de daim. Pourtant, elle ne se plaignait pas. En vérité, elle tirait une certaine fierté à remplir ses devoirs sociaux, qu'il s'agisse d'aider les déshérités ou de pleurer les morts, car elle avait une réputation à tenir. « Elle ne manque jamais une mort, quelle que soit la modestie du statut du défunt. Comme elle est bonne! Les êtres humains devraient toujours s'occuper les uns des autres et prendre le temps d'honorer les morts. J'espère que les foules se rassembleront devant son tipi quand son heure viendra, car elle le mérite », disaient souvent les gens en parlant d'elle, car elle n'abandonnait jamais personne.

Au lieu d'une mort, il y en avait eu plusieurs, et Taluta était allée pleurer de tipi en tipi.

— Oh, je sais, j'en ai fait un peu trop aujourd'hui. Après la troisième visite, j'aurais aimé rentrer chez moi pour me reposer, mais je suis passée devant un tipi où un jeune étranger gisait sans personne pour le pleurer. Que pouvais-je faire, sinon rester près de lui? Je me suis toujours juré que, tant que je vivrai, aucun homme ne mourra dans le silence, comme un animal, dit la première femme en s'allongeant.

En fait, l'épidémie se répandait à cause des couvertures rapportées au camp par les fils de Bison Mâle et infectées des virus mortels contre lesquels les Indiens n'étaient pas immunisés. A travers les achats ou les échanges de présents, elles changeaient de mains et contaminaient tout le village. Pourtant, personne ne comprit la corrélation entre les couvertures et l'épidémie meurtrière.

En revenant du tipi du conseil, Bon Chasseur alla voir sa fille, Echo. Nénuphar, qui lui devait le respect, entra dans son propre tipi pour ne pas interférer dans la conversation. Mais comme les tipis étaient tout proches l'un de l'autre, elle ne put s'empêcher d'entendre ce qui se disait.

— Ma fille, il y a trop de gens qui meurent. Le conseil est conscient de la gravité de la situation qui risque encore de s'empirer. Autrefois, la maladie des plaies est entrée dans un village, et il y a eu beaucoup de morts, beaucoup trop de morts. Avant que notre famille ne soit touchée, il te faut partir et rester dans la nature jusqu'à ce que tu puisses revenir en toute sécurité. C'est le seul moyen d'échapper à la maladie. Va t'installer près de la rivière du Busard. Je t'enverrai chercher quand ce sera le moment.

— Oui, père, si c'est ce que tu veux.

— Dis à mon beau-fils de préparer les chevaux afin que vous partiez dès l'aube. Emmène ta belle-soeur avec toi, et ta mère aussi. Elle s'est déjà rendue malade à force de pleurer les morts. Il vaut mieux qu'elle s'en aille. Prenez les vêtements et la nourriture dont vous aurez besoin, mais ne vous encombrez pas. Quand ton frère reviendra, je l'enverrai vous rejoindre. Lui et son beau-frère chasseront sur place.

Pendant tout ce discours, Echo murmurait une berceuse à l'enfant qu'elle tenait dans ses bras, sifflotant entre les dents à la manière des femmes, tout en réfléchissant à la question.

— Et les autres? Mes frères, mes soeurs et mes cousins? Mes deux autres mères? Et toi, père?

— Tout le monde partira mais en plusieurs groupes qui prendront des directions différentes, mieux vaut que vous soyez séparés. Tes autres mères s'occuperont de leurs propres enfants. Quant à moi, je reste ici. Je ne crains pas la maladie, et je ne serai pas malade. Ne t'inquiète pas pour moi, ma fille.

Echo alla donc voir sa belle-soeur et lui répéta les mots que Nénuphar avait entendus. Echo lui dit de ne pas se soucier du tipi. La tente de voyage était assez grande pour les cinq adultes, elle-même, son mari, sa mère, Nénuphar et

Cheval Sacré. Les quatre enfants d'Echo s'installeraient comme ils le pourraient. Bien sûr, elle garderait le bébé avec elle, Rouge-Gorge dormirait avec sa grand-mère, et le garçon de neuf ans, Petit Ours, partagerait un espace avec son plus jeune frère, le jumeau de Rouge-Gorge.

— Ferme bien l'auvent, et attache-le pour protéger le tipi des chiens errants. Tout ira bien. Ton beau-père le surveillera et renforcera les attaches s'il y a du vent. Si jamais mon frère revenait ce soir, dis-lui immédiatement que nous partons à l'aube.

— Il devrait revenir ce soir. Cela fait déjà deux nuits et trois jours qu'il est parti. Oui, je le lui dirai tout de suite, répondit Nénuphar par politesse en songeant déjà à ce qu'il fallait emporter.

Cheval Sacré revint vers minuit. En se réveillant, Nénuphar l'entendit soupirer de fatigue et devina qu'il fumait à la place d'honneur. Sa première impulsion fut de lui demander s'il avait fait bon voyage et de lui parler des projets de départ pour le lendemain, mais quelque chose la retint. Ce n'était pas le moment de l'interroger; elle devait attendre qu'il ait envie de parler. Dans toute sa vie, la grande sagesse de sa mère lui servait de guide.

Oiseau Bleu ne bavardait jamais inutilement quand Arc-en-Ciel rentrait à la maison. Elle s'arrangeait toujours pour le mettre à l'aise, lui préparer un repas, et ne parler que s'il lui adressait la parole le premier. Non qu'elle le redoutât ou qu'il soit particulièrement dominateur, mais elle savait ne pas se mettre en travers de son chemin. Quand il était fatigué, il fallait qu'il se repose d'abord. Un jour, elle avait fait taire le jeune Ohiya toujours enthousiaste qui assaillait son père de questions. « Mon fils, n'oublie jamais que lorsqu'un homme travaille toute la journée pour sa famille, il est fatigué et n'a pas toujours envie de parler. Attends que ton père soit un peu reposé et rassasié, ensuite, il te racontera ce que tu voudras.

Ce conseil à l'esprit, Nénuphar se leva et dit à voix haute, comme si elle se parlait à elle-même:

— Il est de retour, je dois lui préparer à manger.

Ainsi, elle ne l'obligeait pas à répondre, mais tandis qu'elle commençait à attiser le feu à l'intérieur du tipi, Cheval Sacré l'arrêta:

— Ne prépare rien pour moi, un peu de bouillon me suffira.

Il but lentement, avalant chaque gorgée bruyamment, comme si cela lui demandait un effort. Quand il eut terminé, il lui raconta son voyage et lui offrit les présents que la lointaine famille lui avait donnés pour elle.

— Maintenant, il est temps de dormir, je suis épuisé.

Ce ne fut qu'à ce moment que Nénuphar lui annonça la nouvelle.

— Je dois te dire quelque chose avant, quelque chose que ta soeur m'a demandé de t'annoncer dès ton arrivée.

Elle lui raconta donc tout ce qui s'était passé depuis le jour de son départ. Cheval Sacré écouta sans commentaires.

— Mon beau-père a ordonné que nous nous dispersions aux quatre vents en petits groupes. Nous partirons avec ta soeur et sa famille et ta mère.

— Très bien, quand partons-nous?

— Dès les premiers rayons du soleil, je crois qu'il faudrait déjà préparer les chevaux.

— Tu as raison... Deux chevaux... plus, cela nous encombrerait, un seul, ce n'est pas assez. Le bai portera les bagages. Tu le monteras. Je prendrai l'alezan. Il est rapide et je pourrai galoper si nécessaire. Oui, le bai, et l'alezan.

Sur ces mots, sans plus se soucier de sa fatigue, il sortit dans le noir.

16.

En fait, cette fuite ne servit à rien. Echo et sa mère s'étaient trop exposées à la maladie en allant réconforter les familles en deuil. Elles étaient entrées dans les tipis sans crainte, inconscientes de la nature contagieuse de la maladie. Elles emportaient avec elles le virus mortel qu'elles fuyaient. Bientôt, il allait exploser dans sa fureur sauvage et leur séjour dans la nature allait se transformer en une série d'horreurs. Il y aurait peut-être des périodes aussi tourmentées dans l'avenir, mais il était difficile d'imaginer pire. « Un véritable cauchemar », dirait-on plus tard.

De Taluta, mère d'Echo, à Cheval Sacré, tout le monde fut atteint par la maladie. Une fois déclarée, on ne pouvait éviter qu'elle se propage. Les neuf personnes qui vivaient côte à côte dans le même tipi furent malades les unes après les autres. Ils se résignaient à leur sort. Personne n'aurait songé à isoler le premier cas pour protéger les autres. Si quelqu'un avait émis une telle suggestion, il n'aurait fait que choquer et blesser les autres. « Nos parents nous sont précieux et si épouvantable soit la maladie, nous ne pouvons pas nous en séparer comme si c'étaient de vulgaires animaux, simplement pour sauver notre propre vie. C'est impensable, indigne de la loi familiale! » Pour eux cela aurait été répudier la nature humaine.

Par chance, les cas ne se déclarèrent pas tous en même temps: quand l'état de l'un s'améliorait, celui de l'autre empirait, du moins en ce qui concernait les adultes. Il y avait donc toujours une femme assez valide pour préparer la nourriture et s'occuper des malades, et accomplir pour eux les menues tâches dont ils avaient besoin: leur donner de l'eau, les couvrir, les installer sur les oreillers. D'ailleurs, les malades ne demandaient rien d'autre que de souffrir en paix, comme des animaux, et de laisser le mal les emporter.

Le corps et l'esprit paralysés, Nénuphar s'occupait de tous. Trop épuisée pour réfléchir, elle pressentait simplement qu'il fallait survivre à travers toute cette horreur. Une nuit, la petite Rouge-Gorge mourut dans ses bras. Elle eut à peine le temps de reposer le corps de la fillette et de prendre son frère jumeau dans ses bras, que lui aussi expira.

Ce furent les deux plus grandes tragédies que Nénuphar eut jamais connues, bien qu'elle ait toujours été familiarisée avec la présence de la mort. Qui ne l'était pas? Récemment, elle avait pleuré des morts, mais à moins qu'ils n'appartiennent à sa famille, c'était par sympathie pour les vivants, ou simplement parce que les circonstances exigeaient des lamentations, même si on devait un peu se forcer de peur d'être accusé de manquer aux règles de la famille. Mais cette fois, elle ne put s'empêcher de pleurer. Quand elle était encore une toute petite fille, elle avait gémi, les yeux secs, et avait eu honte immédiatement et s'était moquée d'elle-même. Elle n'avait pas réussi à avoir autant de chagrin qu'aujourd'hui.

Son tour vint peu après mais elle survécut à cette période, indifférente aux horribles marques qui défiguraient son visage et ternissaient sa beauté. Les deux hommes aussi tombèrent malades l'un après l'autre et ce ne fut que lorsque le mari d'Echo se releva, que Cheval Sacré dut s'aliter. Il gardait toujours le visage tourné vers la paroi du tipi, s'isolant des autres, demandant à Nénuphar de venir s'asseoir près de lui pour le protéger des regards.

Un jour qu'il était au plus mal, il sortit du tipi, sans dire mot et resta sous un arbre à distance. Comme il ne revenait pas, sa mère s'inquiéta:

— Belle-fille, mon fils ne rentre pas... peut-être que si tu allais le chercher...

Avant de lui laisser le temps de terminer sa phrase, Nénuphar s'éloigna.

— Ta mère m'a envoyée te chercher. Que se passe-t-il? Tu n'arrives pas à revenir? Tu es trop mal?

Elle ne lui reprocha pas de s'être éloigné. Tant qu'un adulte en avait la force, il devait agir ainsi, pour respecter les règles d'hygiène et sa pudeur, afin de se soulager, quelle que soit la gravité de son mal, qu'il fasse beau ou mauvais temps.

— Si, je pourrais revenir, dit Cheval Sacré, mais j'ai l'intention de rester ici.

Il était allongé dans l'herbe, Nénuphar s'assit à côté de lui et attendit longuement qu'il parle.

— Autant te dire tout de suite que je ne guérirai pas. Avant que l'épidémie se déclare, je savais déjà que j'allais mourir bientôt. De quoi exactement, je l'ignorais à ce moment-là. Toi et les autres, vous avez déjà trop souffert. Je ne veux pas vous causer plus de peine en mourant dans le tipi où tu dois me veiller jour et nuit. Peux-tu me construire un abri ici?

Nénuphar et Taluta plantèrent des mâts en fourchette dans le sol et tendirent des perches en croix par-dessus. Elles recouvrirent l'ensemble de la plus grande peau et la fixèrent au sol sur trois côtés, laissant le quatrième ouvert pour laisser passer l'air et la lumière. Elles fabriquèrent une litière avec des herbes et, dans un effort suprême, Cheval Sacré s'y hissa.

— A présent, allez vous reposer, toutes les deux.

Sa mère se retira car on avait besoin d'elle au tipi, mais Nénuphar resta et lui donna de l'eau quand il avait soif. Elle lui apporta un peu de soupe que sa belle-mère avait préparée, mais il n'y toucha pas.

— Allez, va te coucher à présent, dit-il, tard dans la nuit.

Nénuphar pleurait doucement dans l'obscurité. Quand elle eut retrouvé le contrôle de sa voix, elle dit:

— Mais... tu risques... tu risques de mourir seul...

— Et qu'empêcheras-tu en restant ici? dit-il, courageux jusqu'au bout.

Il eut même la force de rire un peu, malgré son mal, mais, comme Nénuphar n'obéissait toujours pas, il ajouta:

— Ecoute, je ne plaisante pas. Laisse-moi seul. Je suis très curieux, il y en a d'autres qui rencontrent la mort seuls, j'en suis capable aussi. Tu vois, tu as épousé un homme, un vrai, tu ne le savais pas?

Nénuphar ne pouvait pas protester plus longtemps. Puisque tel était son désir, elle devait obéir. Insister, cela aurait été l'insulter, comme s'il n'était qu'un enfant ou un simple d'esprit et que l'on pouvait décider à sa place. (Les Dakotas ne supportaient pas cette attitude.) Silencieusement, elle se retira, par respect pour lui.

— Il m'a ordonné de revenir, dit-elle à sa belle-mère qui accepta le voeu de son fils.

— Il a toujours su ce qu'il voulait. Très bien, s'il faut qu'il en soit ainsi...

Nénuphar ne parvint pas à dormir. Elle passa la nuit à épier les bruits et à s'inquiéter pour lui. Dès les premiers rayons de lumière, elle alla le voir. Il était déjà raide et froid. En pleurant doucement, elle remonta la couverture sur son visage.

Il fut difficile de s'occuper du corps avec la tendresse et la pudeur qu'exigeaient les circonstances. Cheval Sacré était grand et bien bâti, alors que son beau-frère, petit et mince, n'avait pas retrouvé ses forces après sa maladie. Les femmes durent l'aider à le glisser sur un brancard improvisé et le hisser dans les branchages de l'arbre qui surplombait l'abri de fortune. A l'aide de cordes, ils soulevèrent le corps et l'étendirent sur des branches. Le mari d'Echo réussit à grimper dans l'arbre et à y fixer les extrémités de la bière. D'habitude, c'étaient les hommes qui s'occupaient des hommes et les femmes, des femmes, mais à ce moment-là, poussées par la nécessité, la mère, la femme et la soeur de Cheval Sacré durent participer. Elles travaillèrent les yeux secs et restèrent stoïques jusqu'à la fin.

Leurs coeurs, d'habitude si tendres envers les morts, se désespérèrent en voyant que le corps n'était pas à l'horizontale, la tête était beaucoup plus basse que les pieds. Mais au moins il était hors de portée des animaux, ce qui les réconforta un peu.

Après deux jours de deuil, la mère d'Echo proposa de s'installer à un autre endroit, en amont du courant, loin du lieu où son fils et deux de ses petits-enfants avaient trouvé la mort. S'ils étaient restés sur place, ils auraient peut-être évité un nouveau désastre. Pourtant, ils démontèrent leur campement et voyagèrent une journée entière. Ils n'étaient plus que six dans leur petit groupe, Nénuphar, Echo, son mari, sa mère et deux enfants, Petit Ours et le bébé. Sur un terrain plat, abrité par les collines qui s'élevaient à l'est, ils installèrent leur tipi, l'entrée dirigée vers la rivière du Busard qui coulait tout près de là. Les bois touffus se coloraient des riches tons de l'automne. La vue était belle quoique fort solitaire, mais il y avait des traces de gibier dans les ravins qui couraient entre les collines.

Taluta parcourait la forêt et revenait toujours avec beaucoup plus de bois que nécessaire.

— C'est inimaginable la quantité de bois mort que l'on peut trouver ici! Je ne peux pas m'empêcher de le ramasser. Si seulement nous en trouvions autant au village! s'exclamait-elle de temps en temps.

A présent, tout le monde allait bien et attendait qu'on vienne les chercher. Ils étaient si impatients qu'ils envisageaient parfois de prendre le chemin du retour.

— Mère, les nuits se rafraîchissent, il peut neiger d'un jour à l'autre, disait Echo. Et si ils ne nous trouvaient pas, nous ne pourrions jamais reconnaître notre chemin. Pour moi, le paysage semble partout pareil, avec de la neige. Nous nous perdrons.

— Non! répondait la mère. Ton père a dit qu'il nous enverrait chercher quand le danger serait écarté, il ne manquera pas à sa parole. Il sait où nous sommes, il connaît cette région depuis l'enfance. Nous l'attendrons.

Echo ne pouvait pas la contrarier, et elle n'essaya pas. Nénuphar et le mari d'Echo étaient bien obligés d'accepter la décision de Taluta par respect pour elle, même s'ils n'étaient pas d'accord.

Un jour, pourtant, ce fut elle qui rentra fort inquiète. Elle avait vu une nouvelle empreinte dans les bois, bien plus grande que celle qu'auraient pu laisser les pieds du mari d'Echo et le dessin ne ressemblait pas à celui d'un mocassin dakota. Les trois femmes éteignirent le feu et s'assirent à l'intérieur du tipi, de plus en plus inquiètes au fur et à mesure que le crépuscule approchait. Elles parlaient à voix basse et seulement lorsque c'était indispensable. Le pire, c'était que Petit Ours était toujours dehors, et que son père n'était pas encore rentré de la chasse. Elles devaient faire confiance à l'enfant qui avait été entraîné à se déplacer sans bruit par ses oncles.

Après une longue attente, comme il ne s'était toujours rien passé, elles commencèrent à se détendre un peu et Nénuphar chuchota:

— Mon neveu est peut-être à la rivière, je vais y aller et l'appeler doucement.

— Oh, je te remercie. Il est sans doute encore parti à la pêche. Je ne vois pas pourquoi il se donne tant de mal, car personne n'aime le poisson. Nous sommes des gens des plaines. J'ai horreur de cette odeur, cela me donne la nausée.

Nénuphar se faufila prudemment hors du tipi et se dirigea vers la rivière. Elle s'accroupit et observa dans l'ombre avant d'appeler. Ce fut une chance pour elle car, soudain, elle entendit des cris de guerre provenant du tipi. Une autre attaque! En fait, les cris n'étaient destinés qu'à troubler les habitants du tipi. L'ennemi attaquait par-derrière, et s'était approché à l'abri des buissons qui poussaient au pied des collines. Personne n'avait vu Nénuphar qui se trouvait en ligne droite derrière le tipi.

En entendant le vacarme, elle se mit à courir le long de la rive mais elle trébucha, se tordit la cheville et roula dans un ravin étroit perpendiculaire à la rive. Trop terrorisée pour agir, elle resta immobile. Les cris, les hurlements, les coups de feu des fusils que les Indiens utilisaient de plus en plus, les craquements des mâts du tipi qui se brisaient se poursuivirent longuement. Son coeur battait si fort que les assaillants l'auraient sans doute entendu si le son n'avait été couvert par leurs cris dans une langue étrangère, cris sans doute destinés à s'encourager mutuellement et à provoquer plus de désastre!

Enfin, le tumulte cessa et l'ennemi repartit dans la direction par laquelle il était venu. Nénuphar aurait pu sortir de sa cachette, si elle n'avait été trop abasourdie pour bouger. Le ravin épousait la forme de son corps. En levant les yeux, comme si elle se trouvait dans un tombeau ouvert, elle apercevait les étoiles et voyait toute la constellation de « L'homme dans la charrette » (la Grande Ourse). Au début, elle se trouvait droit au-dessus d'elle et ce ne fut que lorsque la Grande

Ourse disparut sur le côté, malgré le temps qu'exigeait ce mouvement, qu'elle fut enfin capable de prononcer un son et de bouger. Même ainsi, elle parla à voix basse:

— Quelqu'un est vivant?

Pas de réponse. Nénuphar reposa sa question. Cette fois, Echo murmura:

— Hélas, belle-soeur, il ne reste que moi, mais je suis presque morte.

Nénuphar se hissa de son trou. Capable de marcher malgré sa cheville douloureuse, elle rampa vers le tipi. Dans le noir, à tâtons, elle toucha Echo. Elle s'aperçut que le crâne était ouvert et formait une plaie humide sur le front. Il y avait aussi d'autres coupures sur sa tête. Le bébé qu'elle tenait dans ses bras avait succombé sous une flèche destinée à sa mère.

Echo perdait et retrouvait ses esprits, mais il n'y avait rien d'autre à faire qu'attendre les premières lueurs de l'aube. Quand elle s'affaiblissait et prenait froid, Nénuphar lui frottait les poignets et lui tamponnait le visage avec de l'eau. Un peu après l'attaque, Petit Ours, tout tremblant, était rentré au tipi. Malgré son jeune âge, il avait eu le bon sens de se coucher par terre, ce qui l'avait sans doute sauvé. Son père et sa grand-mère n'étaient plus là. Nénuphar s'inquiétait de l'entendre dire qu'il voulait aller les chercher, et elle dut le supplier de rester. Le jour venu, ils trouvèrent Taluta un peu plus loin, scalpée et poignardée sauvagement.

Dans un moment de lucidité, Echo demanda à Nénuphar de l'emmener à la rivière.

— J'essaie de me souvenir, mais j'oublie sans cesse, expliqua-t-elle pour dire qu'elle perdait connaissance. Si seulement je pouvais me mouiller le visage dans de l'eau courante, je me souviendrai peut-être pour toujours.

De constitution fragile, Nénuphar s'arrangea pour porter la femme plus lourde jusqu'à la rivière malgré sa cheville qui supportait à peine tout ce poids et l'assit près d'un endroit où l'eau était peu profonde.

Apparemment, Echo avait eu une bonne idée. L'eau vivifiante et fraîche eut un pouvoir curatif. Comme il coulait par sa propre volonté (du moins était-ce ce que l'on croyait), le courant apportait la vie à tout ce qu'il touchait en chemin. Il redonnait vie aux arbres, aux plantes et à l'humanité. A partir de ce moment, Echo ne s'évanouit plus.

Sur le chemin du retour, elle s'arrêta longuement près du corps de sa mère, toujours à l'endroit où il était tombé, et parla à la morte de la façon rituelle, en la disputant affectueusement.

— Oh, mère, pourquoi faut-il que tu gises ainsi et que tu me laisses seule? Je t'ai obéi une fois de trop, par force d'habitude. Oh, mère, si seulement nous étions partis quand je le voulais, mais non, « Attends ton père, me disais-tu, il ne nous oubliera pas! »

Pendant ce temps, Nénuphar se préparait à disposer du corps de sa belle-mère. Il n'y avait guère autre chose à faire qu'à le placer sur une grande peau de bison et l'emmener hors de vue, loin du campement. Là, avec l'aide de Petit Ours, elle couvrit le corps de cailloux. Ils poursuivirent ce travail jusqu'à ce que le monticule soit si haut qu'aucun maraudeur oisif n'aurait eu l'idée d'enlever pierre après pierre pour profaner le corps. Nénuphar se réjouissait d'avoir placé l'enfant dans les bras de sa grand-mère, car ainsi elle put terminer les deux enterrements en même temps.

Vinrent ensuite des jours de découragement total. Le tipi déchiré, bien que Nénuphar ait essayé de le réparer de son mieux, ne les protégeait plus du vent, car il n'était plus assez stable, par manque de mâts. Lorsqu'il pleuvait, tout était mouillé et quand l'hiver arriverait, ils souffriraient cruellement du froid et de la faim. Effectivement, ils ne pouvaient rien espérer de plus qu'un lapin ou un oiseau égaré que Petit Ours attraperait de temps en temps avec ses flèches émoussées.

Pourtant, Echo ne parlait plus de prendre le chemin du retour et Nénuphar ne suggérait même pas d'essayer. Elle savait qu'Echo attendait le retour de son mari. Espoir vain et futile, s'il en était — s'il avait été en vie, il serait revenu depuis longtemps —, pourtant Echo ne pouvait s'empêcher de s'y raccrocher en silence.

Un jour, elle parvint à en parler:

— Nous devons rester ici, jusqu'à ce qu'il revienne. De toute façon, nous n'avons pas le choix, puisque l'ennemi nous a volé nos chevaux. Nous sommes à pied, comment pourrions-nous rentrer?

Elle était enfin capable de faire face à la réalité, mais il y avait des moments où sa force l'abandonnait. Elle pleurait longuement sur le sort de ses enfants.

— Si seulement ils avaient été malades assez longtemps pour que je puisse m'épuiser à les soigner jour et nuit! Si seulement j'avais souffert du manque de sommeil! Comme j'aurais été contente! Si seulement ils s'étaient montrés turbulents et capricieux avec moi, comme j'aurais été heureuse de tout supporter! Mais non! Ils sont morts en silence, et trop vite, sans m'attirer aucun ennui. Et la pauvre petite, elle est morte pour moi, à ma place! Si seulement je lui avais fabriqué de jolis mocassins pour ses petits pieds, qu'elle aurait pu porter dans sa mort. Je regretterai de ne pas l'avoir fait jusqu'à mon dernier jour.

A de tels moments elle était inconsolable et Nénuphar était bien trop avisée pour essayer.

Puis, au moment où la situation semblait désespérée alors qu'il ne restait plus la moindre bouchée de nourriture, un cavalier apparut sur les collines surplombant le campement et les regarda.

— Vite, rentre! cela pourrait être un éclaireur ennemi!

Les trois survivants se blottirent à l'intérieur du tipi, redoutant le pire, jusqu'à ce que l'homme murmure un chant, en dakota. Qui qu'il fût, il comprendrait leur douleur et les sauverait.

C'était un cousin d'Echo d'un village du Missouri. Ignorant les ravages de l'épidémie, il était venu rendre visite à son oncle, Bon Chasseur, qui tout de suite après l'avoir salué l'envoya chercher sa tante et son groupe.

— Ah, mon neveu, je suis content de te voir! Pars tout de suite chercher ta tante et sa famille et ramène-les ici. Dis-leur que le danger est enfin écarté.

Dès son arrivée, le cousin partit à la chasse et revint avec un cerf. Ce fut leur premier véritable repas depuis plusieurs jours. Le cousin leur avait sauvé la vie, mais Echo ne semblait toujours pas d'humeur à partir. Comme il en comprenait la raison, il se contentait de leur apporter de la nourriture et de subvenir à leurs besoins jour après jour.

Un matin cependant, il alla trouver Echo et lui parla:

— Hélas, ma cousine, j'ai attendu avec toi dans l'espoir que ton mari revienne. J'étais prêt à attendre tout l'hiver s'il l'avait fallu, mais je dois te dire qu'il ne reviendra jamais. Hier soir, j'ai découvert son corps dans les collines là-bas, où il s'est battu contre l'ennemi en homme.

Echo écouta sans larmes. Elle semblait résignée, car elle devait s'y attendre depuis longtemps. Après une pause respectueuse, elle dit à Petit Ours:

— Fils, va chercher ta tante, et dis-lui que nous partons.

Le cousin improvisa un travois et Echo s'installa sur le siège. Nénuphar montait le cheval qu'il guidait. Petit Ours marchait à côté de lui ou chevauchait derrière sa tante. Avant de partir, ils brûlèrent tout, y compris le tipi, chacun n'emportant qu'un manteau de fourrure et une couverture pour la nuit. Ils ne prirent que le minimum d'ustensiles de cuisine. De toute façon il était imprudent de camper toute une nuit en chemin. Ils ne se reposaient que par bribes pour faire la sieste ou manger et poursuivaient leur route aussi vite que le pouvait le cheval trop lourdement chargé.

Leur petit groupe offrait un spectacle bien pitoyable. Avec leurs visages bruns, burinés, gris et sales, on les confondait avec le paysage de la prairie. Ils portaient les derniers vêtements qu'ils avaient apportés, haillons déchirés et souillés depuis longtemps. Leurs dernières paires de mocassins étaient pleines de trous. Leurs visages étaient marqués par les cicatrices de la maladie, et leurs cheveux pendaient, négligés, bien que ce fût partiellement en signe de deuil.

En route, ils n'éprouvaient aucune joie à rentrer chez eux, car déjà le cousin leur avait décrit la situation. Des familles complètes avaient disparu, car le mal cruel avait décimé le village. Plusieurs personnes avaient péri dans le tiyospaye de Bon Chasseur, sa plus jeune femme en particulier, la cousine des deux autres qui avait des enfants encore en bas âge. Bon Chasseur apprendrait bientôt qu'il ne lui restait plus que sa deuxième femme.

Lui-même n'avait pas été touché par la maladie. Il refusait de l'accepter, et il l'avait repoussée, disaient les gens. Il s'était déplacé partout sans crainte et avait enterré plus d'un enfant seul, aidant les familles qui avaient été obligées de rester sur place pendant l'épidémie.

En entendant ces nouvelles, les deux femmes savaient qu'elles pleureraient en arrivant, comme si elles n'avaient pas déjà assez pleuré! Nénuphar, épuisée depuis si longtemps, croyait qu'elle ne pourrait pas en supporter plus.

« Pleurer, pleurer, pleurer encore, viendra-t-il un jour où je serai enfin heureuse? » se demandait-elle. Elle en doutait.

Ils arrivèrent dans un village de ruines et de désolation, un village déserté. Après le départ du cousin d'Echo, les habitants, qui soupçonnaient à présent l'origine de la contagion, avaient brûlé tous les biens dont ils pouvaient se passer, y compris les tipis. Ils s'étaient retirés sur un autre site dans une vaste vallée non loin de là pour y installer leurs quartiers d'hiver.

Du sommet de la colline, le petit groupe regarda en contrebas, mais ne vit rien au début. Peu à peu, ils décelèrent des habitations lovées près des bosquets. Elles étaient constituées d'herbes ou de peaux soutenues par des branches de saules. Là-bas, tout le village était réduit à la misère. Ils en étaient revenus là où devaient être leurs ancêtres avant de savoir apprivoiser les chevaux. Ainsi devraient-ils vivre jusqu'au printemps, s'ils le pouvaient. Ils devraient endurer le froid ou supporter la fumée dans leurs abris précaires. Les auvents qui protégeaient les tipis leur manqueraient cruellement.

Au moins, avaient-ils toujours des chevaux. Grâce à eux, ils pourraient retrouver l'opulence quand la chasse serait à nouveau possible, quand les malades auraient recouvré leurs forces et que les coeurs meurtris commenceraient à guérir. Ils retrouveraient le bonheur, les fêtes et les cérémonies, les jeux, la guerre, tous les éléments qui formaient la vie quotidienne. Les plus courageux et les plus doués referaient bientôt fortune, il en était toujours ainsi. Mais pour le moment, ils devaient se contenter de leur triste sort. Toutes les familles étaient touchées par la misère et le chagrin.

17.

Cheval Sacré disparu, Nénuphar ne voulait plus rester avec sa belle-famille. Le lien qui les unissait était brisé. Si gentils fussent-ils, elle se sentait totalement étrangère parmi eux. « Cela ne change rien, ta place est ici », lui disaient-ils. Elle ne les contredisait pas, car elle leur devait toujours le respect, pourtant, elle savait qu'il n'en était rien. Quand ses parents viendraient la voir, elle retournerait chez elle. Chez elle! Ces seuls mots la faisaient trembler de joie. Pourtant, il commençait à neiger, oh, pas de véritable tempête, plutôt un flocon précurseur çà et là. Bientôt, ils seraient retenus par l'hiver, et elle se retrouverait enfermée dans un abri minuscule, avec sa famille par alliance. Elle devrait rester polie et réservée pendant tout ce temps. Dans un tel confinement, comment pourrait-elle résister jusqu'au printemps? Car elle savait fort bien que ses parents n'arriveraient jamais avant.

Pourtant, quelques jours plus tard, tout s'arrangea. Ses parents sociaux lui demandèrent de venir avec eux.

— Viens chez nous, ma fille. Une femme n'a pas besoin de

rester là où il n'y a plus de mari pour la retenir. Viens vivre avec nous, malgré la pauvreté de notre habitation. De toute façon, ce n'est pas pire qu'ailleurs, et tu y seras chez toi jusqu'à ce que ta famille vienne te chercher.

Ces propos la réconfortèrent au-delà des mots. C'est à cela que servaient les parents sociaux, à prendre le relais en l'absence de la véritable famille, à entourer les enfants adoptifs de tendresse et d'amour.

Dans ces nouvelles conditions, Nénuphar avait l'impression d'être capable de tout supporter. Leur abri était encore plus exigu que celui de Bon Chasseur, et il serait sûrement aussi froid et aussi enfumé, mais il n'était occupé que par ses parents, son frère, Feuille Rouge et elle-même. Il y régnait pourtant une atmosphère de liberté, débarrassée de tout tabou.

Nénuphar pouvait les rejoindre sans déroger aux règles, car son mari était mort. La famille de Bon Chasseur n'essaya donc pas de la retenir. Pourtant, son départ ne détruisit pas tous les liens. Le sens de leur responsabilité envers elle restait identique, s'accroissait même, car il y avait un enfant en route, ce qui exigeait qu'on se montre plein de sollicitude envers la future mère. D'ailleurs, cet enfant intéressait surtout les frères et les cousins de son mari défunt, Cheval Sacré.

Déjà, ils avaient tenu une réunion secrète pour parler de Nénuphar. Lorsque le cousin qui avait été la chercher, elle et son groupe, vint lui faire ses adieux, il lui dit avant de la quitter:

— J'espère te revoir un jour en bonne santé, femme de mon cousin. J'ai quelque chose à te dire, poursuivit-il après une pause. Dans notre tiyospaye, nous ne négligeons pas les nôtres. Tu en fais toujours partie, où que tu ailles (délicate référence à l'enfant qu'elle portait, qui serait le fils ou la fille des frères et des cousins mâles de son père). La plupart d'entre nous ont déjà une femme et des enfants, et aucun ne peut se permettre de prendre une seconde femme, car personne n'a l'âge et le prestige nécessaires pour une telle situation. D'ailleurs, nous considérons tous que ce sort ne serait pas digne de toi, tu mérites d'être une première femme.

Nénuphar répondit qu'elle ne songeait pas à se remarier, mais l'homme continua:

— Ne prononce jamais un tel voeu. Tu n'es qu'une enfant, ta vie ne fait que commencer. Tu te remarieras, et c'est une bonne chose. Chez moi, j'ai un frère qui est encore célibataire. Il te conviendrait tout à fait. Si par chance tu désirais en faire ton mari, ce serait parfait pour l'enfant à venir. Un enfant doit avoir pour père quelqu'un qui est déjà son père, et non un étranger. Pour le bien de l'enfant, je te demande de rester où tu es. Tu es jeune, mais sois ferme, ne te précipite pas dans un autre mariage, attends le frère que je t'enverrai. Attends Lowanla, dit-il d'un ton sincère.

Nénuphar aurait dû s'en douter. Un jour, Cheval Sacré lui avait parlé de membres de sa famille qui vivaient dans d'autres villages; il avait mentionné un cousin qui était chanteur et qui, très jeune, avait participé à la Danse du soleil. Nénuphar ne s'était pas résolue à demander son nom, même d'un ton léger, car son mari aurait pu croire qu'elle s'intéressait à d'autres hommes. Elle avait rougi en se souvenant avoir été émue par un jeune chanteur talentueux qui avait participé à la danse, à tel point qu'elle lui avait apporté de l'eau en secret. « Cela s'est passé il y a si longtemps, j'étais très jeune », se dit-elle, bien qu'elle sût qu'en réalité il ne s'était écoulé que quatre hivers depuis. Par loyauté envers son mari, et par indifférence forcée envers ce jeune chanteur, dont l'apparence n'était plus qu'une image floue dans son esprit, elle n'éprouva aucune difficulté à dissimuler cet incident.

Et voilà qu'il revenait! Elle était sûre qu'il s'agissait du même homme. Sans qu'il le sache, il était destiné à devenir son second mari. Dans une situation plus ordinaire, cela aurait été une perspective passionnante, ou du moins une fort étrange coïncidence. Mais après toutes les tragédies qu'elle avait connues, la jeune veuve enceinte qui avait le mal du pays écouta la proposition et la mention du nom de Lowanla avec une indifférence passive. Elle se contenta de remercier le cousin de son mari de cette attention et s'éloigna.

Le long hiver dans l'abri sombre ne conduisait à rien d'autre qu'à l'oisiveté. Nénuphar ne voyait pas assez clair pour fabriquer de jolis vêtements pour le futur bébé. Cette perte de temps, alors qu'il y avait tant à faire, l'irritait profondément. Dans des circonstances aussi épouvantables, il était impossible de ne pas avoir le mal du pays, mais elle ne voulait pas que ses parents s'en aperçoivent. Elle se donnait beaucoup de mal pour paraître heureuse et croyait y parvenir, si bien qu'elle fut la première surprise quand, un jour, sa mère qui revenait d'une autre hutte près de la ligne des arbres vint lui annoncer:

— Ma fille, tout est arrangé.

— Qu'est-ce qui est arrangé, mère?

— Ton retour chez toi. Oui, maintenant, malgré l'hiver. Un voyage difficile vers un endroit où tu as envie d'aller vaut mieux que de rester ici où tu fais de vains efforts pour paraître heureuse, dit la mère qui avait tout deviné. Tu vas t'en rendre malade. Ton père a trouvé un moyen pour que tu retournes parmi les tiens.

Elle s'expliqua enfin. Un groupe de guerriers partait vers la région des Pieds Noirs, très loin au nord-ouest. Quand le père social de Nénuphar avait entendu la nouvelle, il s'était immédiatement enrôlé pour assurer la protection des guerriers jusqu'au village du Fantôme Blanc, qui se trouvait légèrement à l'est de leur route. Ils avaient accepté de voyager lentement jusqu'à ce point pour escorter la jeune veuve chez elle.

Pourtant, les voisins déconseillaient ce voyage. Ils racontaient comment Untel avait été enterré sous la neige pendant des jours et avait failli mourir étouffé avant de pouvoir s'extirper de là, comment Unetelle était morte en couches dans le blizzard et n'avait été retrouvée qu'au printemps. « Ne mettez pas cette jeune femme en danger, suppliaient-ils, elle a déjà trop souffert. » Et ils soulignaient que la Lune des ratons laveurs (février) et la Lune des yeux mouillés (mars) promettaient un climat désastreux. « Le blizzard peut se lever n'importe quand et surprendre les voyageurs.» Les parents furent troublés par ces récits, mais une fois qu'on lui avait fait entrevoir cette possibilité, Nénuphar était bien déterminée à la saisir, advienne que pourra.

Les femmes montaient leurs propres chevaux et suivirent le groupe de guerriers chargés de la garde d'avant. Les autres, y compris le père social, chevauchaient sur les côtés et à l'arrière, exactement comme lorsque tout le village migrait.

— Prenez autant de manteaux que possible, avait conseillé le chef de guerre. Si nous rencontrons une tempête, nous pourrons fabriquer des mâts de saules et dresser des tentes.

Comme prévu, le blizzard se leva, les forçant à s'arrêter. Ils improvisèrent des tipis dans un abri naturel au pied d'une haute falaise où ils durent rester deux jours complets en attendant que le vent s'apaise. Grâce à leur longue pratique, les guerriers se chargèrent de tout et préparèrent les repas qu'ils servirent aux femmes.

Un soir, d'étranges visiteurs arrivèrent, ce qui était d'autant plus surprenant qu'il n'y avait aucune habitation humaine dans les parages. Il y avait un homme et sa femme, qui avaient tous deux largement dépassé la cinquantaine, deux femmes, leurs filles, et trois enfants. L'une des femmes était enceinte. Comme si c'était leur mère, les enfants s'agglutinaient autour de la vieille, une femme à l'air stupide qui ne murmurait pas un mot de plus que nécessaire. Seul l'homme avait un discours cohérent, mais visiblement il cachait la vérité.

Après leur départ, les guerriers s'accordèrent à penser qu'il s'agissait sans doute de dégénérés vivant à l'écart de toute civilisation, c'est-à-dire de leur village, sans doute à cause d'un crime antérieur. Il était impossible qu'à son âge la vieille fut la mère des trois enfants, mais comme l'homme était le seul mâle de leur groupe, il n'y avait qu'une conclusion possible: « Quelque chose de très mal », disaient-il avec mille précautions pour éviter le mot banni, l'inceste.

— C'est innommable, s'exclama le chef de guerre. Pas étonnant que ceux qui enfreignent ainsi les lois familiales n'aient pas le courage de se mêler aux gens corrects et qu'ils préfèrent se cacher parmi les bêtes sauvages. Ils ne se seraient jamais aventurés ici si la faim ne les y avait poussés.

Pourtant, en présence des visiteurs, les guerriers leur avaient offert l'hospitalité, et, par respect humain, ne les avaient pas laisser partir sans les charger de viande et de nourriture. Ils avaient accepté que l'homme participe aux conversations et lui avaient fait fumer le calumet. Cela faisait partie de leur devoir d'hospitalité. « Traite en homme celui qui entre dans ton tipi et revêt une apparence humaine », disait la règle. Quelle que soit la veulerie de l'homme en question, rien ne permettait qu'on lui dénie une telle courtoisie.

L'homme et la femme semblaient cacher quelque chose et ne regardaient personne dans les yeux. Bien sûr, la coutume voulait qu'on détourne le regard en s'adressant à quelqu'un du sexe opposé, c'était un des éléments de l'étiquette. Mais là, l'homme ne pouvait croiser le regard d'un autre homme sans flancher, et la femme évitait le regard des autres femmes. Il y avait du louche dans cette attitude.

Quant aux filles, elles paraissaient n'avoir eu aucune éducation. Elles regardaient audacieusement les guerriers dans les yeux et souriaient bêtement. Elles s'asseyaient en croisant les jambes, à la manière des hommes. Elles se jetèrent sur la nourriture qu'on leur offrit, sans tenir compte de la présence des autres, tant elles étaient affamées. Quand elles eurent terminé, elles se parlèrent à voix basse et sortirent sans un mot de remerciement, sans même rendre leur bol à l'hôtesse, attitude des plus inconvenantes.

Ce furent les enfants qui éveillèrent la pitié de Nénuphar. Après un silence maladroit, car elle et sa mère avaient essayé vainement de lier conversation avec les filles, elle se tourna vers les bambins. En souriant, elle avait tendu la main vers eux et n'avait pu s'empêcher d'être choquée par leur réaction. Ils s'étaient recroquevillés sur eux-mêmes, tout en la regardant en fronçant le nez d'un air belliqueux, avec une telle vitesse et une telle précision qu'ils en étaient presque comiques. Ensuite, ils lui tirèrent la langue à plusieurs reprises, tandis que Nénuphar les regardait toujours, stupéfaite. Ils s'étaient instantanément transformés en petits animaux sauvages qui avaient peur d'être pris dans les bras et emportés. Après cette rebuffade, Nénuphar écouta les conversations des hommes et oublia un peu les enfants. Ce ne fut que plus tard, en les voyant, craintifs et hostiles, la regarder de leurs petits yeux noirs qui ne cillaient pas, toujours sur leurs gardes devant la possibilité d'un autre assaut, qu'elle s'y intéressa de nouveau. Ils ne savaient pas ce que signifiait l'amitié, car ils ne l'avaient jamais connue, pas plus que tout ce qui rendait la vie agréable et chaleureuse.

Ils étaient incroyablement sauvages et mal élevés. Personne ne leur avait jamais dit « Ne fais pas ceci, ne fais pas ça, cela ne se fait pas »; personne ne leur avait jamais fait honte lorsqu'ils s'étaient mal conduits. Il n'y avait personne à imiter autour d'eux, si bien qu'ils n'avaient pu apprendre. Ils grandissaient en dehors de toute civilisation, et le résultat était désespérant. Les gens qui appartenaient à une tribu étaient civilisés, ils savaient comment se traiter avec égards les uns pour les autres, mais ces enfants n'avaient pas la moindre idée de ce que pouvaient être des règles sociales.

Soudain, en voyant ces malheureux enfants hostiles et peu soignés, Nénuphar comprit combien l'homme avait besoin de compagnons. C'était le seul moyen d'apprendre à se conduire en être humain. La présence des autres sert de frein et de stimulant. Tout le monde a besoin d'éléments de comparaison pour se juger lui-même, ce qui n'était possible qu'au sein d'une tribu où chacun est en permanence obligé de tenir compte de la présence des autres, de leur parler en respectant les règles. C'est la seule chose qui permet aux gens d'être responsables d'eux-mêmes.

Auparavant, Nénuphar trouvait la critique et les commérages nuisibles. Mais en voyant ces gens qui n'avaient jamais à l'affronter, elle se demanda si ce n'était pas une véritable nécessité dont on ne pouvait faire l'économie. Sans la critique, les gens ne pourraient jamais savoir s'ils étaient dans le droit ou le mauvais chemin. Et il y en avait qui empruntaient la mauvaise route sans même s'en douter! Ils ne savaient même pas comment se présenter devant un groupe, ils ne se souciaient pas du jugement des autres. Cette solitude était tragique, mieux valait rester au sein d'une communauté et faire de son mieux, en obéissant aux règles en vigueur. Bien sûr, Nénuphar ne réfléchissait pas exactement en ces termes, néanmoins, c'est ce qu'elle pressentait.

Plus tard dans la nuit, la tempête se calma et la lune diffusa une lumière douce à travers l'air toujours chargé de flocons de neige, donnant à la scène une apparence de rêve.

— Demain matin, nous pourrons reprendre la route, dit le juge du temps. Il faudra éviter les ravins enneigés et marcher sur les crêtes où le vent a balayé les flocons.

Il avait raison, le lendemain matin, le temps était clair, froid et ensoleillé. Le ciel d'un bleu intense scintillait, et, loin à l'horizon, le givre étincelait comme des étoiles sur les arbres, les buissons, les rochers et la prairie. Tout était d'un blanc immaculé, à part une tache sombre çà et là dans les petites cavités du paysage où des tiges perçaient la croûte glacée. C'était une journée merveilleuse, et le groupe se remit en marche de bonne humeur. Pour seul bruit, on percevait le craquement incessant de la croûte qui se brisait et le crissement de la neige sous le sabot des chevaux. Ils poursuivirent ainsi pendant trois jours avant d'atteindre les quartiers d'hiver du Fantôme Blanc. Le groupe accompagna Nénuphar et ses parents sociaux jusqu'au tipi d'Arc-en-Ciel. Après avoir festoyé, il reprit son voyage. Les parents sociaux de Nénuphar furent invités à rester jusqu'au printemps, ce qu'ils pouvaient accepter en toute bonne conscience car ils savaient Feuille Rouge en sécurité avec sa tante et les autres membres de la famille.

Avant d'avoir vingt ans, Nénuphar avait traversé assez d'événements en une seule année pour s'en souvenir pendant longtemps. Ce n'était qu'à la dernière Danse du soleil, au cours de la Lune où les animaux se gonflent (juin) qu'elle s'en était allée pour devenir la femme de Cheval Sacré, l'enfant bien-aimé. Et à présent, dans la Lune des ratons laveurs, elle revenait dans sa propre tribu, veuve et enceinte. Tout le monde l'accueillit chaleureusement dans le village qui était le sien par droit de naissance, enfin tout le monde sauf son frère, Petit Chef. Lui aussi s'était marié et était parti rendre visite à sa belle-famille dans un autre village de la région.

— Il reviendra dès qu'il saura que sa soeur est de retour, tu peux m'en croire, dit Aigle Noir qui connaissait la force de la loyauté qui unissait le frère et la soeur.

Nénuphar était très consciente de ses prérogatives et savait qu'elle devait honorer Petit Chef en offrant une magnifique robe à sa femme, ou un châle peut-être.

« Que pourrais-je offrir à ma belle-soeur? se demandait-elle. Je n'ai rien rapporté qui en vaille la peine, comment aurais-je pu faire autrement dans ces circonstances? » Il fallait qu'elle se procure quelque chose auprès de sa mère ou des autres membres de sa famille. D'ailleurs, elle n'aurait pas besoin de le demander, on le lui donnerait spontanément, car tous se rendraient compte de ses obligations.

Ce n'était pas que la famille de Bon Chasseur l'ait négligée, mais après l'épidémie et les nombreuses morts, tout le monde était dépossédé. Quand elle avait quitté son beau-père, pour la première fois, il lui avait adressé la parole directement, bien qu'il l'ait toujours évitée auparavant, par respect pour elle.

— Va en paix, femme-de-mon-fils. J'irai voir mon petit-fils dès que j'aurais un présent digne de lui entre les mains. Pour le moment, tu connais notre situation, mais si je pouvais te renvoyer chez toi avec quelque chose digne de ta valeur, tu serais accompagnée par un troupeau de chevaux américains.

C'était le plus beau compliment qu'il puisse faire, car il avait une haute estime de sa bru.

Trop contente de rentrer chez elle, quelle que soit sa pauvreté, Nénuphar n'avait pas souffert de revenir les mains vides. D'ailleurs, son tiyospaye était trop content de la revoir pour exiger quoi que ce fût. Faon Agile et Fleur de Prairie étaient si heureuses de revoir leur cousine qu'elles ne cessaient de lui répéter à quel point elle leur avait manqué. Pourtant, Fleur de Prairie avait eu autre chose en tête: elle aussi s'était mariée peu après le départ de Nénuphar, bien qu'elle fût de deux ans sa cadette. Faon Agile promettait toujours de devenir une vierge perpétuelle et semblait satisfaite de son sort, car elle agissait avec sa dignité et son assurance habituelles.

Joli Sourire avait beaucoup grandi et devenait une agréable jeune fille aux manière douces, d'une timidité charmante. Elle paraissait malgré tout un peu triste et languide, sauf quand elle parlait du bébé à venir. Là, elle s'enflammait.

— Ma soeur, je m'en occuperai tout le temps, tu n'auras pas à te fatiguer.

Le jeune frère de Nénuphar, Ohiya, qui dès son plus jeune âge avait imité les adultes et avait ainsi fourni une nouvelle famille à sa soeur, était devenu un adolescent distant. Il passait son temps à chevaucher dans les environs avec des camarades de son âge et ne rentrait que pour repartir à nouveau.

— Tous les garçons de son âge font la même chose, dit Oiseau Bleu, c'est normal. Il est content que tu sois de retour.

Cela ne dérangeait pas trop Nénuphar de ne le voir que fort rarement après qu'il l'ait accueillie à son retour.

Le vieux grand-père était toujours là, avec des bons et des mauvais jours. A la fin de l'été tout le monde fut sûr qu'il allait mourir, car il se retrouvait seul après la mort de son meilleur ami.

Pourtant, le vieux grand-père survivait, bien qu'en fait il n'aspirât qu'à la mort.

— Tous mes amis sont partis, pourquoi rester? se plaignait-il.

A de tels moments, seule Nénuphar semblait capable de le distraire en lui racontant les récits des aventures qu'elle avait vécues dans le Sud. Oui, il les connaissait bien cette région, cette rivière et cet homme d'importance dont elle parlait. Il était allé partout lui-même, bien des années auparavant. Avait-elle rencontré Untel? Tout en lui faisant la conversation, Nénuphar fabriquait de jolis vêtements pour son futur bébé. Elle n'avait perdu que trop de temps dans cette hutte sombre, il fallait qu'elle le rattrape.

Sa mère, ses tantes, ses cousines elles aussi travaillaient pour le bébé. Il ne recevrait pas de berceau luxueux de la part de sa belle-famille, qui était la seule à pouvoir fournir ce présent, mais Nénuphar savait que, dans un an ou deux, ils lui enverraient des présents. Il pouvait se permettre d'attendre un peu.

La Lune des boutons éclos (avril) en était à son dernier quart quand naquit le bébé de Nénuphar, exactement là où elle avait rêvé qu'il naisse sans oser l'espérer, dans son tipi, parmi les siens, là où sa propre mère pourrait l'aider. Tout était parfait ou presque: en effet, le grand-père agonisait dans un tipi alors que Nénuphar donnait naissance dans un autre. Avec un synchronisme parfait, le bébé vint au monde et le grand-père s'en alla à l'aube du même jour.

De nombreux visiteurs vinrent donc pleurer devant l'un des tipis et se réjouir devant l'autre.

— La vie ne se termine jamais, dit l'un d'entre eux qui trouvait de bon escient de haranguer la foule à propos de ces deux événements simultanés. Parfois, elle ralentit, pour reprendre de plus belle. Le jeune enfant est le vieil homme réincarné, il est privilégié car il s'est acquis toutes les qualités que le grand-père a gagnées pour lui. Il est béni car son grand-père lui a légué ses traits les meilleurs, la douceur, la gentillesse, la patience. L'enfant devrait porter son nom.

Pourtant, la cérémonie du nom n'aurait pas lieu tout de suite. Bien avant la naissance, Nénuphar lui avait déjà donné un nom en pensée, Mitawa, le Mien. Les deux mois suivants passèrent en un éclair tant la jeune mère était absorbée par les soins à prodiguer au bébé. Sa cousine Fleur de Prairie avait elle aussi donné naissance à un fils, et les deux jeunes femmes, qui s'étaient toujours beaucoup aimées, trouvaient un bonheur commun dans la maternité.

Les tragédies que Nénuphar avait connues lui semblaient lointaines, comme dans un rêve qui s'évanouissait de plus en plus. Un jour, alors qu'elle se tenait devant le tipi de sa mère qui était à nouveau le sien, elle vit un jeune inconnu guidant son cheval par la bride s'approcher d'elle. Il portait une certaine ressemblance avec son défunt mari, ce qui la fit suffoquer un instant. Soudain, tout s'éclaircit. C'était Lowanla, dont on lui avait déjà parlé. Oui, il était bien comme elle le pensait, il ne pouvait y en avoir deux comme lui, deux chanteurs talentueux, deux danseurs du soleil. C'était bien à lui qu'elle avait apporté de l'eau pour qu'il puisse étancher sa soif. Il avait cinq ans de plus, mais paraissait aussi jeune et aussi beau que lorsqu'elle l'avait vu pour la première fois. Son coeur battait, mais elle parvint à garder son calme en le saluant.

Tandis qu'il mangeait les mets qu'elle lui présentait, ils eurent une conversation banale, plutôt conventionnelle. Il lui dit être le cousin de Cheval Sacré et lui annonça qu'il était venu « s'occuper de son fils, si cela lui convenait ». Nénuphar lui répondit que si c'était vraiment là ce qu'il désirait et s'il ne se contentait pas d'offrir ce qu'on lui avait demandé d'offrir, elle acceptait volontiers. Ainsi, ils devinrent fiancés. Avec un bébé dans les bras, elle ne pouvait accueillir un nouveau mari que dans la dignité, avec une touche de chagrin face à la mort prématurée de Cheval Sacré qui les rapprochait.

Toute la famille se réjouit pour elle et l'enfant. Même si les règles familiales n'exigeaient pas qu'une veuve se marie avec le frère ou le cousin de son mari, c'était toujours préférable pour l'enfant, car il avait ainsi pour père quelqu'un qui se considérait déjà comme tel. Tout le tiyospaye les aida à se préparer un nouveau foyer dans lequel ils s'installèrent. Ce fut à cela que se réduisit la cérémonie du mariage.

Nénuphar avait été achetée pour son premier mariage, cette fois, elle se mariait d'une autre manière, celle qu'adoptaient la plupart des femmes qui avaient assez de bon sens pour ne pas s'enfuir clandestinement: par consentement mutuel ouvertement déclaré. A l'époque où elle avait succombé aux charmes de Lowanla, elle aurait peut-être perdu la tête et se serait peut-être amourachée au point de s'enfuir avec lui. Mais tout cela faisait partie du passé. Elle était plus âgée et plus sage maintenant; elle maîtrisait parfaitement toutes les situations. Elle se mariait tranquillement, avec l'approbation tribale. Pour une femme dakota, rien ne pouvait être plus désirable.

Après la mort soudaine de son mari, Nénuphar avait souvent repensé à leur couple, et ses souvenirs lui poignardaient le coeur. « Pourquoi était-il si difficile de se sentir à l'aise avec lui? Pourquoi me suis-je abritée derrière ma timidité? Oh, si j'avais pu prévoir ce qui allait se passer! » Trop tard, elle avait compris avoir manifesté une trop grande réserve, s'être enfermée dans son mutisme et n'avoir pas été une épouse idéale. Pleine de remords, elle se rappelait les lueurs d'espérance dans son regard patient: « Oh, pourquoi n'es-tu pas plus sociable avec moi? » Qu'est-ce qui l'avait incitée à rester langue liée et à ne jamais pouvoir lui parler? C'était injuste pour lui. Elle se rendait compte de son erreur, bien qu'il fût trop tard pour la réparer. « Si je me remarie, s'était-elle promise, je serai de bien meilleure compagnie, et bien plus tôt, je le jure! »

A présent, elle avait une chance de tenir sa promesse avec le cousin de Cheval Sacré. La situation était si appropriée, si agréable, qu'il lui semblait ne pas la mériter. La vie avec Lowanla s'avéra facile et plaisante en grande partie grâce à la nouvelle attitude de Nénuphar qui s'épanouissait complètement dans son rôle d'épouse.

L'automne arriva. Il était temps de cueillir des baies sauvages pour l'hiver. Cette année-là, on les trouvait en abondance, la cueillette serait facile et rapide. Les fruits poussaient chacun sur une tige, mais en grosses grappes reliées à des branches plus épaisses. Ils étaient protégés par des épines qui rendaient la cueillette pénible sinon carrément impossible.

Comme tout le monde le savait, il valait mieux laisser mûrir les fruits tout l'été, car ils restaient âcres et durs, d'un rouge opaque. C'était après que la magie des premières gelées ait fonctionné, presque du jour au lendemain, qu'ils devenaient tendres et sucrés. Ils scintillaient d'un rouge orangé, comme éclairés d'une lumière intérieure. Il y avait même quelques buissons chargés de fruits jaunes. Mais rouges ou jaunes, ils étaient aussi délicieux les uns que les autres après le gel. Ils avaient la taille d'un petit pois et, à cause des épines qui les protégeaient, on devait les récolter grâce à une méthode appelée: « la chute des petits objets qui tombent facilement ».

Les femmes se regroupaient par tiyospaye ou par affinités et faisaient de cette récolte un événement social chaleureux. Au lever du soleil, elles se mettaient en route et installaient des auvents le long de la première bande de terrain où les buissons aux feuilles argentées poussaient drus. Elles étalaient des couvertures sur le sol et plaçaient l'eau et la nourriture à l'ombre. Une ou deux femmes restaient là pour s'occuper des affaires et surveiller les enfants qui ne pouvaient pas marcher longtemps. Elles préparaient également le repas de midi pour celles qui travaillaient au soleil.

Les cueilleuses s'attachaient une couverture autour des hanches et en relevaient une des extrémités au niveau de la taille, ainsi elles conservaient les mains libres. Armées d'un bâton, elles se dispersaient dans toutes les directions vers les buissons qui parsemaient le terrain à perte de vue de chaque côté de la rive.

Oiseau Bleu, Faon Agile, Femme de Rêve et Première Femme formèrent un groupe, laissant Nénuphar et Fleur de Prairie, dont les enfants avait moins d'une lune, sous les auvents. Les jeunes mères firent dormir leurs bébés et se préparèrent à prendre en charge la récolte dès que les autres auraient rempli leurs récipients et les apporteraient.

Elles travaillèrent en silence pendant un moment et s'occupèrent des premiers fruits, mais la journée était si douce et si paisible dans la brume automnale qu'elles devaient s'arrêter de temps en temps pour admirer le paysage.

— Oh, ma cousine, dit Nénuphar en soupirant, après cet horrible séjour dans les bois, j'ai cru que je ne parviendrais jamais plus à être heureuse. J'avais tort. Ce moment est arrivé, et c'est maintenant.

Après son année d'exil et les tragédies qu'elle avait connues, le paysage lui semblait merveilleux. Tous les amis de son enfance étaient là, les femmes dans les buissons, et les hommes sur les sommets lointains des collines, prêts à venir leur porter secours si un danger quelconque s'annonçait. Quelque part, son nouveau mari chassait pour elle et son enfant qui dormait dans ses bras, tandis qu'elle se consacrait à une tâche si légère qu'il ne lui semblait pas qu'elle était en train de travailler. Elle était comblée.

Elle souriait de temps en temps, ravie par les bruits de voix des femmes, leurs rires sans contraintes, leurs moqueries joyeuses, les cris de surprise et d'admiration devant un nouveau bosquet chargé de fruits plus gros et plus mûrs que les autres, les cris d'avertissement pour éviter un danger aux enfants ou les empêcher de faire des bêtises dès qu'elles avaient le dos tourné. Un cri perçant retentit car un lièvre affolé avait surgi du buisson, effrayant à son tour celles qui l'avaient dérangé; autre hurlement au moment où quelqu'un faillit marcher sur un serpent à sonnettes, les conseils agités pour le tuer en toute sécurité fusèrent de toutes parts ... Tous ces sons s'élevaient sur un fond constant de martellement du bois contre le bois, tandis que les femmes battaient les branchages pour faire tomber les fruits retenus par une tige quasi inexistante et qui dégringolaient en pluie sur les peaux étendues.

Les deux jeunes femmes travaillèrent toute la matinée sans un instant de répit car on leur apportait sans cesse de nouveaux fruits. Avec un maillet de bois, Fleur de Prairie écrasait les baies tandis que Nénuphar modelait la purée en gâteau qu'elle déposait sur des feuilles fraîches pour les faire sécher au soleil. A midi, elles s'arrêtèrent pour préparer le repas. En voyant la fumée monter dans le ciel, les travailleuses se dirigèrent en choeur vers leur quartier général respectif.

Elles s'installèrent en petits groupes joviaux sous les auvents et mangèrent en se racontant des histoires drôles, en riant et en plaisantant d'humeur joyeuse, s'interpellant d'un groupe à l'autre, si bien que tout le monde riait en même temps. Après le repas, elles décidèrent de se reposer un peu pendant que le soleil était encore haut et de reprendre la cueillette plus tard. Elles firent donc la sieste à l'ombre des auvents.

Seule Nénuphar ne dormait pas. Elle observait le ciel en réfléchissant. Un nouveau sentiment de sécurité l'envahissait et son avenir lui apparaissait prospère. Ses frères Petit Chef et Ohiya lui fourniraient tout le soutien social qu'une soeur pouvait désirer. Tous deux avaient déjà honoré leur petit neveu en offrant des présents en son nom. Bientôt, ils lui apprendraient à monter à cheval et à chasser, à se protéger et à devenir un homme.

Joli Sourire était une charmante fillette, et les parents de Nénuphar, toujours très dynamiques et très actifs, faisaient preuve envers elle du sens de l'abnégation qu'elle-même manifestait envers son Mitawa adoré. Ses tantes, Première Femme, au franc-parler mais au bon coeur, et Femme de Rêve plus sensible, si mystérieuse et si généreuse, la soutiendraient toujours. Les soeurs des pères et les cousines, par loyauté envers leur père, étaient capables de passer sur les défauts des autres et de continuer à avoir une bonne opinion sur eux, même si le pire avait été commis. Ses oncles, Aigle Noir et Coeur d'Ours, par loyauté envers sa mère, leur cousine, seraient les seconds, après Arc-en-Ciel, à prendre sa défense et à la protéger si jamais elle avait besoin d'eux.

« Tous les membres de ma famille sont nobles, pensait-elle, ils font de leurs devoirs envers les autres un plaisir et un privilège. » Il n'était pas difficile de respecter les règles familiales parmi eux. Quand tout le monde jouait son rôle à part égale dans cet échange de loyauté, la vie était proche de la perfection.

Nénuphar poursuivait sa rêverie et songeait à son mari, qui était venu la trouver si humblement, malgré ses talents et son statut, offrant de s'occuper de son fils. C'était la formule la plus digne de demande en mariage en ces circonstances, et tout le village respectait Lowanla pour sa loyauté envers son défunt cousin.

Pourtant, pour Nénuphar, cela représentait beaucoup plus qu'une simple attitude de correction et de politesse, bien que personne ne puisse s'en douter à en juger par la sobriété de sa réponse. De plus, grâce à quelques indices qu'il avait laissé voir, elle pensait que cela représentait beaucoup plus que cela pour lui aussi. Elle savait que si Cheval Sacré l'avait choisie dès le premier regard, elle avait choisi ce cousin bien avant, dès le premier regard aussi. Elle en était arrivée à croire que lui l'avait voulue au même instant, si ce n'était avant. « Quand je conduisais le choeur à la fête omaha, je t'ai tout de suite vue dans la foule des spectateurs », lui avait-il avoué quelques jours auparavant.

Son esprit vagabondait. Elle songeait que, toujours, elle garderait une image reconnaissante et affectueuse du père de son enfant. Comment pourrait-elle oublier sa gentillesse, et comment oublier à quel point il avait essayé de lui rendre la vie facile dans cette contrée éloignée? Jamais il n'avait cherché à la dominer et il avait toujours essayé de satisfaire ses désirs. Bien sûr, s'ils avaient pu passer leur vie ensemble, il ne l'aurait jamais frappée comme certains hommes impatients frappent leur femme, elle en était certaine. Dès qu'il serait en âge de comprendre, elle expliquerait à Mitawa que son père était beau et fort, doux et gentil, qu'il ne se vantait jamais de ses talents indéniables de chasseur, et que, jusqu'au jour de sa mort, il s'était montré sans crainte. Mitawa devait être fier de lui.

Soudain, elle pensa qu'elle pouvait commencer tout de suite et lui murmurer à l'oreille pendant son sommeil, formant ainsi dans son jeune esprit une image de l'homme dont il était le fils. Peut-être un jour comprendrait-il, elle ne pouvait guère faire mieux. Elle se souvenait comment, dès le jour de la naissance d'Ohiya, ou presque, son grand-père s'asseyait près du minuscule bébé, et lui racontait comment on devient un homme. C'était pour cela sûrement qu'Ohiya avait mûri prématurément et que l'on pouvait compter sur lui, car, bien avant l'âge, il avait le sens des responsabilités. Penser qu'il avait conclu un pacte d'amitié avec un de ses camarades de jeu! Imaginer toutes les conséquences bénéfiques que Nénuphar en avait tiré quand elle était loin de chez elle et solitaire!

Nénuphar se rappela la petite figurine de femme que Lowanla portait au doigt le jour où il était entré dans la Danse du soleil. De nouveau, cette question qui la torturait: qui cela pouvait-il bien être? Elle-même? Elle ne lui poserait jamais la question, pourtant, elle ne cessait de s'interroger, surtout depuis que son mari lui avait parlé d'une fille étrange qui lui avait apporté de l'eau. « Je n'avais pas de fiancée, alors je ne m'attendais pas à ce qu'on m'apporte de l'eau. Mais unc fille a eu pitié de moi. Je ne sais pas qui c'était. Elle s'est sauvée dans l'obscurité, mais elle m'avait laissé un pichet. Je l'ai toujours. Je te le montrerai. Tu veux le voir? » Il l'avait regardée d'un air interrogateur, mais elle avait su garder son calme. « Elle était allée du côté de chez toi, vers le campement de Palani, c'est bien là que tu étais, non? C'était peut-être toi, » ajouta-t-il d'un ton moqueur.

— Il y avait beaucoup de gens à la Danse du soleil. Si je m'en souviens bien, il y avait trois rangées de tipis dans notre campement. Il ne devait pas manquer de jeunes filles.

Sûre de garder la maîtrise de la situation, elle le taquina un peu plus tard.

— Dommage qu'elle ne se soit pas fait connaître. Après être allée si loin, pourquoi tant de réserve? C'était cruel de te laisser dans le doute pour toute ta vie, avait-elle dit avec un sourire chagriné.

Toutes ces idées vagabondaient dans son esprit, tandis qu'elle regardait le ciel tacheté de nuages blancs, sans même le voir. Tout autour d'elle, les femmes continuaient à dormir prosaïquement, mais Nénuphar restait éveillée, tant elle vibrait de bonheur. Pauvre Lowanla, comme il aurait voulu obtenir la certitude de ce qu'il espérait tant!

— Ah, si seulement j'étais certain que c'était toi!

— Et si c'était le cas?

— Si c'était le cas, je serai heureux jusqu'à la fin de mes jours.

Pendant un instant, elle avait été tentée de briser son voeu secret et de dire la vérité, mais elle s'était reprise à temps. Elle n'avouerait jamais, jamais! Pas même pour savoir ce qu'elle voulait le plus savoir au monde, si c'était bien elle que représentait la petite figurine.

La sagesse des femmes dakotas, construite au fur et à mesure des générations, lui disait que cela ne donnerait rien de bon. Bien sûr, elle désirait par-dessus tout le bonheur de Lowanla, mais elle redoutait le revers de la médaille, le soupçon! Il naîtrait insidieusement et se développerait, le tourmenterait sans cesse de la même question, jusqu'à ce que cela devienne une véritable obsession: « Si elle a fait ça pour moi, elle, une jeune fille si bien élevée, pourquoi ne l'aurait-elle pas fait pour d'autres? Y avait-il d'autres hommes? Qui? » Finalement, un rideau de méfiance les séparerait, et ce n'était pas une façon de vivre pour mari et femme.

« Non, jamais! chuchota Nénuphar, les lèvres crispées de sa détermination. Il ne saura jamais. Tant pis, il faudra qu'il se contente d'un peu moins que le bonheur parfait. Mais ce sera mieux comme ça. »

À propos de Nénuphar

Nénuphar est un portrait unique de la vie des Sioux au XIXe *siècle, inégalable par son interprétation de la culture des Indiens des Plaines, d'un point de vue féminin. Pendant tout le milieu du XIX*^{e} *siècle, la vie des Indiens des Plaines fut surtout marquée par les luttes intertribales et par le système complexe qui en découlait, destiné à encourager et à récompenser les actes de bravoure individuelle. Leur vie était dominée par la chasse au bison, qui se faisait à cheval et où les cavaliers poursuivaient les vastes troupeaux, afin de satisfaire les besoins alimentaires et autres de la tribu. Dans les écrits sur les Indiens des Plaines, le rôle de la femme est toujours difficile à percevoir.*

Cet ouvrage, qui se concentre sur l'expérience de Nénuphar, l'héroïne, ainsi que sur celle de sa mère et de sa grand-mère, apporte une contribution majeure à la compréhension des femmes dans la culture sioux traditionnelle. Pourtant, Ella Deloria ne voyait pas ce livre comme un manifeste féministe. En présentant son peuple sous une forme romanesque, elle a écrit avec son coeur, seule méthode culturellement appropriée pour une véritable femme sioux. Cette vision de l'intérieur donne au récit un intérêt tout particulier et permet également de réexaminer toute la littérature concernant la vie traditionnelle des Sioux.

Pour comprendre ce que Ella Deloria a voulu faire, et a si bien réussi, à travers Nénuphar, *il est important de connaître le contexte intellectuel dans lequel le manuscrit a été rédigé, le milieu améri-*

cain de l'anthropologie dans les années trente et quarante marqué par la personnalité de Boas. En effet, même si Ella Deloria n'a jamais entrepris de véritables études d'anthropologie, sa longue collaboration avec Franz Boas, Ruth Benedict, Alexander Lesser et Margaret Mead, les figures dominantes dans ce domaine à l'époque, a influencé et canalisé ses études sur le passé du peuple sioux.

De 1899 à sa mort en 1942, Boas a attiré autour de lui à l'Université Columbia de New York les principaux chercheurs de la première moitié du XXe siècle qui se consacraient à l'étude et à la préservation de la culture et du langage des Indiens d'Amérique du Nord. C'est surtout grâce à son propre exemple que Boas s'était gagné une telle notoriété dans ce groupe diffus dont les membres dispersés à travers le pays s'attachaient à développer les études anthropologiques au sein des universités. Boas a facilité leurs recherches en trouvant des fonds, et en aidant ses étudiants à concevoir et à mener à bien leurs projets. Pourtant, dans son enseignement, ce fut essentiellement la qualité de son propre travail qui servit de guide et permit à ses élèves de développer leurs propres idées.

Pour Ella Deloria, Franz Boas était une figure charismatique. Elle respectait à la fois son savoir et son honnêteté. Lorsqu'elle lui écrivit pour lui souhaiter un bon anniversaire lors de ses quatre-vingt-un ans le 17 juillet 1939, Deloria lui dit: « Pour rien au monde, je n'échangerais le privilège de vous avoir connu ». Bien que certains de ses élèves plus familiers l'appelassent « Papa Franz », Deloria, elle, s'adressait toujours à lui sous le nom de « Père Franz », ce qui établissait la proximité de la relation, tout en lui manifestant son respect. (Boas, l'érudit juif par excellence, lui répondait en disant: «Ella, cela me donne l'impression d'être un prêtre catholique!», ce à quoi elle répliquait par: « Après mon père, vous être le seul vrai chrétien que j'aie jamais rencontré ».) Boas avait enfin trouvé en Ella Deloria quelqu'un dont le dakota était la langue maternelle et qui pouvait l'aider à poursuivre ses recherches linguistiques. Avec sa maîtrise du dakota, son respect pour la recherche, sa vive intelligence et ses talents littéraires, c'était la collaboratrice rêvée.

Il semble que Boas se soit intéressé aux Sioux pour mener à bien les recherches de James Owen Dorsey, du département ethnologique de la Smithsonian Institution, mort prématurément en 1895 en laissant derrière lui tout un héritage de manuscrits inédits relatifs aux dialectes sioux. Il y avait en particulier une collection remarquable de récits en dakota, plus d'un millier de pages manuscrites, rédigées sous la direction de Dorsey en 1887 par George Bushotter, un jeune Sioux qui avait fait ses études au Hampton Institute, en Virginie. Boas essaya à plusieurs reprises de préparer les manuscrits en vue d'une publication, et il employa Deloria pour travailler avec lui et ses étudiants sur certains récits au printemps 1915, alors qu'elle était encore étudiante à l'Ecole normale de Columbia. Deloria, littéralement fascinée par le travail de traduction et d'analyse syntaxique, écrivit plus tard qu'elle avait beaucoup apprécié ce travail sous la direction de Boas, son premier vrai emploi rémunéré et qui lui avait rapporté dix-huit dollars par semaine!

Quand Ella Deloria quitta New York, Boas perdit tout contact avec elle jusqu'en 1927. Cet été-là, il alla lui rendre visite au Haskell Institute à Lawrence, dans le Kansas, et reprit apparemment le dépouillement des écrits de Bushotter là où ils l'avaient laissé douze ans plus tôt. Il passa quelques jours à Lawrence pour mettre au point une méthode de travail et lui expliquer quel genre de traduction et de révision il désirait. Il l'embaucha pour l'été afin qu'elle poursuive le travail. Ce fut le début de la longue association de Deloria avec l'anthropologie.

L'année suivante, en 1928, Boas trouva les fonds nécessaires pour faire venir Deloria à New York, afin qu'elle puisse entreprendre le travail pour de bon. Bien qu'il voulût surtout collaborer avec elle pour approfondir son étude du langage, Deloria eut surtout à jouer un rôle de nature psychologique. «L'objet de votre travail consiste à étudier, en détail, les façons d'agir et de penser des enfants et des adultes dakotas... Sur le plan ethnologique, cette étude fournira de nombreuses opportunités, car cette investigation implique que vous connaissiez tous les détails de la vie quotidienne, toutes les attitudes religieuses et toutes les habitudes de penser de ce peuple », lui écrivit-il le 16 janvier 1928.

A New York, Deloria rencontra Ruth Benedict, une étudiante et collègue de Boas, qui, à la fin de la vie de Boas, prenait de plus en plus le contrôle des opérations quotidiennes du département d'anthropologie de l'Université Columbia et respectait farouchement le point de vue et les méthodes de travail de son maître. Dans les années qui suivirent, Ella Deloria eut pour tâche de rassembler un matériel que Benedict avait l'intention de l'aider à publier ultérieurement. Ce fut elle, par exemple, qui suggéra que Deloria travaille sur les structures familiales et tribales des Dakotas et examine de près le rôle de la femme en se fondant sur les autobiographies existantes pour en tirer une analyse.

Ella Deloria continua à travailler en collaboration avec Boas et Benedict jusqu'à leur mort respective, en 1942 pour le premier et en 1948 pour la seconde. Pendant les vingt années de travail à l'Université Columbia, elle s'attacha à l'étude de la grammaire sioux et établit un dictionnaire sioux-anglais; elle termina également la traduction de tout le matériel laissé par Bushotter ainsi que des manuscrits de George Sword (écrits vers 1908), un Oglala, et de Jack Frazier, un Sioux santee (qui avait dicté son oeuvre à Samuel et Gideon Pond en 1840). De plus, elle transcrivit et traduisit d'innombrables textes sur des sujets divers rédigés en dakota et dans différents dialectes sioux, choisis en fonction des variétés de formes du langage parlé qu'ils représentaient: mythes et légendes traditionnels, anec-

dotes, autobiographies, discours politiques, conversations, histoires humoristiques et aphorismes. Il n'existe aucune trace écrite d'une telle ampleur sur aucune autre langue des Indiens des Plaines.

Bien que l'essentiel de sa tâche consistât à rassembler des informations, après la mort de Boas, Ella Deloria consacra ses efforts à écrire des synthèses ethnographiques sur le mode de vie sioux. Elle s'attacha surtout à rédiger un ouvrage suggéré par Benedict et consacré aux liens familiaux et sociaux, auquel elle donna pour titre selon les moments « La vie sociale au sein du village », ou « La vie de famille chez les Dakotas». C'est une présentation complète de la vie sociale, qui va de la structure de la société au fonctionnement du système familial et à la vie individuelle, le tout largement illustré de citations des personnes interviewées au cours de l'enquête et de traductions de textes historiques.

Ce manuscrit, qui tient surtout de l'étude universitaire, devait être publié par l'American Philosophical Society, mais sans l'aide de Benedict, Deloria eut beaucoup de mal à parachever ce travail. En y intégrant des éléments de sources trop diverses, elle finit par obtenir un ouvrage peu historique auquel il manquait un ancrage dans le temps. Le coeur du livre est une présentation des valeurs du mode de vie sioux traditionnel, articulée par les traductions de manuscrits historiques et les interviews. C'est une vision contrastée qui replace la société des Sioux en perspective par rapport à l'Amérique moderne. En un mot, c'est une étude au sens boasien: une synthèse générale et idéaliste, un testament du passé et des anciennes valeurs sioux.

Le travail était déjà fort avancé en 1945 lorsque Deloria fit remarquer dans une lettre à son amie Virginia Dorsey Lightfoot (la fille de James Owen Dorsey) que ce genre de recherches était devenu obsolète. La Seconde Guerre mondiale avait ouvert une ère de sciences sociales pratiques, et l'étude ethnologique des Indiens ne faisait plus partie des priorités. Malgré le manque de soutien finan-

cier, elle continua à se battre, et termina le manuscrit en 1954. Pourtant, elle ne trouva aucun éditeur, et ce n'est qu'aujourd'hui qu'on prépare le travail en vue d'une publication.

Cette longue quête pour préserver le langage et la culture traditionnelle sioux prenait racine dans l'inquiétude de Deloria face à l'avenir de son peuple. Elle formula ses craintes dans une lettre datée du 2 décembre 1952 destinée à H.E. Beebe, qui lui avait trouvé les fonds nécessaires à faire taper le manuscrit en vue d'une publication:

> *Cela peut vous sembler naïf, mais j'ai l'impression d'être investie d'une mission: faire comprendre le peuple des Dakotas en tant qu'êtres humains aux Blancs qui traitent avec eux. Il me semble que si le développement des Dakotas est si lent, c'est parce que ceux qui sont venus parmi eux enseigner et prêcher étaient persuadés que les Dakotas n'avaient rien, ni règle de vie, ni organisation sociale, ni idéaux. Ils ont donc essayé de déverser leur culture blanche, comme dans un espace vide, pour ainsi dire, et comme cela n'a pas marché, ils en ont conclu qu'il était impossible de faire changer et d'éduquer les Indiens. Avant de se lancer dans leur programme, ils auraient dû étudier le plus possible la vie des Dakotas pour comprendre comment elle fonctionnait autrefois, et voir ce qui était toujours si profondément ancré dans les moeurs qu'on ne pouvait le modifier brutalement sans douleur... C'est à moi qu'il revient d'effectuer ce travail et si je ne fais pas connaître tout ce que je sais avant ma mort, j'aurai échoué. Mais je ne suis pas pessimiste, bien au contraire.*

Effectivement, une monographie scientifique aurait établi la crédibilité de la vie traditionnelle sioux et présenté ses fondations sociales d'une manière qui aurait pu être bénéfique aux missionnaires du gouvernement et aux enseignants. Mais ce n'était pas le véhicule idéal pour toucher un large public. Comme elle l'écrivit à Virginia Lightfoot le 3 février 1946: «L'ethnologie doit être objective et neutre». Peut-être songeait-elle au chapitre fondé sur un de ses manus-

crits et rédigé par Jeannette Mirsky, une étudiante de Boas, qui fut publié dans un volume édité par Margaret Mead, Cooperation and Competition among Primitive Peoples *(1937). Tout en donnant un excellent résumé des principes fondamentaux du système social traditionnel sioux, il ne laisse que peu ou pas de place à la dynamique de la vie quotidienne. La phrase clé de la conclusion donne une bonne indication du ton général: «La culture dakota repose sur une interaction constante entre les faits et gestes individuels et la participation du groupe, où le prestige trouve sa place de tous les côtés » (p. 426). Une généralisation aussi plate était une insulte à la richesse et à la variété des sources de Deloria et réduisait les émotions à de simples données statistiques.*

Ella Deloria préférait, quant à elle, une approche beaucoup plus personnelle. Pendant toute sa carrière, dès ses années d'études à l'Ecole normale de Columbia en 1913, elle donna des conférences et présenta des danses traditionnelles devant toutes sortes de publics de Blancs, dans les paroisses, écoles, YMCA et autres organismes, à la fois pour gagner sa vie et pour faire comprendre le peuple indien. C'est dans le même esprit qu'elle transforma une partie de son matériel en un ouvrage populaire sur le passé et le présent des Indiens d'Amérique, publié par le YMCA en 1944, Speaking of Indians.

Ella Deloria n'était pas la seule à regretter que les études anthropologiques annulent la dimension personnelle du passé des Indiens. En 1922, Elsie Clews Parsons — une anthropologue, étudiante et collègue de Boas, qui apporta un immense soutien financier aux derniers disciples de Boas — publia un recueil de récits de fiction sur la vie individuelle des Indiens replacée dans un contexte historique, American Indian Life. *Boas ainsi que nombre de ses étudiants les plus importants répondirent à l'appel de Parsons, et, pour certains d'entre eux, ce fut le premier contact avec l'écriture romancée. Parsons concevait cet ouvrage comme un livre de littérature populaire et,* dans la préface, elle exprima le désir de le voir lu comme un antidote aux stéréotypes et aux préjugés, par tous ceux qui s'intéressaient aux Indiens. En centrant l'ouvrage sur ce qu'elle appelait « les comportements courants », Parsons voulait présenter une image impressionniste de la variété des cultures indiennes, en attirant l'attention sur la dimension psychologique dont faisaient peu de cas les ouvrages des anthropologues professionnels.

Ce fut peut-être ce livre qui incita Boas et Benedict à pousser Deloria à se lancer dans la rédaction d'un roman sur la vie d'une femme sioux au siècle précédent, avant que la culture indienne n'ait été profondément bouleversée par le contact avec la civilisation américaine. Cela lui donnerait ainsi l'occasion de réfléchir sur les systèmes sociaux et familiaux dans le contexte de la vie quotidienne, à l'intérieur d'un ouvrage destiné au grand public. Elle pouvait utiliser le matériel dont elle se servait pour rédiger sa monographie sur la vie des Sioux, mais dans une perspective plus ouverte et plus libre qui révélerait les schémas sociaux, tout en mettant l'accent sur l'aspect émotionnel de la vie familiale.

En 1942, Deloria se consacra longuement à l'écriture de Nénuphar, mais il semble ne rester aucune trace de la manière dont elle a conçu l'intrigue. Deloria s'est peut-être inspirée d'un passage du manuscrit de George Sword pour centrer son roman sur les personnages féminins et donner une description anthropologique de la condition de la femme. Bien que Sword ait été un guerrier accompli, vantant les mérites de la culture sioux, en décrivant le mode de vie traditionnel, il insiste longuement sur l'importance du rôle des femmes comme on le voit dans le passage suivant:

> Le travail des hommes se résumait ainsi: ils combattaient les ennemis, ce qui leur rapportait un grand honneur. Ils chassaient le bison, ils tuaient le cerf, ils chassaient les animaux sauvages et parcouraient les collines à la recherche de nourriture.
>
> Le travail des femmes se résumait ainsi: elles empaquetaient tout

le nécessaire du tipi lors des migrations, c'était à elles que revenait la charge de surveiller ces objets pendant le voyage. Au moment d'établir le campement, seules les femmes défaisaient les paquets et érigeaient les tipis. Elles installaient les matelas; elles allaient chercher du bois et de l'eau et préparaient les repas; elles servaient la nourriture; elles s'occupaient des enfants. Elles se servaient de tous les ustensiles de la maison. Elles fabriquaient même les tipis et tout leur contenu; elles étaient chargées de s'occuper de toute la nourriture une fois que les hommes l'avaient rapportée au foyer.

La lettre de Ruth Benedict à Deloria datée du 7 novembre 1944 indique que la première version du manuscrit était achevée à l'époque. Benedict l'encourage à le raccourcir pour le publier. Avec l'aide de Benedict, Deloria raccourcit et révisa le manuscrit en 1947 et termina la version finale en 1948. Benedict devait le faire publier, mais sa mort soudaine en septembre 1948 priva Deloria de l'aide professionnelle qui lui était si nécessaire. Dans un courrier adressé à H.E. Beebe, en date du 7 février 1954, Deloria parla de ses multiples tentatives pour faire publier son roman. Les critiques le trouvaient « riche en matériel et précis d'un point de vue racial et ethnologique. Mais MacMillan l'a refusé bien qu'il reconnût lui aussi ses qualités en disant craindre qu'un tel ouvrage ne trouve pas un public assez large pour en justifier la publication. » Elle l'avait également présenté à l'University of Oklahoma Press pour s'attirer exactement le même genre de commentaires.

Paradoxalement, les qualités qui rendaient Nénuphar *impubliable à l'époque sont celles qui le rendent si intéressant aujourd'hui. Il représente en effet un mélange de tous les genres: dans sa conception, c'est fondamentalement une description ethnologique, mais c'est aussi une narration dont l'intrigue romanesque fournit un cadre plausible à toute une série de situations qui montrent comment les idéaux culturels influent sur les comportements individuels dans une interaction permanente. Ce récit est souvent centré sur la nécessi-*

té d'observer les règles de correction dans les relations familiales, car Deloria pense en fait que la structure familiale est un élément majeur dans la civilisation sioux.

Dans son roman, Deloria parle de la femme sioux traditionnelle sans fournir ni excuses ni explications. Les personnages de femmes sont avant tout soucieux d'assurer le bien-être et la réputation de leurs frères, qui passent encore avant leurs enfants et leur mari. Le rôle de la femme, qui se gagne le respect de la communauté en honorant les membres de sa famille, est décrit très clairement dans un environnement social où les différents statuts, les activités ainsi que les aspects de la vie quotidienne trouvent leur origine dans la différence entre les sexes. Le monde de l'homme et celui de la femme sont complémentaires mais très séparés. Dans Nénuphar, *par exemple, les femmes jouent un rôle très périphérique (mais non moins essentiel) dans les activités religieuses. Oiseau Bleu, quand elle est jeune maman, n'a qu'une vague idée de la procédure rituelle à employer dans la prière et le sacrifice quand elle tente de sauver la vie de son bébé et Deloria nous montre longuement que son personnage n'a qu'une faible notion des pouvoirs de l'Univers. Gloku, la vieille grand-mère, prie avec plus de confiance sur la colline de Box Butte pour le bien-être de ses petits-enfants, ce qui suggère que, pour la femme, la connaissance du sacré s'approfondit avec l'âge. De plus, Deloria nous présente les inégalités entre les hommes et les femmes comme une conséquence normale et acceptée de la différenciation entre les sexes. Les femmes ne sont pas décrites comme exploitées, mais comme confortablement installées dans un système culturel qui leur fournit sécurité et bien-être.*

Ella Deloria tisse son récit avec un matériel rassemblé durant plus de vingt ans d'études. De nombreuses coutumes mentionnées ou décrites — la façon d'enterrer les dents de lait dans la terre près de l'entrée du tipi, la prière de Gloku qui offre des cailloux sur Box

Butte, le lien d'amitié entre Arc-en-Ciel et Palani, les cérémonies de la Veille du fantôme et du Feu de la vierge, pour n'en citer que quelques-unes — avaient déjà fait l'objet des écrits de George Bushotter. La plus grande partie de la description de la Danse du soleil, y compris les prières et la préparation de l'arbre sacré, ainsi que les méthodes de guerre, sont reprises des textes de George Sword. Deloria a traduit tout ce matériel et l'a étudié en détail pendant si longtemps avec des personnes âgées, qu'il lui appartenait en propre. D'autres parties du récit, comme la façon de traiter les meurtriers, la description des dangers des promesses amoureuses des garçons, la discussion sur les divers types de mariages, les honneurs qui rejaillissent sur la femme « achetée » et la description de l'espace et de l'organisation du tipi, proviennent de ses propres investigations. Finalement, certains aspects du manuscrit, comme par exemple l'adhésion aux principes de loyauté entre les membres de la famille, la réprobation sans équivoque de la guerre, reflètent plus la véritable personnalité de Deloria qu'une véritable reconstruction de la vie des Sioux au XIXe siècle. Mais tout ceci est intentionnel: ce roman est le reflet d'un point de vue qui contraste avec la neutralité et l'objectivité d'une monographie anthropologique.

Bien qu'Ella Deloria, dans une lettre adressée à Boas (en date du 5 décembre 1935), se dise que peut-être elle aurait dû passer des examens pour devenir anthropologue professionnelle, elle déclare également d'un ton plat: « Je ne me considère aucunement comme telle ». Dans les années qui suivirent, elle se satisfait de son statut de linguiste. Sans aucun doute, aurait-elle trouvé l'anthropologie des années quatre-vingt plus accueillante que celle des années quarante. Que l'ethnographie soit aussi bien considérée comme de la littérature que comme une science, que les reportages se concentrent aussi bien sur les significations que sur les conduites et que le rôle de l'anthropologue soit surtout celui d'un interprète et d'un intermédiaire entre les différentes cultures sont des principes de plus en plus largement acceptés dans ce que l'on désigne comme l'anthropologie « interprétative » ou «symbolique». Cette nouvelle attitude est née des mêmes principes que ceux qui animaient Ella Deloria, et sans doute aussi Boas et Benedict, ses conseillers, qui voulait expliquer des faits ethnologiques à l'aide de la fiction.

Le lecteur appréciera Nénuphar *comme un roman qui le guide dans l'univers mental et historique des Sioux du XIX*e *siècle. Les rebondissements de l'intrigue ne sont pas plus surprenants que les véritables récits autobiographiques que Deloria a recueillis auprès des Indiens. Certains lecteurs ressentiront peut-être le besoin de comparer ce récit avec les écrits de véritables historiens et anthropologues, plus particulièrement pour juger l'adéquation de la description du rôle de la femme dans la société sioux. Quelques-uns aussi, comme moi-même, trouveront que cet ouvrage offre une illustration de l'évolution de l'anthropologie au cours de ce siècle, en ce qui concerne à la fois ses méthodes et ses buts.*

Nénuphar *est une oeuvre essentielle dans l'héritage de Deloria, le trésor qu'elle nous a légué et qui préserve le passé sioux, pour les Indiens comme pour les non-Indiens. Aujourd'hui, presque cinquante ans après que ces écrits ont été rédigés, nous nous rendons compte à quel point ils sont irremplaçables et à quel point nous avons de la chance qu'Ella Deloria ait consacré sa vie à rassembler et à traduire un tel matériel. Au fur et à mesure que l'on publie enfin ses écrits, nous pouvons apprécier à quel point elle a rempli sa mission. Car, par-dessus tout, son travail de transcription, traduction, et interprétation nous a fourni les données et la compréhension nécessaires pour bien connaître les Sioux du siècle dernier de la manière dont elle le voulait, en tant qu'être humains.*

La biographie la plus complète d'Ella Deloria a été écrite par Janette K. Murray: « Ella Deloria: A Biographical Sketch and Literary

Analysis » (Thèse de doctorat, University of North Dakota, 1974). La plupart des manuscrits inédits de Deloria, y compris sa volumineuse correspondance avec Boas, se trouvent à la bibliothèque de l'American Philosophical Society à Philadelphie, en Pennsylvanie. Les autres manuscrits, comme Nénuphar *et la lettre de présentation de Ruth Benedict, sont entre les mains de la Dakota Indian Foundation à Chamberlain, dans le Dakota du sud. La correspondance de Deloria avec H.E. Beebe se trouve au Southwest Museum de Los Angeles; sa correspondance avec Ruth Benedict appartient à la bibliothèque du Vassar College; et sa correspondance avec Virginia Dorsey Lightfoot est en ma possession. L'anecdote à propos de « Père Franz » m'a été racontée par Ella Deloria en 1970. Je voudrais exprimer mes remerciements à Father Vine Deloria, Sr. et à toute la famille Deloria pour avoir partagé avec moi leurs souvenirs et le travail d'Ella Deloria.*

Raymond J. DeMallie

Note biographique

Ella Cara Deloria est née le 31 janvier 1889 à White Swan, dans la réserve des Sioux Yankton au sud-est du Dakota du sud. Ses parents — elle était la troisième fille de Philip Deloria et la première de son mariage avec Mary Sully Bordeaux — lui ont donné le nom dakota de Anpetu Waste, *Belle comme le Jour. Son baptême, quelques semaines plus tard dans la chapelle Philip the Deacon à White Swan, où son père officiait comme diacre, marqua son entrée dans la foi de l'Eglise protestante épiscopalienne, foi qui, avec son héritage culturel sioux, aura une influence majeure durant toute sa vie.*

La famille Deloria était une famille nombreuse et aimante. Dès 1869, le grand-père d'Ella, le chef Frank Deloria, avait demandé qu'une mission épiscopalienne s'installe parmi le peuple des Yanktons. Deux ans plus tard, son fils Philip reçut un enseignement religieux et fut ordonné prêtre en 1891. Deux fois veuf — sa première femme et ses deux jeunes fils étaient morts de la variole, et sa deuxième femme l'avait laissé avec deux filles en bas âge —, Philip se remaria en 1888 avec Mary Sully Bordeaux, une veuve qui avait elle-même deux filles d'un premier lit. Après la naissance d'Ella, le couple eut deux autres enfants, Susan Mabel et Vine Victor. Bien que n'ayant qu'un quart de sang indien dans les veines, Mary fut élevée selon la tradition dakota, et le langage dakota était le plus couramment employé au sein du foyer Deloria, environnement où les valeurs sioux se mariaient facilement aux principes chrétiens de Philip et Mary.

En 1890, Philip Deloria fut envoyé à l'église Sainte-Elizabeth, dans la réserve de Standing Rock, paroisse qui s'occupait d'une communauté de Sioux Tetons. Ella fréquenta l'école voisine sur la falaise surplombant le Missouri et la Grand River. En 1902, on l'envoya au pensionnat de All Saints, à Sioux Falls, dans le Dakota du sud. Après avoir obtenu ses diplômes en 1910, elle entra à l'Oberlin College, et obtint une license en sciences deux ans plus tard.

Deloria retourna au pensionnat All Saints en 1915 et y enseigna jusqu'en 1919. Puis elle accepta un emploi au sein du YWCA (Young Women Catholic Association) de secrétaire-conseillère médicale pour les écoles et les réserves indiennes. Elle voyagea à travers tout l'ouest des Etats-Unis et se familiarisa donc avec de nombreuses tribus indiennes. En 1923, elle fut embauchée par l'école indienne Haskell de Lawrence au Kansas pour y enseigner l'éducation physique et la danse. Quatre ans plus tard, Franz Boas, l'anthropologue américain le plus éminent de l'époque, lui demanda de traduire et de réviser des textes écrits en langue sioux. Ce travail lui permit d'obtenir de nouvelles informations et, en 1929, elle publia un article sur la Danse du soleil dans le Journal of American Folk-Lore.

Au fil des ans, jusqu'à la mort de Boas en 1942, Deloria lui servit d'assistante, spécialisée en ethnologie indienne et en linguistique. Son travail donna plusieurs ouvrages: Dakota Texts *(1932), une collection bilingue de contes sioux qui font figure aujourd'hui de point de départ pour toute étude sur les dialectes, la mythologie ou le folklore sioux;* Dakota Grammar (1941), *en collaboration avec Boas; et* Speaking of Indians (1944), *une description non technique mais très détaillée des cultures indiennes (sioux en particulier).* Nénuphar, *ou du moins sa première version, fut également rédigé pendant les années quarante.*

Dès le début des années quarante, Deloria faisait autorité pour tout ce qui concernait les Sioux. Elle poursuivit ses recherches, publia des articles, fit des conférences presque jusqu'à la fin de sa vie, avec une interruption de 1955 à 1958, pendant laquelle elle devint directrice de son ancienne école, Sainte-Elizabeth. De 1962 à 1966, elle travailla sur ses projets personnels à l'université du Dakota du sud. Elle passa ses dernières années à Vermillion et mourut le 12 février 1971.

La qualité originale et irremplaçable du travail de Deloria se confirme grâce à la publication de manuscrits encore inédits comme Nénuphar. *Deloria fut une chercheuse méticuleuse et cultivée qui entretint une compréhension chaleureuse de ceux dont elle partageait et étudiait la culture.*

Agnès Picotte

Achevé d'imprimer en avril 1989
sur les presses de l'imprimerie Laballery
58500 Clamecy
Dépôt légal : avril 1989
Numéro d'impression : 903113

Imprimé en France